DOCE TRIUNFO

Outros livros da autora:

Tudo por amor
Agora e sempre
Algo maravilhoso
Alguém para amar
Até você chegar
Whitney, meu amor
Um reino de sonhos
Todo ar que respiras
Doce triunfo
Em busca do paraíso
Sussurros na noite
Dois pesos, duas medidas

JUDITH McNAUGHT

DOCE TRIUNFO

Tradução de
Vitória Paranhos Mantovani

1ª edição

Rio de Janeiro | 2022

EDITORA-EXECUTIVA
Renata Pettengill

SUBGERENTE EDITORIAL
Luiza Miranda

AUXILIARES EDITORIAIS
Beatriz Araújo
Georgia Kallenbach

REVISÃO
Renato Carvalho
Jorge Luiz Luz

DIAGRAMAÇÃO
Mayara Kelly (estagiária)

TÍTULO ORIGINAL
Tender Triumph

CIP-BRASIL. CATALOGAÇÃO NA PUBLICAÇÃO
SINDICATO NACIONAL DOS EDITORES DE LIVROS, RJ

MacNaught, Judith, 1944-
M419d Doce triunfo / Judith MacNaught; tradução de Vitória Paranhos Montovani.– 1ª ed. – Rio de Janeiro: Bertrand Brasil, 2022.

Tradução de: Tender triumph
ISBN 978-65-5838-096-2

1. Romance americano. I. Montavani, Vitória Paranhos. II. Título.

22-76566 CDD: 813
CDU: 82-31(73)

Meri Gleice Rodrigues de Souza – Bibliotecária – CRB-7/6439

Texto revisado segundo o novo Acordo Ortográfico da Língua Portuguesa

Seja um leitor preferencial, cadastre-se no site www.record.com.br
e receba informações sobre nossos lançamentos e nossas promoções.

Atendimento e venda direta ao leitor:
sac@record.com.br

Doce triunfo e *Dois pesos, duas medidas* são diferentes dos meus outros romances contemporâneos. Foram escritos no início dos anos 1980 para publicação pela Harlequin. Nas últimas três décadas, eles vêm sendo lançados como títulos únicos pela Pocket Books, e já foram impressos em dezenas de idiomas em diversos países.

No entanto, enquanto lê estes romances, você vai se deparar com coisas como "máquinas de escrever" em vez de "computadores". Dependendo da sua idade, estes dois livros parecerão uma viagem no tempo ou um choque cultural. Por exemplo, em *Dois pesos, duas medidas*, Nick Sinclair se esforça repetidamente para seduzir Lauren enquanto ela trabalha para ele. Hoje em dia ele não conseguiria a garota — e sim um grande processo por assédio sexual! Em *Doce triunfo* você verá atitudes de mulheres focadas na carreira que vão te surpreender.

Aproveite esses romances por suas "singularidades".

Um grande abraço,

Judith McNaught

Capítulo 1

PARADO EM SILÊNCIO taciturno junto às janelas da elegante cobertura, o homem alto e bronzeado de sol olhava para a paisagem de luzes bruxuleantes se espalhando ao longo do horizonte enevoado de St. Louis. A amargura e a resignação eram evidentes nos movimentos abruptos de Ramon Galverra quando afrouxou o nó da gravata e depois levou o copo de uísque aos lábios, tomando um longo gole.

Atrás dele, um homem loiro cruzou rapidamente a sala de estar pouco iluminada.

— Então, Ramon? — perguntou, ansioso. — O que eles decidiram?

— Decidiram o que os banqueiros sempre decidem — respondeu Ramon em um tom ríspido, sem se virar. — Decidiram que vão cuidar de si mesmos.

— Aqueles bastardos! — explodiu Roger. Irritado, passou as mãos pelo cabelo em um gesto de frustração, depois se encaminhou, determinado, para a fileira de garrafas de cristal no bar. — Quando o dinheiro estava entrando, eles bem que ficaram do seu lado — falou entre dentes, enquanto se servia de bourbon.

— Eles não mudaram — comentou Ramon, irônico. — Se o dinheiro ainda estivesse entrando, continuariam comigo.

Roger acendeu um abajur e olhou com desprezo os magníficos móveis estilo Luís XIV, como se a presença deles em sua espaçosa sala de estar o ofendesse.

— Eu tinha certeza, certeza absoluta, de que, quando você explicasse o estado mental em que seu pai se encontrava antes de morrer, os banqueiros o apoiariam. Como podem culpá-lo pelos erros e pela incompetência dele?

Dando as costas para a janela, Ramon se recostou na moldura. Por um instante, ficou olhando para o que restava do uísque em seu copo, depois bebeu o líquido num só gole.

— Eles me culpam por não tê-lo impedido de cometer erros fatais, e por não reconhecer a tempo sua incapacidade.

— Não reconhecer a tempo... — repetiu Roger, furioso. — E como você poderia adivinhar que um homem que sempre agiu como se fosse Deus Todo-Poderoso um dia iria acreditar nessa fantasia? E, mesmo se você soubesse, o que poderia ter feito? As ações estavam no nome dele, não no seu. Até o dia em que morreu, seu pai manteve o controle total de toda a corporação. Você estava de mãos atadas.

— E agora elas estão vazias — retrucou Ramon, encolhendo os ombros largos e musculosos na silhueta de 1,90 metro.

— Escuta — começou Roger —, não ofereci antes porque sei como você é orgulhoso, mas tenho dinheiro investido, sabe disto. De quanto precisa? Se eu não tiver toda a quantia, talvez possa ajudá-lo a levantar o restante.

Pela primeira vez, um lampejo de humor surgiu nos lábios definidos de Ramon Galverra e nos arrogantes olhos escuros. A transformação foi admirável, suavizando os traços de um rosto que nos últimos tempos parecia talhado por um artista determinado a retratar a frieza, a determinação implacável e a antiga nobreza hispânica.

— Cinquenta milhões ajudariam — respondeu ele. — Setenta e cinco milhões seria ainda melhor.

— Cinquenta milhões? — ecoou Roger, encarando o homem que conhecia desde a época em que frequentavam a Universidade de Harvard. — Cinquenta milhões de dólares apenas ajudariam?

— Exatamente. Apenas ajudariam.

Pousando o copo vazio na mesa de mármore ao seu lado, Ramon se virou e seguiu em direção ao quarto de hóspedes que ocupava desde a chegada a St. Louis, na semana anterior.

— Ramon — disse Roger, com urgência —, você precisa encontrar Sid Green enquanto estiver aqui. Ele pode levantar essa quantia, se quiser, e ele lhe deve dinheiro.

Ramon virou a cabeça rapidamente. Seus traços aristocráticos endureceram com desprezo.

— Se quisesse ajudar, Sid teria entrado em contato comigo. Sabe que estou aqui e em dificuldades.

— Talvez ele não saiba. Até agora você conseguiu abafar o escândalo e o fato de que a companhia está afundando. Talvez ele não saiba.

— Ele sabe. Sid faz parte da diretoria do banco, que está se recusando a prolongar o prazo do empréstimo.

— Mas...

— Não! Se Sid estivesse disposto a ajudar, teria me procurado. Seu silêncio diz tudo, e eu não vou implorar. Já marquei uma reunião com os auditores e advogados da companhia para daqui a dez dias, em Porto Rico. Nessa reunião vou instruí-los a entrar com o pedido de falência. — Girando nos calcanhares, Ramon saiu da sala, os passos largos demonstrando toda sua raiva e inquietação.

Quando retornou, o grosso cabelo escuro estava úmido do banho, e usava jeans. Roger o encarou em silêncio, enquanto Ramon dobrava as mangas da camisa na altura dos cotovelos.

— Ramon — suplicou ele, com determinação. — Fique mais uma semana em St. Louis. Talvez Sid entre em contato com você, se lhe der mais tempo. Quero dizer, acho que ele nem sabe que você está aqui. Nem mesmo sei se ele está na cidade.

— Ele está na cidade, e vou partir para Porto Rico daqui a dois dias, exatamente como planejei.

Roger exalou um longo suspiro de resignação.

— Que diabo você vai fazer em Porto Rico?

— Primeiro pretendo tratar da falência da corporação, e depois farei como meu avô e meu tataravô. — respondeu Ramon. — Vou cuidar da fazenda.

— Você está completamente louco! — exclamou Roger. — Está pensando em cuidar daquele pequeno pedaço de terra, que só tem uma cabana, para onde uma vez levamos duas garotas de...?

— Aquele pequeno pedaço de terra — interrompeu Ramon com solene dignidade — é tudo o que me restou. Assim como a casa onde nasci.

— E quanto à casa perto de San Juan, ou a vila na Espanha, a ilha no Mediterrâneo? Venda uma de suas casas na ilha, só isto já seria suficiente para sustentá-lo com todo o luxo pelo resto da vida.

— Tudo isso se foi. Ofereci os imóveis como garantia do empréstimo para a empresa, o qual não posso quitar. Os bancos credores vão abocanhar tudo, antes mesmo do fim do ano, como verdadeiros urubus.

— Maldição! — disparou Roger, com uma sensação de impotência. — Se o seu pai já não estivesse morto, eu o esganaria!

— Os acionistas teriam chegado antes de você. — Ramon sorriu, sem humor.

— Como pode ficar aí parado e falar como se não se importasse?

— Já aceitei a derrota — respondeu Ramon calmamente. — Fiz tudo o que poderia ser feito. Não me importo de trabalhar na terra, ao lado das pessoas que serviram a minha família há séculos.

Virando-se para ocultar a compaixão por um homem que Roger sabia que iria rejeitá-la e desprezá-lo por isso, ele disse:

— Ramon, há algo que eu possa fazer?

— Sim.

— Pois então me diga. — Roger deu meia-volta, esperançoso. — É só dizer e eu farei.

— Pode me emprestar seu carro? Gostaria de dar um passeio, sozinho.

Sorrindo diante de um pedido tão simples, Roger tirou as chaves do bolso e as entregou ao amigo.

— A mangueira está com problemas e o filtro de combustível vive entupido, mas a autorizada só pode fazer o conserto na próxima semana. Com a sua sorte, é bem provável que a Mercedes pare no meio da rua.

Ramon encolheu os ombros, sem demonstrar nenhuma emoção.

— Se o carro enguiçar, dou uma caminhada. O exercício me deixará em forma para o trabalho na fazenda.

— Não precisa trabalhar na fazenda, você sabe disso! Você é famoso em toda a comunidade financeira internacional.

Ramon tensionou o maxilar enquanto fazia um esforço evidente para controlar a raiva e a amargura.

— Para a comunidade financeira internacional, compactuei com um erro imperdoável e inesquecível: o fracasso. Estou prestes a me tornar o exemplo mais notório do caso. Você gostaria que eu implorasse aos meus amigos por um cargo com essa carta de recomendação? Será que devo me apresentar na sua fábrica amanhã cedo e me candidatar a um emprego na linha de montagem?

— Não, é claro que não! Mas poderia pensar em alguma coisa. Eu o vi gerir um império financeiro em poucos anos. Se foi capaz de administrá-lo, também pode descobrir um meio de salvar uma parte dele. Mas parece que você não está dando a mínima para isso! Eu...

— Não posso fazer milagres — cortou Ramon, sem se alterar. — E seria necessário um milagre. O Learjet está no hangar do aeroporto, aguardando uma peça para o motor. Quando os mecânicos terminarem o conserto e o meu piloto retomar da folga do fim de semana no domingo à noite, vou para Porto Rico.

Roger abriu a boca para protestar, mas Ramon silenciou-o com um olhar impaciente.

— Existe dignidade no trabalho no campo, Roger. Creio que muito mais dignidade do que no relacionamento com banqueiros. Quando meu pai estava vivo, nunca tive paz. Desde que ele morreu, não tive paz. Agora me deixe encontrá-la do meu jeito.

Capítulo 2

O AMPLO BAR DO HOTEL Canyon Inn, próximo ao subúrbio de Westport, estava lotado com a clientela habitual das noites de sexta-feira. Katie Connelly consultou disfarçadamente o relógio, depois deixou o olhar divagar pelos grupos que riam, bebiam e conversavam, procurando um rosto conhecido. A visão da entrada principal estava obscurecida por uma profusão de plantas suspensas por cordões de macramé e pelas luminárias de vitral penduradas no teto de vidro colorido.

Mantendo um sorriso radiante, Katie voltou a atenção para o grupo de homens e mulheres que se amontoavam à sua volta.

— Então eu disse a ele para nunca mais me ligar — dizia Karen Wilson.

Um homem pisou no pé de Katie quando se postou ao seu lado para pedir a bebida no bar. Ao enfiar a mão no bolso para pegar o dinheiro, ele lhe deu uma cotovelada na cintura. O homem não pediu desculpas, e Katie tampouco esperava que o fizesse. Ali era cada um por si; homens e mulheres tinham direitos iguais.

Quando se virou com a bebida na mão, o sujeito finalmente reparou em Katie.

— Olá — cumprimentou ele, fazendo uma pausa para admirar o corpo esguio e curvilíneo coberto por um justo vestido azul. — Bom — concluiu em voz alta, enquanto fazia uma análise completa, desde o brilhante cabelo avermelhado que lhe caía pelos ombros, até os olhos azul-safira que o encaravam com desprezo sob os cílios espessos e as sobrancelhas delicadamente arqueadas. — *Muito* bom — acrescentou, sem perceber que ela ruborizava de irritação, e não de prazer.

Embora se ressentisse por ele analisá-la como se tivesse pagado pelo privilégio, Katie não poderia realmente culpá-lo. Afinal, ela estava ali, não estava? Naquele local que, a despeito do que os proprietários e frequentadores preferiam pensar, não passava de o enorme bar ligado a uma minúscula sala de jantar que lhe conferia o mínimo de dignidade.

— Onde está sua bebida? — perguntou ele, reexaminando-a preguiçosamente.

— Não tenho nenhuma bebida — respondeu Katie, confirmando o óbvio.

— Por que não?

— Já tomei dois drinques.

— Bem, por que não pega mais um e me encontra naquele canto? Podemos nos conhecer melhor. Sou advogado — acrescentou o homem, como se esse detalhe devesse deixá-la ansiosa para pegar uma bebida e correr atrás dele.

Katie mordeu o lábio e simulou uma expressão desapontada.

— Ah...

— "Ah" o quê?

— Não gosto de advogados — disse ela, sem rodeios.

O homem ficou mais surpreso do que aborrecido.

— Azar o seu.

Ele deu de ombros e se virou, abrindo caminho pela multidão. Katie o viu parar perto de duas garotas muito bonitas, que retribuíram o olhar especulativo e o analisaram com evidente interesse. Katie sentiu uma onda de vergonha alheia por ele e por todos naquele lugar lotado, mas sobretudo por si mesma, por também estar ali. Sentia-se envergonhada da própria rispidez, mas locais como aquele a faziam se colocar imediatamente na defensiva, e seu calor e espontaneidade naturais pareciam se atrofiar no instante em que cruzava a porta.

O advogado, claro, a esquecera num segundo. Por que ele se daria ao trabalho de gastar dois dólares para lhe pagar uma bebida, então se empenhar em se mostrar amigável e encantador? Por que se esforçaria sem necessidade? Se Katie, ou qualquer outra mulher naquele salão, desejasse conhecê-lo, ele se mostraria perfeitamente disposto a lhe dar a chance de despertar seu interesse. E, caso a escolhida tivesse sucesso, ele até poderia convidá-la para ir à sua casa — em carros separados, naturalmente —, a fim de que pudessem fazer uso dos tão alardeados direitos iguais à satisfação sexual. Depois disso, compartilhariam um drinque amigável e, se não estivesse cansado demais, ele a acompanharia até a porta e permitiria que dirigisse sozinha para onde quer que morasse.

Tão eficiente, tão direto. Sem laços, nem compromissos. Nenhuma promessa feita ou esperada. As mulheres atuais, evidentemente, também tinham direitos iguais à recusa; ela não precisaria ir para a cama com ele. Nem mesmo precisava se preocupar com a possibilidade de sua recusa lhe ferir os sentimentos. Porque ele não sentia nada por ela. Talvez ficasse um pouco aborrecido por ela ter desperdiçado uma ou duas horas de seu tempo, mas depois simplesmente escolheria outra, dentre as inúmeras mulheres dispostas e disponíveis.

Katie ergueu os olhos azuis, à procura de Rob, desejando ter combinado o encontro em outro lugar. A música tocava alto demais, acrescentando seu clamor ao burburinho de vozes elevadas e risos forçados. Ela olhou para os rostos à sua volta, todos diferentes e, ainda assim, tão semelhantes nas expressões de inquietude, ansiedade e tédio. Todos estavam em busca de alguma coisa. Ninguém a havia encontrado.

— Seu nome é Katie, não é? — soou uma voz masculina, desconhecida, atrás dela.

Apanhada de surpresa, Katie se virou e deu de cara com um rosto confiante e sorridente, reparou o colarinho de uma impecável camisa listrada, blazer bem talhado e gravata combinando.

— Conheci você no supermercado, com Karen, duas semanas atrás.

Ele tinha um sorriso juvenil e olhos inflexíveis. Katie hesitou, e seu sorriso não exibia o brilho habitual.

— Ah, olá, Ken. É um prazer vê-lo novamente.

— Escute, Katie — disse ele, como se subitamente lhe tivesse ocorrido uma ideia original e brilhante. — Que tal sairmos daqui e irmos para um lugar mais sossegado?

A casa dele ou a dela. A que ficasse mais perto. Katie conhecia a tática e isso a enojava.

— O que você tem em mente?

Ele não respondeu à pergunta, nem precisava. Em vez disto, fez outra:

— Onde você mora?

— Aqui perto... No condomínio Village Green.

— Alguma companheira de quarto?

— Sim, duas lésbicas — mentiu Katie descaradamente. Ele acreditou e não ficou chocado.

— É mesmo? Isso não a incomoda?

Katie lhe lançou um olhar de pura inocência.

— *Adoro* as duas.

Por uma fração de segundo, ele pareceu bastante contrariado, e o sorriso de Katie deu lugar a uma risada genuína.

Recuperando-se quase de imediato, ele encolheu os ombros.

— Tudo bem. A gente se vê por aí.

Katie viu a atenção de Ken se dirigir outra vez para o salão, até encontrar alguém que lhe interessasse, então ele se afastou, atravessando lentamente a multidão. Ela chegara ao limite. Já tinha o ultrapassado. Tocou o braço de Karen, distraindo a amiga da animada conversa com dois sujeitos atraentes sobre a temporada de esqui no Colorado.

— Karen, vou ao toalete e depois para casa.

— Rob não apareceu? — perguntou Karen, distraída. — Bem, dê uma volta por aí... há muitas outras opções. Faça sua escolha.

— Vou embora — disse Katie com firmeza.

Karen se limitou a dar de ombros, e retomou a conversa.

O banheiro feminino ficava em um corredor estreito atrás do bar, e Katie foi abrindo caminho com esforço por entre a multidão, emitindo um suspiro de alívio ao se desviar do último obstáculo humano e alcançar a relativa tranquilidade do corredor. Não tinha certeza se estava aliviada ou desapontada por Rob não ter aparecido. Oito meses antes, estivera louca e ardentemente fascinada por ele, pela sua inteligência e provocante sensibilidade. Ele tinha tudo: uma aparência atraente, confiança, charme e um futuro promissor como herdeiro de uma das maiores corretoras de St. Louis. Era bonito, inteligente e maravilhoso. E casado.

A expressão de Katie se anuviou quando ela lembrou a última vez que vira Rob... Depois de uma noite maravilhosa com jantar e música, tinham voltado ao apartamento dela, onde beberam vinho. Por horas, ela sonhara com o que aconteceria quando Rob a tomasse nos braços. Naquela noite, pela primeira vez, decidira não interrompê-lo quando ele tentasse fazer amor com ela. Durante os últimos meses, ele lhe dissera centenas de vezes, e demonstrara de diversas maneiras, que a amava. Ela não precisava mais hesitar. Na verdade, estivera prestes a tomar a iniciativa quando Rob recostou a cabeça no sofá e suspirou.

— Katie, o jornal de amanhã vai publicar meu perfil na coluna social. Não fala apenas de mim... mas também da minha mulher e do meu filho. Eu sou casado.

Pálida e devastada, Katie lhe dissera para nunca mais telefonar ou tentar vê-la novamente. Ele fez as duas coisas, repetidas vezes. E, com a mesma obstinação, Katie se recusou a atender às ligações que ele fazia para seu escritório, e desligava o telefone de casa sempre que ouvia sua voz.

Aquilo havia acontecido cinco meses antes e, apenas raramente desde então, Katie se permitia o luxo doce e amargo de pensar nele, mesmo que por um instante. Até três dias antes, acreditara que havia superado o ex-namorado, mas, quando atendeu o telefone, na quarta-feira, o som profundo da voz de Rob provocou um tremor em seu corpo.

— Katie, não desligue. Tudo mudou. Preciso vê-la, falar com você.

Ele discordara com veemência da escolha de Katie do local para o encontro, mas ela se mantivera irredutível. O Canyon Inn era barulhento e popular o bastante para desencorajá-lo a insistir, caso fosse sua intenção. Além disto, Karen frequentava o bar todas as sextas-feiras, o que significava que Katie poderia contar com o apoio moral da amiga, se precisasse.

O toalete estava lotado e ela teve que esperar na fila. Saiu vários minutos depois, distraída, procurando a chave do carro dentro da bolsa enquanto caminhava pelo corredor, depois parou diante da multidão que bloqueava a passagem até o bar. Ao seu lado, num dos telefones públicos na parede do corredor, um homem perguntou com um sotaque espanhol:

— Com licença... Poderia me dizer o endereço deste lugar?

Prestes a se embrenhar na massa humana que se compactava à frente, Katie se virou para encarar o homem alto e atraente que a olhava com uma leve expressão de impaciência enquanto segurava o telefone junto ao ouvido.

— Está falando comigo? — perguntou ela.

O rosto dele estava muito bronzeado de sol, o cabelo grosso e tão preto quanto os olhos de ônix. Em um lugar repleto de homens que sempre a faziam lembrar de vendedores de computadores, aquele, de calça jeans e camisa branca com as mangas dobradas, parecia definitivamente deslocado. Era... mundano demais.

— Eu perguntei — repetiu ele, a voz com um sotaque espanhol — se você poderia me dizer o endereço deste lugar. Tive um problema com meu carro e estou tentando chamar um reboque.

No automático, Katie lhe passou o endereço do Canyon Inn enquanto se protegia mentalmente daqueles olhos escuros, do nariz aristocrático no rosto estrangeiro e arrogante. Homens altos, latinos, exalando uma masculinidade tóxica, poderiam ser atraentes para algumas mulheres, mas não para Katherine Connelly.

— Obrigado — agradeceu ele, removendo a mão do bocal do telefone e repetindo o nome da rua que Katie informara.

Virando-se, Katie se deparou com um homem de suéter verde-escuro que bloqueava sua passagem para o salão. Sem erguer os olhos, ela disse:

— Com licença, posso passar?

O homem de suéter se afastou da porta.

— Para onde vai? — perguntou o homem, em um tom amigável. — Ainda é cedo.

Katie finalmente o encarou e viu seu sorriso de franca admiração.

— Eu sei, mas preciso ir embora. Viro abóbora à meia-noite.

— É a *carruagem* que se transforma em abóbora — corrigiu ele, sorrindo. — E o seu vestido acaba em trapos.

— Obsolescência planejada e mão de obra deficiente, mesmo nos tempos da Cinderela. — Katie suspirou com fingido desgosto.

— Uma garota espirituosa! — Ele aplaudiu. — É de Sagitário, certo?

— Errado — disse Katie, pescando as chaves no fundo da bolsa.

— Então qual é o seu signo?

— Diminua a velocidade e prossiga com cautela — devolveu ela. — E o seu?

Ele pensou por um segundo.

— Fusão — respondeu com um olhar significativo que acariciou cada curva da graciosa silhueta. Então deslizou os dedos pela manga do vestido de seda de Katie. — Gosto de mulheres inteligentes. Não me sinto ameaçado por elas.

Reprimindo com firmeza o impulso de lhe sugerir que fosse tentar a sorte com uma profissional, Katie falou com toda a gentileza:

— Sinto muito, mas preciso mesmo ir embora. Vou encontrar uma pessoa.

— Sujeito de sorte — disse ele.

Katie saiu para a noite escura e abafada de verão, sentindo-se perdida e deprimida. Parou por um instante sob o toldo da entrada, notando, com o coração disparado, um conhecido Corvette branco avançar o sinal vermelho da esquina e entrar no estacionamento, parando ao seu lado com um cantar de pneus.

— Desculpe pelo atraso. Entre, Katie, vamos para algum lugar onde possamos conversar.

Katie encarou Rob através do vidro aberto do carro e sentiu uma onda de desejo tão intensa que chegava a doer. Ele ainda era insuportavelmente atraente, mas seu sorriso, sempre tão confiante e seguro de si, estava agora mesclado com uma fragilidade que lhe apertava o peito e enfraquecia sua determinação.

— É muito tarde, Rob. E não temos nada para conversar, se você ainda está casado.

— Katie, não podemos conversar aqui assim. Não fique zangada com meu atraso. Tive um voo horrível, que atrasou. Agora, seja boazinha e entre no carro. Não quero perder tempo discutindo com você.

— Por que não quer perder tempo? — insistiu Katie. — Sua mulher está esperando você?

Rob praguejou baixinho e acelerou bruscamente, estacionando em uma vaga nos fundos. Saltou do veículo e se recostou na porta, esperando que Katie fosse até ele. Com a brisa lhe despenteando e açoitando as dobras do vestido azul, Katie se aproximou dele, relutante, no estacionamento escuro.

— Faz muito tempo, Katie — disse ele, quando ela parou à sua frente. — Não vai me dar um beijo?

— Você ainda está casado?

Em resposta, Rob a abraçou e a beijou em um misto de ânsia e desejo. No entanto, ele a conhecia o bastante para perceber que Katie apenas aceitava o beijo passivamente e, ao evitar a pergunta, ele admitira que continuava casado.

— Não fique assim, Katie — sussurrou roucamente, o hálito quente em seu ouvido. — Há meses que só consigo pensar em você. Vamos sair daqui e ir para sua casa.

Katie respirou fundo, trêmula.

— Não.

— Katie, eu amo você. Estou louco por você. Não continue fugindo de mim.

Pela primeira vez, ela reparou no hálito de álcool e, embora a contragosto, ficou sensibilizada ao pensar que ele precisara beber para criar coragem antes de encontrá-la. Mas conseguiu manter a voz firme.

— Não quero ter um caso inconsequente com um homem casado.

— Antes de descobrir que eu era casado, você não achava que estar comigo era algo "inconsequente".

Agora ele apelaria para a sedução, e Katie não podia suportar.

— Por favor, Rob, não faça isso comigo. Eu não conseguiria viver com a ideia de ter destruído um casamento.

— Meu casamento já estava destruído há muito tempo, antes de eu conhecer você. Tentei lhe dizer isso.

— Então se divorcie — argumentou ela, desesperada.

Mesmo na escuridão, Katie podia ver a amarga ironia naquele sorriso.

— Os sulistas não se divorciam, minha querida. Aprendem a levar vidas separadas. Pergunte ao meu pai e ao meu avô — explicou Rob, com raiva sentida. Apesar do barulho de abrir e fechar portas conforme as pessoas entravam e saíam do bar, a voz continuou baixa e normal, e as mãos deslizaram pelas costas de Katie até alcançarem seus quadris. Ele a puxou para si, fazendo-a sentir a rigidez de suas coxas. — Isto é para você, Katie. Somente para você. Você não vai destruir meu casamento, ele já está acabado há tempos.

Katie não podia mais suportar. A sordidez daquela situação a fez se sentir suja, e tentou se afastar dele.

— Solte-me, Rob — pediu, entre dentes. — Ou você é um mentiroso, ou um covarde, ou então os dois e...

Rob apertou os braços de Katie quando ela tentou se desvencilhar.

— Odeio você por agir assim! — soluçou ela. — Solte-me agora!

— Faça o que ela está dizendo — soou uma voz com um leve sotaque na escuridão.

Rob ergueu a cabeça de imediato.

— Quem você pensa que é? — perguntou à figura de camisa branca que se materializava nas sombras. Pressionando os braços de Katie com mais força, Rob lançou um olhar ameaçador para o intruso, depois se voltou para ela. — Você o conhece?

A voz saiu rouca de vergonha e raiva:

— Não, mas me solte. Quero ir embora.

— Você vai ficar aqui mesmo — rosnou Rob. Direcionando a cabeça para o homem, disse: — E você vai embora. Vá andando, a não ser que queira que eu o ajude a encontrar seu rumo.

A voz com sotaque tornou-se extremamente gentil, de um modo quase assustador.

— Você pode tentar, se quiser. Mas solte a moça.

Levado ao extremo pela obstinação implacável de Katie, e agora por aquela intromissão indesejada, Rob descontou toda sua raiva e frustração no intruso. Soltou o braço de Katie e, com um único movimento fluido, desferiu um murro na direção do queixo de seu oponente. Um instante de silêncio foi seguido pelo terrível estalar de osso contra osso, e depois por um baque surdo. Katie abriu os olhos marejados de lágrimas e se deparou com Rob caído aos seus pés.

— Abra a porta do carro — ordenou o estranho, em um tom que não dava margem a discussão.

Sem pensar, Katie obedeceu e abriu a porta do Corvette. O homem atirou Rob para dentro sem cerimônia, deixando a cabeça tombada sobre o volante, como se ele tivesse bebido demais.

— Onde está o seu carro? — perguntou.

Katie o fitou como se não entendesse.

— Não podemos deixá-lo aqui — disse. — Ele pode precisar de cuidados médicos.

— Qual é o seu carro? — insistiu o homem, impaciente. — Não quero estar aqui caso alguém tenha visto o que aconteceu e chamado a polícia.

— Ah, mas... — protestou Katie, olhando por cima do ombro para o Corvette de Rob, enquanto corria na direção do próprio carro. Parou junto à porta do motorista. — Você pode ir embora. Vou ficar.

— Eu não o matei, só o deixei meio zonzo. Ele vai acordar em poucos minutos com o rosto inchado e um dente solto, só isto. Eu dirijo — disse ele, obrigando-a a dar a volta e ocupar o banco do passageiro. — Você não está em condições.

Ao entrar no carro, ele bateu o joelho no volante e resmungou algo que Katie julgou ser um palavrão em espanhol.

— Me dê as chaves — pediu ele, ajustando o assento, a fim de acomodar as pernas compridas.

Katie lhe entregou as chaves. Diversos carros entravam e saíam do estacionamento, e eles tiveram que esperar algum tempo antes de finalmente sair da vaga. Passaram pelas fileiras de veículos estacionados e por um velho caminhão de entregas com um pneu furado, parado nos fundos do bar.

— Esse caminhão é seu? — perguntou Katie, insegura, sentindo que deveria dizer alguma coisa.

O homem olhou de relance para o caminhão parado, depois abriu um sorriso irônico.

— Como adivinhou?

Katie ruborizou, constrangida. Sabia, como ele também, que ela presumira que ele fosse motorista de um caminhão de entregas simplesmente pelo sotaque espanhol. Numa tentativa de salvar o orgulho do homem, disse:

— Quando você estava ao telefone, mencionou que precisava de um reboque... Por isso deduzi.

Saíram do estacionamento e seguiram o fluxo do tráfego enquanto Katie o instruía sobre como chegar ao seu apartamento, que ficava a apenas alguns quarteirões de distância.

— Quero lhe agradecer... Hã...

— Ramon.

Com gestos nervosos, Katie pegou a bolsa e procurou a carteira. Morava tão perto que, quando retirou da carteira uma nota de cinco dólares, já estavam entrando no estacionamento do seu condomínio.

— Eu moro bem ali... na primeira porta à direita, perto daquele poste.

Ramon manobrou o carro para uma vaga mais próxima da entrada, desligou o motor, saiu e deu a volta até o lado do passageiro. Katie se apressou em abrir a porta e saltar. Um tanto incerta, ergueu os olhos para aquele rosto bronzeado de sol, orgulhoso e enigmático, calculando que ele devia ter uns 35 anos. Mas havia algo nele, talvez o fato de ser estrangeiro — ou a sobriedade —, que a fazia se sentir insegura.

Estendeu a mão e lhe ofereceu a nota de cinco dólares.

— Muito obrigada, Ramon. Por favor, aceite isto. — Ele olhou para o dinheiro, depois para ela. — Por favor — insistiu Katie educadamente, estendendo a nota na direção dele. — Tenho certeza de que fará bom uso.

— É claro — concordou ele, após uma leve hesitação. Aceitou o dinheiro e o enfiou no bolso traseiro da calça. — Vou acompanhá-la até a porta — acrescentou.

Katie se virou e começou a subir a escada, um tanto chocada quando ele a amparou pelo braço, com delicada firmeza. Era um gesto tão antiquado e galante... sobretudo depois que, mesmo sem querer, ela havia ferido seu orgulho.

Ramon inseriu a chave na fechadura e abriu a porta para ela. Katie entrou e, quando se virou para agradecer, ele disse:

— Eu gostaria de usar seu telefone. Preciso saber se o reboque *já está* a caminho como me prometeram.

Ele usara a força para salvá-la e até se arriscara a ser preso por sua causa. Katie sabia que a boa educação exigia que lhe permitisse usar o telefone. Disfarçando cuidadosamente sua relutância em deixá-lo entrar, ela se afastou e abriu passagem para o interior do luxuoso apartamento.

— O telefone fica ali naquela mesinha — informou.

— Depois que telefonar, vou esperar um pouco para me certificar de que seu amigo — ele enfatizou a palavra com um tom de desprezo — não acorde e decida aparecer. Acho que até lá o reboque já deve ter chegado e posso voltar a pé para o restaurante... Não é muito longe.

Katie, que sequer havia considerado a possibilidade de Rob aparecer em sua casa, congelou no ato de tirar as sandálias de saltos altos. Sem dúvida, Rob nunca mais a procuraria, não depois de ser rejeitado por ela, e fisicamente desencorajado por Ramon.

— Tenho certeza de que ele não virá — disse com convicção. Mas, ainda assim, percebeu que tremia, numa reação tardia ao choque. — Acho que vou fazer um café — acrescentou, já se encaminhando para a cozinha. Sem outra opção, perguntou: — Quer uma xícara?

Ramon aceitou com tamanha hesitação que a maioria das dúvidas de Katie sobre sua confiabilidade se dissipou. Desde que o encontrara, ele não havia dito nada, nem mesmo se comportado de modo inoportuno.

Quando estava na cozinha, Katie se deu conta de que, ansiosa pelo encontro com Rob naquela noite, se esquecera de comprar café, que havia acabado no dia anterior. Mas não se importou; de repente, sentia necessidade de beber algo mais forte. Abriu o armário em cima da geladeira e tirou a garrafa de brandy de Rob.

— Acho que terei que lhe oferecer água ou brandy — comentou. — Não tenho nem mesmo um refrigerante.

— Brandy está ótimo — respondeu ele.

Katie serviu o conhaque em dois cálices e voltou para a sala no instante em que Ramon desligava o telefone.

— O reboque já chegou? — perguntou ela.

— Sim, e o mecânico está providenciando o conserto provisório do pneu, nem vou precisar do reboque. — Ramon pegou o cálice que ela lhe oferecia e estudou o apartamento com uma expressão de curiosidade. — Onde estão suas amigas? — perguntou.

— Que amigas? — retrucou Katie sem entender, sentando-se em uma poltrona de veludo bege.

— As lésbicas.

Ela sufocou a gargalhada horrorizada.

— Você estava perto o bastante para ouvir minha resposta?

Baixando os olhos para ela, Ramon assentiu, mas não havia divertimento no sorriso de lábios bem desenhados.

— Estava atrás de você, trocando moedas com o barman para dar o telefonema.

— Ah... — Os eventos desastrosos daquela noite eram um gatilho, mas Katie os empurrou firmemente para o fundo da mente. Pensaria naquilo amanhã, quando estivesse em condições. Deu de ombros, distraída. — Inventei as lésbicas. Não estava com disposição para...

— Por que não gosta de advogados? — interrompeu ele.

Katie sufocou mais um ataque de riso.

— É uma longa história, que prefiro não discutir. Mas imagino que respondi assim porque achei esnobe da parte dele me dizer que era advogado.

— Você não é esnobe?

Katie o fitou, surpresa. Havia uma inocência quase infantil no modo como ela se aninhara na poltrona, com os pés descalços sob o corpo; uma doce vulnerabilidade na pureza de seus traços e na luminosidade dos olhos azuis.

— Eu... não sei.

— Você teria sido desagradável se eu a abordasse naquele bar e dissesse ser motorista de caminhão?

Katie esboçou o primeiro sorriso genuíno daquela noite, os lábios macios se curvando com um humor sincero que fazia seus olhos reluzirem.

— Provavelmente eu teria ficado atônita demais para falar. Em primeiro lugar, ninguém que frequenta o Canyon Inn dirige um caminhão, e, em segundo, se alguém o fizesse, jamais admitiria.

— Por quê? Não há nada do que se envergonhar.

— Não, é claro. Mas o sujeito diria que trabalha no ramo de transportes ou de entregas, algo assim, de forma a soar como se fosse dono de uma transportadora ou de uma frota de caminhões.

Ramon a encarou como se suas palavras fossem um obstáculo, e não um incentivo para que a compreendesse. Os olhos deslizaram por aquele cabelo ruivo caído sobre os ombros, depois se afastaram abruptamente. Erguendo o cálice, bebeu metade do conhaque de uma só vez.

— O brandy deve ser saboreado aos poucos — observou Katie, mas logo se deu conta de que, embora pretendesse fazer uma sugestão, aquilo soara como uma repreensão. — Isto é — acrescentou, desajeitada —, você pode tomar de uma vez, mas as pessoas acostumadas ao brandy preferem beber devagar.

Ramon baixou o cálice e a olhou com uma expressão absolutamente enigmática.

— Obrigado — agradeceu ele, com uma cortesia impecável. — Vou tentar me lembrar disso, se algum dia tiver a sorte de tomar outro brandy.

Incomodada com a certeza de que enfim o ofendera de verdade, Katie o observou seguir para a janela da sala e entreabrir a grossa cortina bege.

Seu apartamento oferecia uma vista bem pouco inspiradora do estacionamento e, mais adiante, da movimentada avenida que passava na frente do condomínio. Recostando-se no batente da janela, ele aparentemente seguiu seu conselho e passou a beber o conhaque em pequenos goles enquanto olhava para o estacionamento.

Distraída, Katie reparou na maneira como a camisa se colava ao tronco largo e musculoso, esticando-se sempre que ele movimentava o braço, e depois desviou os olhos. Sua intenção fora apenas se mostrar simpática e, em vez disto, ela parecera condescendente e superior. Queria que ele fosse embora. Estava física e mentalmente exausta, e não havia motivo algum para ele bancar o guarda-costas. Rob não iria procurá-la naquela noite.

— Quantos anos você tem? — perguntou ele de repente.

O olhar de Katie disparou em sua direção.

— Vinte e três.

— Então já deveria ter desenvolvido um melhor senso de prioridades.

Katie estava mais perplexa do que ofendida.

— O que quer dizer?

— Quero dizer que você acha importante que o brandy seja apreciado da maneira "adequada", no entanto não se preocupa se é "apropriado" convidar para seu apartamento um homem que acabou de conhecer. Sua reputação está em jogo e...

— Um homem que acabei de conhecer! — interrompeu Katie, indignada, abandonando qualquer obrigação de ser gentil. — Em primeiro lugar, só o convidei para entrar porque você pediu para usar o telefone e achei que deveria ser educada depois de ter me ajudado. Em segundo lugar, não sei como são as coisas no México ou seja lá o país de onde veio, mas...

— Nasci em Porto Rico — informou ele.

Katie ignorou a interrupção.

— Bem, aqui nos Estados Unidos não temos essas absurdas ideias antiquadas a respeito da reputação das mulheres. Os homens nunca se preocuparam com a própria reputação, e nós também não nos preocupamos mais com a nossa. Fazemos o que bem entendemos!

Katie não podia acreditar naquilo. Agora, quando realmente *queria* insultá-lo, ele parecia prestes a cair na risada.

Os olhos negros tinham um brilho divertido, e um sorriso pairava em seus lábios.

— Você faz o que bem entende?

— É claro que sim! — respondeu ela, enfática.

— E o que você faz?

— Como?

— O que você gosta de fazer?

— Qualquer coisa que eu queira.

— E o que quer fazer... agora? — A voz soou grave.

O tom sugestivo fez com que Katie de repente percebesse a crua sensualidade que emanava daquela silhueta musculosa, destacada pela calça jeans reveladora e pela camisa branca e justa. Um tremor a perpassou quando o olhar de Ramon acariciou seu rosto, demorando-se em seus lábios antes de caírem preguiçosamente para a curva dos seios sob o tecido fino do vestido. Ela sentia vontade de gritar, rir ou chorar... ou uma combinação dos três. Depois de tudo o que havia lhe acontecido naquela noite, Katie Connelly ainda conseguira se deparar com um Casanova porto-riquenho que agora julgava ser a resposta a todas as suas necessidades sexuais!

Obrigando-se a soar ríspida, ela por fim respondeu:

— O que quero fazer agora? Quero ser feliz com minha vida e comigo mesma. Quero ser livre — acrescentou vagamente, distraída demais pelo olhar carregado e sensual para ser capaz de pensar com clareza.

— Do que deseja se libertar?

Katie se levantou de um salto.

— Dos homens!

Quando ela ficou de pé, Ramon se aproximou com movimentos deliberados e lentos.

— Você quer se libertar de tanta liberdade, mas não dos homens.

Katie foi se afastando para a porta enquanto ele avançava em sua direção. Havia sido louca em convidá-lo para entrar, e agora ele deturpava ostensivamente suas intenções em proveito próprio. Ofegou quando as costas se chocaram contra a porta.

Ramon parou a centímetros dela.

— Se você quisesse se livrar dos homens, como diz, não teria ido àquele bar esta noite. Não teria encontrado aquele sujeito no estacionamento. Você não sabe o que quer.

— Sei que já é muito tarde — argumentou Katie, com voz trêmula. — E quero que você vá embora.

Ele estreitou os olhos, mas a voz soou gentil quando perguntou:

— Está com medo de mim?

— Não — mentiu ela.

Ramon assentiu, satisfeito.

— Ótimo. Nesse caso, não vai recusar meu convite para ir ao zoológico amanhã.

Katie podia jurar que ele sabia que se sentia insegura demais na sua presença, e que não tinha vontade de ir a lugar algum em sua companhia. Pensou em dizer que tinha outros planos para o dia seguinte, mas estava certa de que ele insistiria para que marcassem outra data. Todos os seus instintos a alertavam de que Ramon poderia se mostrar muito obstinado se quisesse. E, cansada e exaurida como estava, parecia mais fácil marcar o encontro e, depois, simplesmente não aparecer. Até ele seria capaz de aceitar uma rejeição assim como definitiva.

— Está bem — disfarçou ela. — A que horas?

— Venho buscá-la às dez da manhã.

Quando a porta se fechou atrás de Ramon, Katie se sentiu como um fio esticado ao máximo por um monstro que desejava ver o quanto suportaria antes de se romper. Ela se arrastou para a cama, onde ficou olhando para o teto. Tinha problemas suficientes sem ter que lidar com algum latino passional que a convidara para um passeio no zoológico!

Virando-se de bruços, Katie pensou na cena sórdida com Rob e fechou os olhos com força, tentando fugir daquela velha tristeza. Passaria o dia seguinte na casa dos pais, decidiu. Na verdade, iria passar todo o fim de semana prolongado com eles. Afinal, os pais sempre se queixavam de que ela quase não os visitava.

Capítulo 3

O TOQUE ESTRIDENTE do despertador, às 8h da manhã seguinte, acordou Katie de um sono profundo e agitado. Sem entender por que havia posto para despertar num sábado, estendeu a mão e apertou o botão, silenciando o barulho insistente.

Quando tornou a abrir os olhos, eram 9h e Katie piscou sob a luz que inundava seu quarto. Ah, não! Ramon chegaria em uma hora...

Pulou da cama, correu para o banheiro e abriu o chuveiro. Seu coração acelerava a cada minuto, enquanto todo o restante parecia se mover em câmera lenta. O secador levou uma eternidade para secar o cabelo volumoso; ela derrubava tudo o que tocava e ansiava por uma boa xícara de café.

Movendo-se rapidamente, abriu as gavetas e vestiu um conjunto de calça azul-marinho e blusa debruada de branco. Puxou o cabelo para trás e o prendeu com um lenço de seda estampado de azul, vermelho e branco, depois atirou um punhado de roupas escolhidas ao acaso na mala.

Às 9h35, Katie fechou a porta do apartamento atrás de si e saiu para o azul repousante da manhã de maio. O imenso condomínio estava tranquilo e silencioso: a típica calmaria de apartamentos onde predominavam moradores solteiros após as festas, encontros e bebedeiras das noites de sexta-feira.

Katie correu na direção do carro, mudando a mala para a mão esquerda, a fim de procurar as chaves na enorme bolsa de lona.

— Droga! — resmungou baixinho, pousando a mala no chão, ao lado do carro, enquanto remexia freneticamente dentro da bolsa.

Lançou um olhar nervoso e apreensivo para o trânsito da avenida movimentada, quase esperando ver um caminhão barulhento atravessar a entrada do condomínio.

— Onde será que deixei as chaves? — murmurou, desesperada.

Os nervos, já à flor da pele, explodiram em um grito sufocado quando sentiu alguém segurar seu braço.

— Estão comigo — disse uma voz profunda junto ao seu ouvido.

Katie deu meia-volta, tomada pela fúria e pelo medo.

— Como se atreve a me espionar?! — gritou.

— Eu estava *esperando* você — enfatizou Ramon.

— Mentiroso! — sibilou ela, cerrando os punhos na lateral do corpo. — Ainda falta quase meia hora para o horário marcado. Ou será que você sequer sabe ver as horas?

— Aqui estão suas chaves. Eu as esqueci no bolso, ontem à noite.

Ele estendeu a mão e lhe entregou o chaveiro e um único botão de rosa vermelha de caule longo.

Ao pegar as chaves da mão de Ramon, Katie evitou tocar a indesejada rosa escarlate.

— Pegue a flor — insistiu ele, mantendo o braço estendido. — É para você.

— Que droga! — explodiu ela, em seu desespero. — Me deixe em paz! Não estamos em Porto Rico e eu não quero sua flor! — Ignorando-a, ele continuou parado, com toda a paciência. — Eu já disse que não quero! — disparou Katie, enquanto se abaixava em um acesso de fúria para pegar a mala no chão. No processo, sem querer esbarrou na mão dele e derrubou a rosa.

A visão do lindo botão caído no concreto provocou uma pontada de culpa que estilhaçou a raiva e a deixou extremamente envergonhada. Ela olhou para Ramon; o rosto orgulhoso permanecia sereno, sem refletir irritação ou condenação, apenas uma profunda e inexplicável tristeza.

Incapaz de encará-lo, Katie baixou os olhos, e a culpa se tornou vergonha ao ver que comprar uma rosa não tinha sido a única coisa que ele fizera para agradá-la: Ramon também havia se vestido de acordo para aquele encontro. O jeans dera lugar a uma impecável calça preta e uma camisa polo também preta de mangas curtas; o rosto recém-barbeado exalava o perfume apimentado da colônia.

Sua intenção parecia apenas agradar e impressionar Katie; não merecia aquele tratamento, sobretudo depois do modo como a defendera na noite anterior. Ela olhou para a rosa vermelha aveludada caída aos seus pés e se sentiu tão envergonhada que lágrimas brilharam em seus olhos, fazendo a garganta arder.

— Ramon, me desculpe, por favor — disse ela, arrependida, enquanto se abaixava para pegar a flor. Agarrada ao caule, ergueu os olhos e fitou o rosto sério. — Obrigada pela linda rosa. E se... se ainda quiser minha companhia, vou com você ao zoológico, como prometi. — Fazendo uma pausa para respirar fundo, continuou: — Mas quero que você entenda que não tenho intenção de... Bem, não quero ter nada *sério* com você, portanto não comece a... — Hesitou, atônita, quando os olhos dele reluziram com riso contido.

Em um tom bem-humorado, ele falou:

— Eu ofereci apenas uma flor e um passeio ao zoológico. Não a pedi em casamento.

De repente, Katie se flagrou retribuindo o sorriso.

— Tem toda razão.

— Então podemos ir? — sugeriu ele.

— Sim, mas primeiro vou levar a mala de volta ao meu apartamento. — Ela foi pegar a mala, mas Ramon foi mais rápido.

— Deixa comigo — avisou ele.

Quando entraram no apartamento, Katie pegou a mala da mão de Ramon e se encaminhou para o quarto. Mas uma pergunta a fez parar:

— Era de mim que estava fugindo?

Katie se virou na soleira da porta.

— Não exatamente. Depois da noite de ontem, senti necessidade de fugir de tudo e de todos por algum tempo.

— O que pretendia fazer?

Os lábios de Katie se curvaram em um sorriso melancólico.

— Eu ia fazer o que quase todas as mulheres autossuficientes, independentes e maduras fazem quando não conseguem lidar com uma situação: correr para a casa dos pais.

Minutos depois, saíram do apartamento. Enquanto cruzavam o estacionamento, Katie mostrou a sofisticada máquina fotográfica que carregava em sua mão esquerda.

— É uma câmera — disse a ele.

— Sim, eu sei — afirmou Ramon com zombeteira seriedade. — Elas já existem até em Porto Rico.

Katie riu e balançou a cabeça em um gesto de autocensura.

— Desculpe, acho que nunca percebi a norte-americana típica que sou.

Parando ao lado de um vistoso Buick Regal, Ramon abriu a porta para ela.

— Você é uma linda norte-americana — contradisse em voz baixa. — Entre.

Para vergonha de Katie, ela percebeu que estava bem aliviada pelo carro. Sacolejar pela autoestrada em um caminhão de entregas não era exatamente o seu estilo.

— Seu caminhão quebrou outra vez? — perguntou, enquanto saíam do estacionamento para o tráfego tranquilo da manhã de sábado.

— Achei que você iria preferir um carro a um caminhão. Um amigo me emprestou.

— Podíamos ter usado o meu — ofereceu ela.

O breve olhar que ele lhe dirigiu deixou bem claro que, se Ramon convidasse alguém para um passeio, se encarregaria de providenciar o transporte. Constrangida, Katie ligou o rádio e o observou disfarçadamente. Com o físico esplêndido e a pele bronzeada de sol, ele a fazia lembrar um jogador de tênis profissional.

* * *

KATIE SE DIVERTIU MUITO COM Ramon, embora o zoológico estivesse lotado por causa do feriado do Memorial Day. Lado a lado, caminharam pelas trilhas pavimentadas. Ramon comprou um saquinho de amendoins para que ela jogasse aos ursos, e caiu na gargalhada quando, no viveiro das aves, um tucano de bico enorme voou para perto da grade, fazendo com que Katie soltasse um gritinho e cobrisse a cabeça.

Ela o acompanhou à Casa dos Répteis, tentando manter sob controle a fobia de cobras ao usar do artifício de não fixar o olhar em nada. Com um arrepio na espinha, ela movia os olhos pelo salão sem focalizar qualquer um dos ocupantes reptilianos.

— Olhe — disse Ramon em seu ouvido, indicando uma vitrine bem ao lado.

Katie engoliu em seco.

— Não preciso olhar — murmurou com os lábios secos. — Já sei que há uma árvore lá dentro, o que significa que tem uma cobra pendurada num galho. — As palmas de suas mãos começaram a suar, e ela quase sentia o deslizar sinuoso da serpente na própria pele.

— Qual é o problema? — perguntou ele, reparando que ela empalidecia. — Você não gosta de cobras?

— Não... muito — respondeu ela, a voz rouca.

Balançando a cabeça, Ramon a pegou pelo braço e a levou para fora, onde Katie respirou fundo e se sentou num banco de madeira.

— Tenho certeza de que colocaram estes bancos bem na frente da Casa dos Répteis para pessoas como eu. Do contrário haveria gente caindo como moscas lá dentro.

A leve covinha no queixo de Ramon se aprofundou quando ele sorriu.

— As cobras são muito benéficas para a humanidade. Elas comem roedores, insetos...

— Por favor! — Katie estremeceu, erguendo a mão em protesto. — Não precisa me descrever todo o cardápio.

Ramon a encarou numa expressão divertida e insistiu:

— Mas a verdade é que elas são muito úteis e necessárias ao equilíbrio da natureza.

Katie se levantou devagar, ainda um tanto zonza, e lhe lançou um olhar enviesado.

— É mesmo? Pois desconheço algo que uma cobra faça que uma criatura de aparência menos repulsiva não possa fazer ainda melhor.

O nariz delicado se enrugou de nojo, e Ramon sorriu pensativo, perdido nos brilhantes olhos azuis.

— Nem eu — admitiu ele.

Continuaram o passeio e Katie não conseguia se lembrar de um encontro tão tranquilo e agradável. Ramon, sempre impecavelmente gentil, segurava seu braço quando desciam escadas ou rampas, demonstrando um cavalheirismo quase obsoleto na maneira como procurava satisfazer seus mínimos desejos.

Quando chegaram à ilha onde ficavam os macacos, pavões e outros animais interessantes, mas não exóticos, Katie usou a maior parte do segundo rolo de filme. Pegando um punhado de pipocas do saquinho que Ramon lhe oferecia, ela se inclinou na cerca que isolava a pequena ilha e atirou os grãos de milho para os patos. Aquela involuntária posição provocante fazia com que o tecido da calça se colasse ao contorno gracioso dos quadris, oferecendo uma visão encantadora, de que Ramon desfrutava completamente.

Inconsciente do foco de sua atenção, Katie o encarou por cima do ombro.

— Quer uma foto disso? — perguntou ela.

Os lábios dele se curvaram.

— Do quê?

— Da ilha — respondeu Katie, intrigada com a expressão divertida no rosto dele. — O filme está quase no fim. Vou dar os dois a você e, depois de revelados, terá uma boa lembrança do seu passeio ao zoológico de St. Louis.

Ele a encarou, surpreso.

— As fotos são para mim?

— É claro — respondeu ela, se servindo de mais um punhado de pipocas.

— Se eu soubesse que eram para mim — começou ele, sorrindo —, não teria pedido fotos só de ursos e girafas para me lembrar deste dia.

Katie arqueou as sobrancelhas, inquisitiva.

— Está se referindo às cobras, não é? Bem, se quiser eu lhe mostro como usar a câmera e você vai sozinho à Casa dos Répteis enquanto espero aqui.

— Não — disse ele com um tom irônico ao se afastarem da cerca. — Eu não estava me referindo às cobras.

A caminho de casa, pararam em uma mercearia para que Katie comprasse café. Num impulso, ela decidiu convidar Ramon para um lanche rápido e acrescentou uma garrafa de vinho tinto e alguns queijos às compras.

Ramon a acompanhou até a porta, mas, quando Katie o convidou para entrar, hesitou um pouco, antes de finalmente concordar.

Menos de uma hora depois, ele se levantou para sair.

— Preciso trabalhar esta noite — explicou.

Sorrindo, Katie foi pegar a máquina fotográfica.

— Ainda há uma pose neste filme. Fique parado aí, vou tirar uma foto sua e lhe entrego os dois filmes.

— Não. Guarde até amanhã. Quero tirar uma foto sua quando formos ao piquenique.

Katie considerou a ideia de sair novamente com ele. Pela primeira vez em muito tempo tinha se sentido à vontade e despreocupada, mas, mesmo assim...

— Não posso aceitar. Mas obrigada pelo convite.

Ramon era alto, másculo e sexy, não havia dúvida, mas as feições latinas a repeliam mais do que atraíam. Além disto, não tinham nada em comum.

— Por que você olha para mim e depois desvia o olhar, como se desejasse não me ver? — perguntou ele de repente.

Os olhos de Katie encontraram os dele.

— Eu... eu não faço isso.

— Faz sim — afirmou ele, implacável.

Ela pensou em mentir, mas mudou de ideia ao sentir a intensidade daqueles olhos escuros.

— Você me lembra alguém que já morreu. Ele também era alto, com a pele bronzeada pelo sol e... bem, tinha essa aparência... máscula, como você.

— A morte dele lhe causou muito sofrimento?

— Na verdade me trouxe um grande alívio — revelou ela, enfática. — Antes de sua morte, muitas vezes desejei ter coragem de matá-lo com minhas próprias mãos!

Ramon riu.

— Você teve uma vida bastante sombria e sinistra. Para alguém tão jovem e bonita.

Katie, que era conhecida e amada pela personalidade alegre, apesar das lembranças dolorosas que guardava dentro de si, abriu um sorriso luminoso.

— Suponho que seja melhor ter uma vida sombria e sinistra do que uma vida tediosa — argumentou ela.

— Mas você *está* entediada — disse ele. — Percebi no instante em que a vi naquele bar. — Já com a mão na maçaneta, ele a encarou do outro lado da sala. — Amanhã venho buscá-la ao meio-dia. Eu providencio a comida. — Sorrindo diante da surpresa e indecisão de Katie, acrescentou: — E pode providenciar um sermão sobre como sou grosseiro em insistir, e não pedir, que você saia comigo.

* * *

FOI APENAS NAQUELA NOITE, QUANDO o tédio a fez sair cedo de uma festa agitada no apartamento de uma amiga, que Katie considerou seriamente as últimas palavras de Ramon. Seria o tédio o motivo de sua crescente inquietação, daquela insatisfação vaga e inexplicável que inflava dentro de si nos últimos meses? Se perguntou, enquanto vestia o pijama de seda. Não, concluiu após um momento de reflexão, sua vida podia ser tudo, menos tediosa. Às vezes até aconteciam coisas demais.

Sentada no sofá da sala, Katie correu, distraída, a ponta do dedo pela capa do livro em seu colo, os olhos azuis nublados e sombrios. Se não era tédio, então *o que* estava acontecendo com ela ultimamente? Esta era uma pergunta que se fazia com cada vez mais frequência, e com crescente frustração, pois a resposta sempre lhe fugia. Se ao menos pudesse descobrir o que faltava em sua vida, então poderia tentar fazer alguma coisa a respeito.

Mas nada lhe faltava, Katie disse a si mesma com firmeza. Impaciente com seu descontentamento, relacionou mentalmente os motivos que tinha para ser feliz: aos 23 anos, já tinha um diploma e conseguira um emprego maravilhoso e estimulante, que lhe pagava muito bem. Mesmo se não tivesse um salário, o fundo de reservas que o pai estabelecera para ela anos antes lhe garantiria uma quantidade de dinheiro mais do que necessária. Tinha um belo apartamento, com armários cheios de roupas. Os homens a achavam atraente; tinha bons amigos e sua vida social era intensa e animada. Os pais eram carinhosos, preocupados com ela e, portanto, tinha... tudo!, garantiu a si mesma.

O que mais poderia querer, ou precisar, para ser mais feliz? "Um homem", responderia Karen, como sempre.

Um leve sorriso curvou os lábios de Katie. "Um homem" não era, definitivamente, a resposta para os seus problemas. Já conhecera dezenas de homens, portanto não era a falta de companhia masculina o motivo daquela sensação de vazio, inquietante e ansiosa.

Katie, que sempre desprezara qualquer coisa semelhante à autopiedade, tratou de se recompor. Não havia nenhuma desculpa para sua tristeza, nenhuma. Ela tinha muita sorte! Mulheres de todo o mundo ansiavam por uma carreira de sucesso; lutavam para ser independentes e autossuficientes; sonhavam com a segurança financeira. E ela, Katie Connelly, alcançara isso com apenas 23 anos.

— Tenho tudo o que desejo — disse em voz alta, com determinação, abrindo o livro.

Ficou olhando para o borrão de palavras na página enquanto, em algum lugar de seu coração, uma voz gritava: *Não é o bastante. Isso não significa nada. Eu não significo nada.*

Capítulo 4

FORAM AO FOREST PARK para o piquenique, e Ramon estendeu a manta de Katie sob um enorme bosque de carvalhos, e ali se deliciaram com os frios importados e os pães crocantes que ele havia comprado.

Enquanto conversavam e comiam, Katie estava vagamente ciente do olhar de admiração com que ele a fitava, e de como a atenção dele se dirigia para o cabelo ruivo-dourado que lhe caía sobre os ombros sempre que se inclinava sobre a cesta de piquenique. Porém, estava se divertindo tanto que nem mesmo se incomodou.

— Parece que nos Estados Unidos frango frito é um prato típico em piqueniques — disse Ramon, quando houve uma pausa na conversa. — Infelizmente não sei cozinhar. Se fizermos outro piquenique, compro os ingredientes e você prepara.

Katie quase engasgou com o Chianti encorpado que bebia em um copo de plástico.

— Mas que suposição absurdamente machista! — argumentou ela, rindo. — Por que acha que sei cozinhar?

Ramon se esticou na manta, se apoiando no braço, e a encarou com seriedade exagerada.

— Porque você é mulher, óbvio.

— Você... você está falando sério? — gaguejou ela.

— Sobre você ser mulher? Ou sobre sua capacidade de cozinhar? Ou sobre você?

Katie percebeu a intensa sensualidade que lhe inundou a voz quando ele pronunciou as últimas palavras.

— Sobre a ideia de que todas as mulheres são capazes de cozinhar — respondeu com frieza.

O sorriso de Ramon se alargou diante daquela evasiva.

— Eu não disse que todas as mulheres são boas cozinheiras, apenas que as mulheres devem cozinhar. Os homens devem trabalhar para comprar a comida que elas preparam. É assim que as coisas devem ser.

Katie o encarou, incrédula, quase convencida de que ele a provocava deliberadamente.

— Bem, talvez você fique surpreso em saber, mas nem todas as mulheres nascem com o desejo ardente de picar cebolas e ralar queijo.

Ramon sufocou uma risada, depois mudou de assunto:

— Em que você trabalha?

— Trabalho no RH de uma grande empresa. Entrevisto candidatos para empregos, coisas assim.

— E você gosta?

— Muito — respondeu ela, tirando uma enorme maçã vermelha de dentro da cesta. Puxou as pernas para junto do corpo, abraçando-as, e deu uma mordida na fruta suculenta. — Está uma delícia.

— É uma pena — comentou ele.

Katie o encarou, surpresa.

— É uma pena eu ter gostado da maçã?

— Não, é uma pena que você goste tanto do seu trabalho. Talvez se ressinta por ter que abandoná-lo quando se casar.

— Abandoná-lo quando eu...! — repetiu Katie, rindo bem-humorada, balançando a cabeça. — Ramon, você tem sorte de não ser americano. Nem mesmo está a salvo neste país. Existem mulheres que seriam capazes de cozinhar *você* pela maneira como pensa.

— Sou americano — revelou ele, ignorando o aviso de Katie.

— Mas você disse que é porto-riquenho.

— Eu disse que nasci em Porto Rico. Na verdade, sou espanhol.

— Você acabou de dizer que é porto-riquenho e americano.

— Katie — disse ele, lhe provocando um inexplicável arrepio de prazer ao pronunciar seu nome pela primeira vez. — Porto Rico faz parte da comunidade norte-americana. Todos que nascem nesse país são, automaticamente, cidadãos americanos. Meus ancestrais, no entanto, eram todos espanhóis, e não porto-riquenhos. Portanto, sou americano, nascido em Porto Rico e descendente de espanhóis. Exatamente como você é... — Ele estudou a pele clara, os olhos azuis e o cabelo avermelhado. — Como você é americana, nascida nos Estados Unidos, e descendente de irlandeses.

Katie se irritou com o tom de superioridade daquele discurso.

— Na verdade, você é um machista espanhol-porto-riquenho-americano da pior espécie!

— Por que usar esse tom de voz comigo? Só porque acredito que, quando uma mulher se casa, sua obrigação é cuidar do marido?

Katie lhe lançou um olhar de desprezo.

— Independentemente do que você acredita, muitas mulheres precisam ter interesses, se realizar fora do lar, exatamente como os homens. Nós gostamos de ter uma carreira da qual possamos nos orgulhar.

— Uma mulher pode se orgulhar de cuidar do marido e dos filhos.

Katie sabia que nada, *nada* do que dissesse apagaria o sorriso complacente daquele rosto.

— Felizmente os homens que nascem nos Estados Unidos não fazem objeções à carreira de suas esposas. Eles são mais compreensivos e atenciosos!

— Sim, eles são muito compreensivos e atenciosos — admitiu Ramon, irônico. — Eles permitem que vocês trabalhem, deixam que lhes entreguem todo o salário, permitem que tenham seus filhos, que contratem alguém para cuidar das crianças, que limpem a casa e... — provocou — que ainda cozinhem.

Katie ficou muda por um instante diante daquela afirmação, mas logo jogou a cabeça para trás e deu uma gargalhada.

— Isso é verdade! — disse ela.

Ramon se deitou ao lado dela, apoiando a cabeça nas mãos cruzadas, e observou o céu azul, pontilhado de nuvens brancas como algodão.

— Você tem uma risada muito agradável, Katie.

Ela deu outra mordida na maçã e rebateu alegremente:

— Você só está dizendo isso porque pensa que me convenceu, mas não mudei de ideia. Se uma mulher deseja ter uma carreira, deve ter a chance de fazer isso. Além do mais, muitas mulheres querem ter casa e roupas melhores do que os maridos podem lhes proporcionar com apenas os seus salários que recebem.

— Então ela consegue uma bela casa e boas roupas à custa do orgulho do marido, indo trabalhar e provando a ele, e a todo mundo, que o que ele lhe dá não é bom o bastante.

— Os maridos americanos talvez não sejam tão orgulhosos quanto os espanhóis.

— Os maridos americanos abdicaram de suas responsabilidades. Não têm nada do que se orgulhar.

— Que idiotice! — exclamou Katie, categórica. — Você iria querer que a garota que ama e com quem se casou morasse num bairro como o Harlem, porque isso é o melhor que pode lhe proporcionar com o que ganha dirigindo aquele caminhão? Mesmo sabendo que, se ela trabalhasse, fazendo algo de que gosta, os dois poderiam ter muito mais?

— Acredito que ela iria se satisfazer com o que eu pudesse lhe dar.

Katie sentiu um arrepio diante da perspectiva de uma meiga jovem hispânica ser obrigada a morar em um lugar humilde porque o orgulho de Ramon não permitiria que trabalhasse.

— E não gostaria que ela se envergonhasse do que faço, como você — acrescentou ele, em um tom preguiçoso.

Katie ouviu a censura contida naquelas palavras, mas se manteve firme.

— Você nunca desejou fazer algo melhor do que dirigir um caminhão de entregas?

A resposta demorou a chegar, e Katie desconfiou de que ele a rotulava como uma mulher insistente e ambiciosa.

— E faço. Também trabalho numa fazenda.

Katie endireitou o corpo.

— Você trabalha numa fazenda? Aqui no Missouri?

— Em Porto Rico — corrigiu ele.

Katie não soube dizer se estava aliviada ou desapontada pelo fato de ele não permanecer em St. Louis. Ramon fechou os olhos por um instante e ela aproveitou para estudar o rosto emoldurado pelo farto cabelo escuro. Havia uma nobreza hispânica estampada naquelas feições bronzeadas de sol, autoridade e arrogância na linha firme do maxilar e no nariz reto, determinação no queixo empinado. Ainda assim, pensou Katie com um sorriso, a leve covinha no queixo e os longos cílios espessos suavizavam o efeito final. Os lábios eram firmes, com um formato sensual, e foi com um lampejo de excitação que ela imaginou como seria senti-los ardentes sobre os seus. No dia anterior, ele lhe dissera ter 34 anos, mas agora, com a expressão relaxada pelo sono, Katie achou que parecia mais jovem.

Deixou o olhar vagar pelo corpo longo, incrivelmente em forma e musculoso estendido ao seu lado na manta. A camisa polo estava colada aos ombros largos e peito, as mangas curtas expunham a força retesada dos braços. A calça jeans acentuava os quadris estreitos, a barriga chapada e as coxas firmes. Mesmo de olhos fechados, ele parecia exalar uma virilidade poderosa e selvagem, o que não mais a repelia. De alguma forma, tendo admitido que ele a fazia lembrar um pouco de David, Katie havia banido de sua mente toda semelhança entre os dois homens.

Os olhos de Ramon não se abriram, mas a linha dos lábios se curvou em um meio-sorriso.

— Espero que esteja gostando da vista.

Katie desviou rapidamente o olhar, constrangida.

— Estou mesmo. O parque está lindo hoje, as árvores...

— Você não estava olhando para as árvores, *señorita.*

Katie achou melhor não responder. E ficou contente por ele tê-la chamado de *señorita,* uma expressão que soava estrangeira e estranha para ela, enfatizando as diferenças entre os dois e neutralizando o efeito que aquela ostensiva masculinidade lhe provocava. No que estava pensando, querendo que ele a beijasse? Envolver-se com Ramon levaria apenas ao desastre. Não tinham nada em comum, vinham de mundos completamente diferentes. Socialmente estavam a anos-luz de distância. No dia seguinte, por exemplo, ela deveria comparecer a um churrasco na elegante casa dos pais, nos arredores do Country Club de Forest Oaks. Ramon jamais se adaptaria ao tipo de pessoas que estariam lá. Ele se sentiria deslocado se ela o levasse. Estaria fora de seu ambiente. E, no instante em que seus pais descobrissem se tratar de um trabalhador rural que dirigia um caminhão de entregas na primavera, era bem provável que deixassem claro a convicção de que o lugar de Ramon não era naquela casa, tampouco com a filha.

Ela não voltaria a ver Ramon depois daquele dia, Katie decidiu com firmeza. Jamais poderia haver qualquer coisa entre eles, e sua reação sexual era um motivo mais do que concreto para que parasse com esses pensamentos imediatamente. Aquilo nunca levaria a algo significativo nem duradouro.

— Por que se afastou de mim, Katie?

Os penetrantes olhos negros estavam abertos, estudando seu rosto. Katie fingiu se concentrar na tarefa de ajeitar a manta sob si, e depois se deitou.

— Não sei do que está falando — respondeu, fechando os olhos e o ignorando de maneira deliberada.

A voz de Ramon soou baixa e sensual:

— Quer saber o que vejo quando olho para você?

— Não. — Ela se apressou em responder. — Sobretudo se você vai se portar como um ardente amante latino. E, pelo tom de sua voz, acho que é isso mesmo que pretende. — Tentou relaxar, mas no silêncio carregado que se seguiu, foi impossível. Minutos depois, levantou-se abruptamente. — Acho que está na hora de irmos embora — anunciou, ajoelhando-se e começando a recolher os restos do piquenique.

Sem uma palavra, Ramon também se levantou e dobrou a manta.

O silêncio tenso durante o trajeto até o apartamento foi quebrado apenas por Katie, que, na esperança de se retratar pela grosseria, fez duas tentativas de conversa, apenas para ser desencorajada pelas respostas monossilábicas de Ramon. Ela se sentia envergonhada por seus pensamentos elitistas, constrangida pela maneira como falara com ele e irritada porque Ramon não lhe permitia acalmar os ânimos.

Quando ele estacionou na frente do apartamento de Katie, ela só queria dar aquele dia por encerrado, embora fossem apenas três horas da tarde. Antes que Ramon tivesse a chance de dar a volta para abrir a porta do carro, ela mesma o fez e quase saltou.

— Vou abrir a porta para você — disparou ele. — É uma questão de educação.

Katie, que pela primeira vez se deu conta da amarga irritação de Ramon, logo foi contagiada por aquela obstinação.

— Talvez o surpreenda — anunciou, enquanto subia com pressa os degraus e enfiava a chave na fechadura —, mas não há nada de errado com minhas mãos. Sou perfeitamente capaz de abrir uma maldita porta de carro. E não vejo motivo para que seja gentil comigo, depois de eu ter sido tão insuportável!

O tom raivoso desse comentário não passou despercebido a Ramon, mas foi totalmente eclipsado pelo que se seguiu. Enquanto abria a porta do apartamento, Katie se virou na soleira e disse, furiosa:

— Obrigada, Ramon. Eu me diverti muito.

Sem fazer ideia do motivo da gargalhada de Ramon, Katie ficou aliviada ao ver que ele não estava mais zangado e, de repente, se sentiu inquieta pela maneira como ele a seguiu para dentro do apartamento, fechou a porta com firmeza e agora a fitava com uma expressão inconfundível.

As palavras suaves eram parte convite, parte uma ordem:

— Venha aqui, Katie.

Ela balançou a cabeça e deu um cauteloso passo para trás, mas um arrepio involuntário lhe percorreu a espinha.

— Não é costume, entre as mulheres emancipadas, agradecer com um beijo o fato de terem "se divertido"? — insistiu ele.

— Nem todas fazem isso — rebateu ela, a voz trêmula. — Algumas dizem apenas "obrigada".

Um leve sorriso surgiu nos lábios de Ramon, mas os olhos semicerrados deslizaram até a convidativa maciez da boca de Katie, e ali ficaram.

— Venha aqui, Katie. — Quando ela continuou recuando, ele acrescentou num tom mais baixo: — Não está curiosa por saber como os espanhóis beijam, ou como os porto-riquenhos fazem amor?

Ela engoliu em seco.

— Não — sussurrou.

— Venha cá, Katie, e eu mostro a você.

Hipnotizada por aquela voz de veludo e pelos fascinantes olhos negros, Katie foi até ele numa espécie de transe, misto de temor e excitação.

Independentemente de suas expectativas ao caminhar para os braços de Ramon, não imaginou que se veria presa em um abraço apertado que a envolveu em uma suave escuridão, onde a única sensação era a daqueles lábios se movendo incessantemente sobre os seus; a sensação de ondas de calor que a invadiam enquanto ele a acariciava.

— Katie — sussurrou Ramon com voz rouca, afastando os lábios dos dela e lhe beijando os olhos, rosto, têmporas. — Katie... — repetiu em um sussurro doído, enquanto se apossava novamente de sua boca.

Uma eternidade se passou antes que ele finalmente erguesse a cabeça. Débil e trêmula, Katie recostou o rosto no peito firme e sentiu o bater trovejante daquele coração. Sentia-se devastada pelo que acabara de acontecer. Fora beijada mais vezes do que podia lembrar, e por homens cujas técnicas tinham sido aperfeiçoadas a ponto de se tornarem uma espécie de arte. Em seus braços sentira prazer, mas não aquele intenso fluxo de alegria, seguido de um desejo feroz.

Os lábios de Ramon roçaram seu cabelo.

— E agora posso dizer o que penso quando olho para você?

Katie tentou manter a voz firme, mas descobriu que soava tão enrouquecida quanto ele.

— Você vai se comportar como um ardente amante latino?

— Sim.

— Tudo bem.

Ele riu baixinho, um som intenso e profundo.

— Vejo uma bela mulher de cabelo avermelhado e sorriso de anjo; e lembro de uma princesa que parecia perdida naquele bar, muito desgostosa com seus súditos. Então ouço uma feiticeira dizer ao homem determinado a conquistá-la que suas companheiras de apartamento eram lésbicas. — Ramon tocou o rosto de Katie, os dedos acariciando ternamente sua bochecha. — Quando olho para você, acho que é a princesa, anjo, feiticeira.

A maneira como ele se referiu a ela como "sua" fez com que Katie caísse em si. Subitamente se desvencilhou de Ramon e disse com falsa animação:

— Gostaria de ir até a piscina? Abriu hoje e todos os moradores estarão lá.

Enquanto falava, Katie enfiou as mãos nos bolsos de trás da calça, então notou a maneira como ele fitava o contorno de seus seios sob a camiseta e se apressou em endireitar o corpo.

Intrigado, Ramon arqueou a sobrancelha em uma pergunta muda; por que ela fazia objeção ao fato de ele a observar quando, minutos antes, havia a acariciado.

— Sim, é claro — respondeu. — Gostaria muito de ver a piscina e conhecer seus amigos.

Mais uma vez se sentiu pouco à vontade com ele. Afinal, Ramon era um desconhecido, um misterioso estrangeiro que parecia intensamente interessado em Katie. Além disto, ela agora estava desconfiada, e com razão. Sabia muito bem quando um homem pretendia levá-la para a cama, e era isto que Ramon queria. E o mais depressa possível.

Uma porta de correr envidraçada nos fundos da sala se abria para um pequeno terraço cercado por uma paliçada que garantia privacidade. Duas espreguiçadeiras, com macias almofadas florais, foram estrategicamente posicionadas para os banhos de sol. Atrás delas, em ambos os lados, espalhava-se uma profusão de vasos de plantas exuberantes, algumas já floridas.

Katie parou ao lado de um vaso de petúnias brancas e vermelhas. Com uma das mãos apoiada na cerca, hesitou por um instante, tentando pensar em uma maneira de dizer o que queria.

— Você tem um belo apartamento — elogiou Ramon atrás dela. — O aluguel deve ser bem caro.

Katie se virou, imediatamente considerando o comentário inofensivo como a oportunidade perfeita para chamar a atenção para as diferenças entre eles e assim, talvez, esfriar seu ímpeto.

— Obrigada. Na verdade, o aluguel é bem caro. Moro aqui porque meus pais querem ter certeza de que meus amigos e vizinhos são o tipo certo de pessoas.

— Pessoas ricas?

— Não necessariamente ricas, mas bem-sucedidas e socialmente aceitáveis.

O rosto de Ramon era uma máscara, desprovido de qualquer expressão.

— Nesse caso, talvez seja melhor não me apresentar aos seus amigos.

Com um único olhar para as feições orgulhosas e atraentes, Katie mais uma vez sentiu vergonha de si mesma. Passando uma irrequieta mão pelo cabelo, respirou fundo e, com determinação, confrontou o verdadeiro problema:

— Ramon, apesar do que acabou de acontecer entre nós, quero que entenda que não vou para a cama com você. Nem agora, nem nunca.

— Porque sou espanhol? — perguntou ele, impassível.

Constrangida, Katie corou.

— Não, claro que não! — Ela sorriu, com ironia. — Para usar uma expressão batida, "não sou esse tipo de garota". — Sentindo-se melhor agora que havia aberto o jogo, ela se virou para abrir o portão da cerca. — Bem, o que acha de descermos para ver o que está acontecendo na piscina?

— Não acho uma boa ideia — respondeu ele, sarcástico. — Ser vista na minha companhia poderia constrangê-la na frente de seus amigos "bem-sucedidos e socialmente aceitáveis".

Katie olhou por cima do ombro para aquele homem alto que, por sua vez, a encarava com uma expressão de irônico desprezo. Ela suspirou.

— Ramon, só porque me comportei como uma babaca preconceituosa você não precisa agir assim também. Por favor, vamos até a piscina?

Um lampejo de sorriso lhe iluminou o semblante enquanto a encarava. Sem dizer nada, estendeu o braço por cima do ombro de Katie e abriu o portão para ela.

A piscina era um cenário de caos total, como Katie já imaginava. Quatro partidas de polo aquático estavam sendo disputadas separadamente, os respectivos participantes gritando e espirrando água para todos os lados. Garotas de biquíni e homens de sunga estavam esparramados sobre toalhas e espreguiçadeiras, os corpos besuntados de protetor solar tostando ao sol. Latas de cerveja e rádios portáteis estavam em toda a parte, e a música jorrava dos alto-falantes.

Katie se encaminhou para uma das mesas com guarda-sóis e puxou uma cadeira de alumínio.

— O que está achando da inauguração de uma piscina americana? — perguntou, quando Ramon se sentou ao seu lado.

Ele passou o olhar enigmático pelo alegre pandemônio.

— Interessante.

— Olá, Katie! — chamou Karen, emergindo da piscina como uma graciosa sereia, o corpo voluptuoso cintilante com gotículas de água. Como sempre, Karen estava acompanhada de pelo menos dois machos devotados, que a seguiram pingando até a mesa onde se encontravam Katie e Ramon. — Você conhece Don e Brad, não é? — perguntou ela, indicando os dois rapazes, que também moravam no condomínio.

Katie os conhecia quase tão bem quanto Karen, então ficou um pouco surpresa, mas não demorou muito a perceber que a amiga não se importava com conhecidos, queria era que ela a apresentasse a Ramon.

Com uma certa relutância, Katie fez as apresentações. Tentou não reparar no evidente sorriso de apreciação que surgiu nos lábios de Ramon ao ser apresentado a Karen, nem na faísca nos olhos verdes da amiga quando estendeu a mão para ele.

— Que tal vocês mudarem de roupa e voltarem para dar um mergulho? — convidou Karen, sem tirar os olhos de Ramon. — Vai haver uma bela festa ao pôr do sol. Vocês deviam participar também.

— Ramon não trouxe roupa de banho. — Katie se apressou em recusar.

— Isso não é problema — respondeu a solícita Karen, desviando o olhar de Ramon pela primeira vez desde que saíra da piscina. — Brad pode emprestar um calção para ele, não é, Brad?

Brad, que tentava conquistar Karen havia quase um ano, deu a impressão de que preferia emprestar a Ramon uma passagem só de ida para longe da cidade, mas foi educado o bastante para endossar a oferta. E como poderia evitar? Poucos homens eram capazes de negar qualquer coisa a Karen, pois sua aparência prometia muito em troca. Karen tinha a mesma altura de Katie, cerca de 1,70 metro, porém havia uma sensualidade latente no corpo curvilíneo e no cabelo escuro que a faziam parecer uma fruta madura, pronta para ser colhida, mas apenas pelo homem que ela escolhesse. A independência que reluzia nos amendoados olhos verdes deixava bem claro que ela fazia as próprias escolhas. E, pelo modo como observava Ramon se afastar com Brad para vestir o calção de banho, ficou evidente para Katie que ela o escolhera.

— Onde você o encontrou? — perguntou Karen, quase com reverência. — Parece um Adônis... ou Adônis era loiro? Bem, de qualquer forma, parece um deus grego de cabelo preto.

Katie resistiu ao impulso cruel de esfriar o interesse de Karen com a informação de que Ramon era um trabalhador rural porto-riquenho de cabelo preto.

— Eu o conheci no Canyon Inn, sexta-feira à noite — respondeu, em vez disso.

— É mesmo? Não o vi por lá, e ele é quase impossível de passar despercebido. O que ele faz, além de ser lindo e sexy?

— Ele... — Katie hesitou, tentando poupar Ramon de qualquer possível constrangimento. — Trabalha no ramo de transportes. De entregas, na verdade.

— Sério? — perguntou Karen, lançando a Katie um olhar especulativo. — Já é sua propriedade privada ou ainda está no mercado?

Katie não pôde evitar o sorriso diante da sinceridade de Karen.

— E faria alguma diferença?

— Você sabe que sim. Somos amigas. Se você disser que o quer, não fico com ele em hipótese alguma.

O curioso era que Katie sabia que ela falava sério. Karen seguia um código de ética próprio e jamais roubaria o homem de uma amiga. Ainda assim, o que incomodou Katie foi a presunção imediata de Karen de que poderia conquistar Ramon, a não ser que, levada pelo espírito da amizade, decidisse não o fazer.

— Sirva-se — ofereceu Katie com uma indiferença que realmente não sentia. — Ele é todo seu, se quiser. Vou trocar de roupa.

Ao vestir o biquíni em seu apartamento, Katie estava irritada consigo mesma por não ter dito a Karen que deixasse Ramon em paz. E estava igualmente irritada por perceber que dava tanta importância ao fato. Também se sentia um pouco intimidada pela franca admiração que vira na expressão de Ramon quando estudara a exuberante figura de Karen num biquíni.

Katie parou diante do espelho, analisando minuciosamente a própria aparência. O biquíni azul-claro revelava um corpo perfeito em todo seu esplendor, desde os seios fartos e empinados, cintura fina e quadris arredondados até as pernas longas e bem torneadas. Com uma ponta de desgosto, Katie pensou que devia ser a única mulher capaz de parecer tão impecavelmente distinta mesmo estando praticamente nua!

Os homens assoviavam com admiração para garotas como Karen Wilson, mas se mantinham em silêncio respeitoso quando Katie Connelly passava. A maneira como ela erguia de leve o queixo orgulhoso e a graça natural com que se movia sempre a faziam parecer um tanto arrogante, e Katie não tinha como mudar essa imagem mesmo se quisesse, o que normalmente não queria.

Exceto em bares, era raro que Katie fosse abordada por homens desconhecidos. Não tinha uma aparência acessível. Em geral, bastava um olhar para a pele imaculada e os olhos muito azuis e os homens viam a beleza clássica, em vez do apelo sexual. Esperavam que ela fosse distante, intocável, e a tratavam com respeitosa admiração. Depois que a conheciam bem o bastante para saber que ela era amigável e calorosa, também descobriam que de nada adiantaria pressioná-la por mais do que estava disposta a dar. Conversavam com ela, riam e a convidavam para sair, mas suas insinuações sexuais eram mais verbais do que físicas. Sutilezas que Katie sempre ignorava com um sorriso, mas com determinação.

Katie escovou os fios ondulados e depois os sacudiu até caírem de modo casual e despojado, depois lançou mais um olhar, insatisfeito, para o espelho.

Quando voltou para a piscina, encontrou Ramon deitado numa espreguiçadeira ao lado de três garotas que haviam estendido suas toalhas no chão e flertavam descaradamente com ele. Karen estava sentada sob o guarda-sol de uma mesa do outro lado, em companhia de Brad e Don.

— Posso me juntar ao seu harém, Ramon? — provocou Katie, parando diante dele com um leve sorriso nos lábios.

Um sorriso lento e devastador se abriu no rosto bronzeado quando ele ergueu os olhos para ela. Depois, se levantando com agilidade, Ramon lhe ofereceu a espreguiçadeira. Em seu íntimo, Katie suspirou. Poderia muito bem ter aparecido na piscina usando uma capa de chuva, pensou. Nem uma vez aquele olhar tinha se aventurado abaixo de seu pescoço.

Ele foi se sentar à mesa com Karen e os dois rapazes.

Tentando ignorar suas emoções conflitantes, Katie começou a passar protetor solar nas pernas.

— Sou especialista, Katie. — Don sorriu para ela. — Precisa de ajuda?

Katie o encarou com um sorriso ousado.

— Minhas pernas não são assim tão compridas — recusou a oferta.

Ao contrário de Brad, Don não estava completamente obcecado por Karen, e nos últimos meses Katie havia notado que, se lhe desse o menor encorajamento, ele logo transferiria seu interesse de Karen para ela. Estava aplicando o creme no braço esquerdo quando ouviu a voz de Karen:

— Katie me contou que você trabalha no ramo de transportes, Ramon.

— Ah, ela contou, é? — Ramon falou devagar, com tanto sarcasmo que Katie parou o que estava fazendo e o encarou.

Ele estava recostado na cadeira com um fino cigarro preso entre os dentes muito brancos, os olhos penetrantes fixos nos de Katie. Ela corou e, apressada, desviou o olhar.

Poucos minutos depois, Karen fez de tudo para convencê-lo a nadar com ela, mas recebeu uma recusa firme e gentil.

— Você *sabe* nadar? — perguntou Katie, quando os outros se afastaram.

— Porto Rico é uma ilha, Katie — respondeu ele, com frieza. — O oceano Atlântico fica de um lado, e o Mar do Caribe, do outro. Não há escassez de água para se nadar.

Katie o encarou, intrigada. Desde o momento em que ele a beijara, em seu apartamento, uma sutil transferência de poder vinha ocorrendo. Até então ela havia se sentido confiante e no controle da situação. Agora, estava confusa e estranhamente vulnerável, enquanto Ramon parecia decidido e seguro de si.

— Eu ia apenas me oferecer para ensinar você a nadar, caso não soubesse — explicou ela, dando de ombros. — Não há necessidade de uma aula sobre a geografia de Porto Rico.

— Se você quiser nadar, vamos nadar — rebateu ele, ignorando o tom irritado.

Katie prendeu o fôlego quando ele se levantou e ficou parado à sua frente, vestido apenas com o calção branco de Brad. Quase 1,90 metro de esplêndida masculinidade, ombros largos e quadris estreitos, os músculos firmes de um atleta, o peito coberto por uma penugem escura. Quando Katie também se levantou, manteve o olhar preso na medalha de prata que ele trazia no pescoço.

Desconcertada e constrangida pela maneira como aquele corpo bronzeado a afetava, Katie não o encarou até se dar conta de que Ramon não pretendia sair da sua frente. Quando, por fim, ergueu os olhos, ela o ouviu dizer baixinho:

— Acho que você está ótima também.

Um sorriso espontâneo lhe curvou os lábios.

— Pensei que você não tivesse reparado — disse ela, enquanto seguiam para a piscina.

— Achei que não me quisesse olhando para você.

— Você bem que olhou para Karen — Katie se flagrou dizendo. Balançou a cabeça, atônita, e deixou escapar outro pensamento, também em voz alta: — Não pretendia dizer isso.

— Não — disse ele, divertido. — Tenho certeza de que não.

Decidida a esquecer aquela conversa, Katie parou no lado fundo da piscina e mergulhou, cortando a água com movimentos limpos e graciosos. Ramon estava bem ao seu lado, acompanhando as braçadas vigorosas com uma facilidade que ela teve que admirar. Deram vinte voltas na piscina, antes que Katie parasse. Ficou observando Ramon completar mais dez voltas e então o chamou, rindo:

— Exibido!

Com um mergulho, ele desapareceu. Katie deu um gritinho assustado quando um par de mãos a segurou pelas pernas e a puxou para o fundo. Ao voltar à superfície, estava ofegante e os olhos ardiam por causa do cloro.

— Isso foi uma infantilidade! — protestou com alegre severidade, quando Ramon passou as mãos no cabelo úmido e sorriu para ela. — Quase tanto quanto... isso! — Espalmando a mão na água, lançou um jato bem no rosto dele, depois desviou e nadou para longe, tentando evitar a represália. Mas Ramon a seguiu e ficaram ali por cerca de quinze minutos, rindo, mergulhando e brincando, até que ambos estivessem exaustos e ofegantes.

Katie saiu da piscina e seguiu até a espreguiçadeira, então entregou a toalha que trouxera para Ramon.

— Você joga duro — disse ela, bem-humorada, se inclinando para secar o cabelo comprido.

Com o peito arfante pelo exercício, Ramon pendurou a toalha no pescoço e colocou as mãos nos quadris.

— Se você quisesse, eu poderia ser muito mais delicado — sussurrou.

Katie se sentiu desmanchar por dentro ao ler nas entrelinhas o verdadeiro significado daquelas palavras. Quase certa de que ele se referia a sexo, ela se deixou cair na espreguiçadeira, virou de bruços e apoiou a cabeça nos braços. Sentiu um arrepio a percorrer no instante em que Ramon começou a passar o protetor solar em suas costas, sentado ao seu lado. Ficou tensa conforme aquelas mãos se moviam lentamente, massageando a pele sedosa de suas costas com movimentos cadenciados.

— Quer que eu abra o fecho? — perguntou ele.

— Nem pense nisso — avisou Katie.

Quando as mãos dele tinham subido até seus ombros e os dedos formavam círculos em sua nuca, Katie, ofegante, sentiu cada milímetro de sua pele vibrar sob aquele toque.

— Estou incomodando você, Katie? — perguntou ele, em um sussurro rouco.

— Você sabe que sim — murmurou ela, letárgica, sem pensar. Ouviu a risada satisfeita e virou a cabeça para o outro lado. — Você está fazendo de propósito, e está me deixando muito nervosa.

— Nesse caso, vou deixá-la relaxar — disse ele, se levantando da espreguiçadeira.

Depois que Ramon se afastou, Katie tentou não pensar no que ele estaria fazendo, e fechou os olhos com força sob o ardente sol da tarde.

De vez em quando, ouvia a voz profunda e grave seguida por risadas femininas, ou um dos homens gritando alguma coisa para Ramon. Não havia dúvida de que ele estava se adaptando ao ambiente, pensou. Mas por que não o faria? A única exigência para ser popular por ali era ter um corpo atraente, de preferência acompanhado de um belo rosto, e, para os homens, um bom emprego. E, com a sua pequena mentira, Katie havia providenciado o último.

O que estava acontecendo com ela?, se perguntou Katie, sonolenta. Não tinha nenhum motivo para se queixar. Apesar das recentes e ocasionais crises de insatisfação, quando seu mundo lhe parecia habitado apenas por pessoas fúteis e superficiais, até que gostava de flertar com os homens confiantes e inteligentes que conhecia. Gostava de ter boas roupas, um belo apartamento e de ser objeto de tanta admiração masculina. Apreciava a companhia dos homens, embora evitasse cuidadosamente qualquer intimidade com eles, pois seus desejos físicos nunca foram mais intensos do que a esmagadora necessidade de resguardar o que lhe restara do orgulho e do respeito próprio, depois de tudo o que David fizera.

Rob teria sido o único homem com quem ela se permitiria fazer amor. Felizmente, descobrira que ele era casado antes de se entregar. Um dia, o homem certo acabaria aparecendo e, então, ela não precisaria mais se guardar. O homem certo, e não qualquer homem. Sob nenhuma circunstância Katie Connelly se sentaria perto da piscina, ou em um bar, na companhia de três ou quatro homens que já conhecessem seu corpo intimamente. Outras mulheres vivenciavam essa situação o tempo todo, mas Katie achava tal ideia degradante e repulsiva.

— Ei, Katie, acorde! — chamou Don.

Ela abriu os olhos e piscou, surpresa ao perceber que havia cochilado, então se virou na cadeira.

— São quase seis horas. Brad e eu vamos comprar pizza e cerveja para a festa desta noite. Quer que eu traga algo mais forte para você e Ramon?

Havia captado um leve desprezo na maneira como Don pronunciara o nome de Ramon?

Katie torceu o nariz, encarando seu sorridente admirador.

— Mais forte do que as pizzas da Mamma Romano? Impossível.

Olhou em volta, procurando Ramon, e o viu se encaminhando para ela, acompanhado de Karen e outra garota. Sufocando a ridícula onda de ciúme que a invadiu, Katie perguntou a Ramon:

— Você quer ficar para a festa?

— É claro que ele quer ficar — respondeu Karen prontamente por ele.

— Então, por mim, tudo bem. — Katie deu de ombros. Ela iria se divertir na festa com seus amigos, e Ramon que se divertisse com Karen e com quem bem entendesse.

Às nove e meia da noite, toda a comida já havia acabado, assim como incontáveis engradados de cerveja e garrafas de outras bebidas. As luzes da piscina estavam acesas, emprestando um brilho iridescente à água cristalina, e as caixas de som retumbavam com uma batida disco. Katie, que adorava dançar, estivera fazendo exatamente isto por mais de uma hora e com diversos parceiros, quando reparou que Ramon se mantinha afastado, uma figura solitária recostada na grade que cercava a piscina, observando tudo a distância. Emoldurado pela noite, o calção branco como um traço rasgando a escuridão, Ramon parecia indiferente a tudo e, mesmo assim, de alguma forma, muito solitário.

— Ramon? — chamou Katie, ansiosa, se aproximando e pousando a mão em seu braço.

Ele se virou devagar e olhou para ela, que viu naquele sorriso o prazer que o simples toque lhe provocava. Cautelosa, retirou a mão.

— O que está fazendo aqui, sozinho?

— Precisava me afastar do barulho para pensar um pouco. Você nunca sentiu necessidade de ficar sozinha?

— Sim, é claro — admitiu ela. — Mas não no meio de uma festa.

— Não precisamos ficar aqui, no meio de uma festa — argumentou ele, em um tom significativo.

O coração de Katie deu um pulo, que ela se apressou em ignorar.

— Você quer dançar? — perguntou.

Ele inclinou a cabeça, ouvindo a música agitada que saía dos alto--falantes.

— Quando danço, gosto de segurar uma mulher em meus braços — respondeu ele. — Além disso, teria que entrar na fila pelo privilégio de dançar com você.

— Ramon, você sabe dançar? — insistiu Katie, certa de que ele provavelmente não sabia, e prestes a se oferecer como professora.

— Sim, Katie, sei dançar, sei nadar, sei amarrar meus sapatos. Tenho um leve sotaque, que você parece pensar ser um sinal de que não sou civilizado, mas que muitas mulheres consideram bastante atraente — respondeu ele em um tom irônico, jogando fora o cigarro num reluzente arco avermelhado.

Katie enrijeceu, furiosa. Empinando o queixo, ela o fitou direto nos olhos e disse muito baixo e articulada:

— Vá para o inferno.

Disposta a se afastar, deu meia-volta e ofegou, surpresa, quando Ramon a segurou pelo braço e a forçou a encará-lo.

— Nunca mais fale comigo desse jeito, ou apele a insultos. Você não é assim — disse ele, em um tom vibrante de raiva.

— Falo como quiser — disparou ela. — E se tantas mulheres acham você atraente como o *diabo*, então que façam bom proveito!

Ramon estudou os olhos em brasa e o rosto orgulhoso, e um relutante sorriso de admiração lhe suavizou as feições.

— Que pequena diabinha você é. — Ele riu. — E quando fica zangada...

— Não sou "pequena" coisa alguma — interrompeu ela, irritada. — Tenho quase 1,70 metro. E se vai dizer que fico linda zangada, já vou avisando que vou rir. Os homens sempre repetem essa idiotice porque ouviram em algum filme antigo e...

— Katie — sussurrou Ramon, os lábios firmes e sensuais próximos aos dela. — Você fica linda quando está zangada... e, se rir, vou jogá-la na piscina.

Uma faísca lhe disparou pelo sistema nervoso quando os lábios quentes de Ramon cobriram os seus em um beijo longo e profundo. Depois, ele enlaçou sua cintura, a puxou para perto de si e a levou para a pista improvisada, onde vários casais dançavam ao som de uma música romântica.

Em voz baixa, Ramon murmurou algo em seu ouvido enquanto dançavam, mas Katie não entendeu as palavras. Estava preocupada demais com a inacreditável sensação daqueles quadris e pernas nuas roçando de encontro aos seus no ritmo da música. O desejo a invadia, minando toda a sua determinação. Queria erguer o rosto e sentir aqueles lábios nos seus; queria ser sufocada pelos braços fortes e ser arrastada para o louco e selvagem torpor que ele lhe mostrara antes.

Fechando os olhos com desespero, admitiu a verdade a si mesma. Embora o conhecesse havia apenas dois dias, ela queria fazer amor com Ramon naquela noite. Queria tanto que se sentia abalada e atônita... Mas pelo menos era capaz de entender a atração física que sentia. O que não compreendia, e que a amedrontava, era a magnética e estranha atração emocional. Às vezes, quando Ramon falava naquele tom profundo e irresistível, ou a fitava com os olhos penetrantes, Katie quase sentia como se a estivesse atraindo de forma inexorável para mais perto de si.

Katie se obrigou a interromper aqueles pensamentos. Um envolvimento com Ramon seria desastroso; eram completamente incompatíveis. Ele era orgulhoso, pobre e dominador, embora ela também fosse orgulhosa, era rica pelos padrões de Ramon e independente por natureza. Qualquer relacionamento entre eles acabaria apenas em mágoa e frustração.

Como a mulher inteligente e sensível que era, Katie concluiu que a melhor maneira de fugir do perigo representado por Ramon seria evitá-lo. Ficaria o mais longe possível pelo restante da noite, e se recusaria terminantemente a tornar a vê-lo. Simples assim. Só que, quando aqueles lábios lhe roçaram primeiro a testa, depois o rosto, Katie quase esqueceu que era sensível e inteligente, e quase ergueu os lábios para receber o beijo ardente que sabia que Ramon lhe daria.

No segundo em que a música terminou, Katie se afastou. Com um sorriso luminoso grudado nos lábios, encontrou aqueles olhos indagadores e disse alegremente:

— Por que você não se mistura um pouco com as pessoas e se diverte? Nos encontramos mais tarde.

Pela hora e meia seguinte, Katie flertou com todos os homens que conhecia, e com vários desconhecidos, exibindo seu lado mais sociável e esfuziante. Os homens a seguiam por todos os lados, prontos para dançar, nadar, beber ou fazer amor, obedecendo à mais tênue sugestão. Katie ria, bebia e dançava. E a todo instante tinha consciência de que Ramon parecia ter aceitado sua sugestão e estava se divertindo na companhia de pelo menos quatro garotas, sobretudo com Karen, que não o largava.

— Katie, vamos sair daqui e procurar um lugar mais sossegado. — A respiração de Don soprava quente em seu ouvido enquanto dançavam ao ritmo pesado da música.

— Detesto lugares sossegados — disse Katie, girando para longe dele e caindo em cima de Brad, que ficou surpreso, mas não incomodado, ao vê-la sentada de repente em seu colo. — Brad também detesta lugares quietos, não é?

— Óbvio — concordou Brad. — Então vamos para o meu apartamento, onde podemos fazer barulho em particular.

Mas Katie não estava escutando. Com o canto dos olhos, observava Karen dançando com Ramon. Ela havia lhe enlaçado o pescoço, e o corpo se movia sinuosamente contra o dele. O que quer que Karen estivesse dizendo devia ser engraçado, pois Ramon, que estivera sorrindo para ela, de repente atirou a cabeça para trás e deu uma gargalhada. De maneira irracional, Katie ficou magoada com aquele abandono. Redobrando seus esforços para se mostrar animada, se levantou e puxou o relutante Brad.

— Levante-se, preguiçoso, e venha dançar comigo.

Brad deixou a lata de cerveja na mesa e seguiu para a pista de dança com o braço nos ombros de Katie, depois a prendeu em um abraço apertado.

— Que diabo está acontecendo com você? — perguntou no ouvido dela. — Nunca a vi agir assim.

Katie não respondeu, porque procurava ansiosamente Ramon e Karen, que, como logo percebeu, não se encontravam mais ali. Sentiu um aperto no peito. Ele saíra da festa com Karen.

Depois de trinta minutos, vendo que eles não retornavam, Katie abandonou toda a pretensão de se divertir. Sentiu um embrulho no estômago e, estivesse dançando ou conversando, os olhos perscrutavam constantemente o movimento das pessoas, procurando a silhueta alta de Ramon.

Katie não foi a única a perceber o desaparecimento dos dois. Enquanto dançava de novo com Brad, e o ignorava completamente, estudou o local por cima do ombro do amigo. Então Brad sibilou com desprezo:

— Por acaso você está procurando aquele "chicano" que Karen levou para o apartamento dela?

— Não o chame assim! — protestou Katie, se desvencilhando dos braços dele. Havia lágrimas em seus olhos quando deu meia-volta e se embrenhou entre os casais que dançavam.

— Aonde você vai? — perguntou uma voz autoritária atrás dela.

Katie se virou e se deparou com Ramon. Cerrando os punhos com força, perguntou:

— Onde *você* estava?

Ele arqueou a sobrancelha.

— Está com ciúme?

— Até parece! — disse ela, quase engasgando. — Acho que nem mesmo gosto de você!

— Eu também não gosto muito da maneira como você está se comportando esta noite — retrucou ele, com calma. Então a observou mais de perto. — Está com lágrimas nos olhos. Por quê?

— Porque — sussurrou ela, furiosa — aquele idiota chamou você de "chicano".

Ramon começou a rir e a puxou para seus braços.

— Ah, Katie! — Ele riu e suspirou contra seu cabelo. — Brad está zangado porque a garota que ele quer foi dar um passeio comigo.

Erguendo a cabeça, Katie lhe examinou o rosto.

— Vocês só foram dar um passeio?

O riso desapareceu da expressão de Ramon.

— Só um passeio, mais nada. — Seus braços a envolveram a apertando, a puxando mais para si, ambos se movendo ao ritmo da música.

Katie recostou o rosto na firmeza reconfortante daquele peito e se rendeu ao prazer, enquanto Ramon acariciava seus ombros nus, para depois deslizar a mão lentamente pelas suas costas, então mais abaixo, abrindo os dedos sobre a curva da espinha, a fim de colar o corpo lânguido à linha das pernas e coxas dele. Uma das mãos se fechou sobre a nuca de Katie, acariciando-a com sensualidade, depois com mais força, num abrupto comando. Soltando um suspiro trêmulo, Katie obedeceu e levantou o rosto para receber o beijo. Ramon mergulhou a mão no cabelo sedoso, mantendo-a cativa do intenso ardor de seus lábios.

Quando ele por fim se afastou, estava ofegante, e o coração de Katie batia descontrolado, o sangue latejando. Ela olhou para ele e disse em voz baixa:

— Acho que estou ficando com medo.

— Eu sei, *cariño*. As coisas estão acontecendo depressa demais para você.

— O que *cariño* quer dizer?

— Querida.

Katie fechou os olhos e engoliu em seco, debilmente se apoiando nele.

— Por quanto tempo vai ficar aqui, antes de voltar para Porto Rico?

Ramon demorou a responder.

— Posso ficar até domingo, daqui a uma semana, não mais que isso. Passaremos todos os dias juntos até lá.

Katie estava desapontada demais para tentar esconder o que sentia.

— Não podemos. Amanhã preciso ir a uma festa na casa dos meus pais. Não vou trabalhar na terça, mas na quarta tenho que voltar ao escritório. — Viu que ele estava prestes a argumentar e, como queria estar com ele pelo máximo de tempo possível, acrescentou: — Quer ir comigo à casa dos meus pais amanhã? — Ramon hesitou, e ela recobrou um pouco da sanidade. — Bem, talvez não seja uma boa ideia. Você não vai gostar deles, e eles não vão gostar de você.

— Porque eles são ricos e eu não? — Ramon esboçou um leve sorriso. — Talvez eu goste deles, apesar de serem ricos.

Katie sorriu diante da maneira deliberada como Ramon simplificou o problema, e os braços dele a apertaram possessivamente, puxando-a mais para si. O sorriso em seu rosto suavizava os traços fortes, fazendo Ramon parecer quase um menino.

— Vamos voltar para o meu apartamento? — perguntou ela.

Ramon assentiu, e Katie foi pegar suas coisas enquanto ele servia uísque e gelo em dois copos de plástico, depois seguiu para onde ela o esperava.

Quando chegaram à pequena varanda do apartamento de Katie, ela ficou surpresa ao ver que, em vez de entrar, Ramon deixou os copos na mesinha entre as duas espreguiçadeiras de madeira, depois se deitou em uma delas. De alguma forma, ela havia esperado que ele tentasse continuar a conversa em sua cama.

Com um misto de desapontamento e alívio, ela se enroscou na outra cadeira e se virou para ele. Ramon acendeu um cigarro e, para Katie, a brasa vermelha e flamejante se tornou o único ponto de referência na escuridão.

— Me fale sobre seus pais, Katie.

Ela bebeu um gole do uísque, como se precisasse tomar coragem.

— Pelos padrões da maioria das pessoas, eles são muito ricos, mas não foi sempre assim. Meu pai era dono de uma mercearia comum até uns dez anos atrás, quando pediu um empréstimo ao banco para que pudesse expandir e abrir um supermercado de luxo. Os negócios correram bem e, depois disso, ele abriu outras vinte lojas. Você já deve ter passado por algum supermercado da rede Connelly's.

— Creio que sim.

— Bem, somos nós. Há quatro anos papai ficou sócio do Country Club de Forest Oaks. Não é tão fechado e seleto quanto o Old Warson, ou o Country Club de St. Louis, mas os sócios do Forest Oaks gostam de fingir que sim, e meu pai construiu a maior casa nos arredores do clube, perto do campo de golfe.

— Eu pergunto sobre seus pais e você me fala sobre dinheiro. Quero saber como eles são.

Katie tentou ser sincera e objetiva:

— Eles me amam muito. Minha mãe joga golfe, e meu pai trabalha muito. Creio que a coisa mais importante para eles, fora os filhos, é ter uma casa maravilhosa, duas Mercedes na garagem e serem sócios do Country Club. Meu pai está muito bem para 58 anos, e minha mãe continua linda.

— Você tem irmãos?

— Um irmão e uma irmã. Sou a mais nova. Minha irmã, Maureen, tem 30 anos e é casada. Meu pai entregou o cargo de vice-presidente da companhia Connelly ao marido dela, e agora ele mal pode esperar para que papai se aposente. Meu irmão, Mark, tem 25 anos e é um cara legal. Não é ambicioso como Maureen, que passa a vida se preocupando com a possibilidade de receber uma parte dos negócios da família depois da aposentadoria de papai. Agora que conhece nossos podres, quer mesmo me acompanhar amanhã? Muitos amigos e vizinhos dos meus pais também estarão presentes, e a maioria é praticamente da família.

Ramon jogou fora o cigarro e tornou a se recostar preguiçosamente na cadeira.

— Você quer que eu vá?

— Quero sim — respondeu ela, enfática. — Mas talvez seja egoísmo de minha parte, pois minha irmã vai encará-lo com o nariz empinado quando souber no que você trabalha. Meu irmão Mark provavelmente vai se esforçar tanto para provar que não é como ela que vai deixar você ainda mais constrangido.

Com a voz profunda e aveludada que Katie já adorava, Ramon perguntou:

— E você, Katie, o que vai fazer?

— Bem, eu... Para dizer a verdade, não sei.

— Nesse caso, creio que vou ter que ir para descobrir. — Deixando o copo na mesinha, ele se levantou.

Ao notar que Ramon pretendia ir embora, Katie insistiu para que ficasse para um café, pelo simples motivo de não suportar a ideia de vê-lo partir. Levou o café à sala de estar, numa bandeja pequena, e se sentou ao lado de Ramon no sofá. Beberam o café em um silêncio prolongado e desconfortável, que Katie não sabia como quebrar ou compreender.

— No que está pensando? — perguntou ela por fim, observando o perfil sério na luz difusa do único abajur.

— Em você. — Quase com rispidez, Ramon perguntou: — As coisas que são importantes para seus pais são importantes para você também?

— Algumas sim, imagino — admitiu ela.

— Quão importantes?

— Em comparação com o quê?

— Com isso — respondeu ele, em um sussurro enrouquecido.

Seus lábios tomaram os dela com violência, movendo-se freneticamente, obrigando-a a abrir a boca para a doce invasão de sua língua, enquanto a fazia deitar no sofá e girava o corpo de forma a cobri-la quase por inteiro.

Katie gemeu em protesto, e no mesmo instante Ramon suavizou o beijo, iniciando então uma lenta e irresistível sedução erótica, que fez Katie estremecer sob seu corpo, tomada por um desejo voraz. A língua de Ramon duelava com a dela, recuando, penetrando profundamente, até que Katie cedeu e se entregou, perdida no beijo ardente.

Quando Ramon tentou se afastar, Katie passou as mãos em torno de seu pescoço, mantendo os lábios colados aos dele. Então sufocou um gemido de prazer quando ele puxou a parte de cima do seu biquíni, deixando os seios à mostra e inclinando a cabeça para beijar os mamilos rosados. Com lentidão, começou a sugar um deles, depois o outro, até que Katie estivesse reduzida a um desejo irracional e fulminante.

Ramon apoiou o peso do corpo nas mãos e se afastou um pouco, o olhar ardente acariciando os seios nus, os mamilos intumescidos pelas carícias de sua língua.

— Me toque, Katie — grunhiu.

Ela ergueu as mãos, movendo lentamente a ponta dos dedos sobre os músculos vigorosos do peito de Ramon, observando-os enrijecer em resposta, depois relaxar.

— Você é tão bonito — murmurou Katie, as mãos espalmadas no peito rijo e bronzeado de sol, acariciando os pelos, os ombros largos e os braços musculosos.

— Os homens não são bonitos. — Ramon tentou brincar, mas a voz estava enrouquecida pelo efeito das carícias daquelas mãos.

— Você é. Do mesmo jeito que as montanhas e o mar são belos.

Sem pensar, ela deixou os dedos traçarem o V formado de pelos pretos do peito, uma seta que desaparecia sob a cintura do calção branco.

— Não faça isso! — ordenou ele, tenso.

Katie estacou e o encarou, o rosto anuviado pela paixão que ele tentava controlar.

— Você é bonito e forte — sussurrou ela, sustentando o olhar ardente. — Mas é delicado também. Acho que é o homem mais gentil que já conheci... E nem mesmo sei por que penso assim.

Ramon perdeu todo o controle.

— Ah, Deus! — gemeu.

Ele a beijou novamente, com uma paixão desenfreada cujas ondas de desejo a engolfaram. As mãos mergulharam na maciez do cabelo de Katie, mantendo a cabeça imobilizada sob o ardor insaciável de seus lábios. Ela se sentiu desmanchar ao sentir a rígida masculinidade contra si, e gemeu com um desejo febril quando Ramon passou a pressionar contra ela os quadris em círculos.

— Me deseje, Katie — ordenou ele, com voz rouca. — Mais do que tudo que o dinheiro pode comprar. Tanto quanto eu desejo você.

Katie ardia de desejo quando, de repente, Ramon se afastou, se sentou e apoiou a cabeça no encosto do sofá, fechando os olhos. Ela observou a respiração ofegante e, depois de alguns minutos, endireitou o sutiã, passou a mão trêmula pelo cabelo e também se sentou. Sentindo-se rejeitada e ferida, ela se encolheu no canto mais distante do sofá e cruzou as pernas sob o corpo.

— Katie. — A voz dele era um murmúrio doloroso.

Confusa, ela o encarou. Ramon mantinha a cabeça recostada e os olhos fechados quando falou:

— Eu não queria dizer nada enquanto você estava em meus braços, nós dois enlouquecidos de desejo. Não queria lhe dizer nunca, mas, desde aquela primeira noite eu soube que teria que contar antes de partir...

O coração de Katie parou de bater. Ele iria lhe confessar que era casado, e ela... ela ficaria histérica.

— Quero que vá para Porto Rico comigo.

— *O quê?* — sussurrou ela.

— Quero que se case comigo.

Katie abriu a boca, mas vários segundos se passaram antes que conseguisse falar.

— Eu... eu não posso. Não poderia, Ramon. Tenho meu emprego, minha família, meus amigos... Tudo está aqui. Este é o meu lugar.

— Não — retrucou, irritado, virando a cabeça e a encarando com seu olhar penetrante. — Aqui não é o seu lugar. Eu a observei, naquela primeira vez que a vi no bar, e também esta noite. Você nem mesmo gosta dessas pessoas, e o seu lugar não é ao lado delas. — Ramon percebeu a crescente apreensão nos olhos arregalados, e estendeu os braços. — Venha — disse com suavidade. — Quero você em meus braços.

Atordoada demais para fazer qualquer coisa além de obedecer, Katie deslizou no sofá para o abraço quente e aconchegante, recostando a cabeça no ombro de Ramon. No mesmo tom gentil, ele continuou:

— Existe uma delicadeza em você que a separa de todas essas pessoas a quem chama de amigos.

Katie balançou a cabeça devagar.

— Você nem me conhece direito, Ramon. Não pode estar falando sério sobre se casar comigo.

Ele tocou seu queixo, obrigando-a a encará-lo, e sorriu para seus olhos azuis.

— Soube quem você é desde aquele momento em que deixou cair no chão aquela rosa que eu lhe dei, depois quase chorou de vergonha pelo que havia feito. E eu tenho 34 anos; sei exatamente o que quero. — Colou os lábios nos dela em um beijo avassalador. — Case comigo, Katie — sussurrou.

— Não posso. Você não pode ficar aqui nos Estados Unidos, em St. Louis, para que possamos nos conhecer melhor? Então talvez eu...

— Não — respondeu ele, categórico. — Isso é impossível. — Ele se levantou, e ela fez o mesmo. — Não me responda agora. Ainda há tempo para você decidir. — Olhou no pequeno relógio de mesa ao lado do abajur. — Já é tarde. Preciso me vestir e ainda tenho trabalho para fazer esta noite. A que horas você quer que eu venha buscá-la para irmos à casa de seus pais?

Atônita, Katie marcou uma hora.

— Ah, acho que minha mãe disse que seria um churrasco, então podemos até ir de jeans.

Depois que ele saiu, Katie ficou andando pela casa, recolhendo as xícaras de café no automático, apagando as luzes e trocando de roupa.

Ela se deitou na cama, ficou olhando para o teto e tentou absorver tudo o que acabara de acontecer. Ramon queria se casar com ela e levá-la para Porto Rico. Isso era impossível! Completamente fora de questão. Ainda era cedo demais para sequer cogitar algo assim. Mesmo se Ramon lhe desse mais tempo, ela conseguiria cogitar tal possibilidade algum dia?

Katie virou a cabeça no travesseiro e ainda podia sentir aquelas mãos a acariciando com uma ternura ardente, os lábios ansiosos e famintos. Nenhum homem jamais despertara seu corpo daquela maneira, e ela duvidava que qualquer outro conseguisse. Com Ramon, não se tratava apenas de técnicas sexuais ensaiadas, mas sim de instinto. Para ele, era natural fazer amor com uma sensualidade tão exigente e dominadora. Ele era, por cultura e nascimento, um macho dominador.

E o engraçado, ela pensou, era que gostava de ser dominada por ele. Até mesmo sentira uma onda de excitação mais cedo naquele dia, com o modo como ele ordenara, baixinho: “Venha aqui, Katie.” Mas, ainda assim, ele era também gentil.

Fechou os olhos, tentando pensar. Se Ramon lhe desse tempo, seria possível que se casasse com ele? *Absolutamente não!*, respondeu sua razão com sensatez. Mas seu coração sussurrava: *talvez...*

Por que, se perguntou Katie, por que ela sequer considerava a possibilidade de casar com ele? A resposta estava na estranha sensação que a invadia quando estavam rindo ou conversando — a sensação inexplicável de que, emocionalmente, formavam um par perfeito; a sensação de que algo no âmago de Ramon tentava alcançá-la e suscitava uma resposta dentro dela. Aquela atração intensa e magnética, que lenta e inexoravelmente os unia.

Diante daquela ideia, a razão entrou em conflito com a emoção: se ela fosse tola o bastante para se casar com Ramon, ele exigiria que vivessem apenas com o fruto do seu trabalho, embora ela não fosse muito feliz vivendo como uma princesa, como acontecia agora.

Ele era machista, sem dúvida. Porém todos os seus instintos lhe diziam que era também um homem sensível, capaz de grande delicadeza, além de toda a força...

Katie quase soltou um gemido frente àquele dilema. Fechou os olhos e, quando finalmente mergulhou no sono, cansada, nem razão nem emoção tinham vencido a batalha.

Capítulo 5

KATIE PASSOU A MANHÃ seguinte à espera de Ramon em um estado de crescente apreensão, tão preocupada em aparecer com ele na casa de seus pais que sequer refletiu sobre a questão do pedido de casamento, este sim um problema mais grave.

As possibilidades de um desastre naquela festa eram quase ilimitadas. Para ela, não era importante que sua família gostasse de Ramon, nem tampouco permitiria que a opinião deles interferisse na sua decisão de ir ou não para Porto Rico. Amava sua família, mas tinha idade suficiente para tomar as próprias decisões. O que de fato temia era que um deles pudesse dizer alguma coisa que o diminuísse. Sua irmã Maureen era uma esnobe intragável que convenientemente se esquecera de que os Connelly nem sempre tinham sido ricos. Se descobrisse que Ramon era um trabalhador rural que dirigia um caminhão, Maureen seria capaz de humilhá-lo diante de todos, como forma de enfatizar a própria superioridade social.

Seus pais, Katie sabia, tratariam Ramon com a mesma cortesia que demonstravam aos outros convidados, independentemente do que ele fazia... contanto que não tivessem a impressão de que existia algo além de simples amizade entre ele e a filha. Se chegassem a suspeitar de que Ramon queria se casar com ela, ambos seriam capazes de tratá-lo com um gélido desprezo que o reduziria a um verme, um alpinista social, e tudo isto na frente dos outros convidados. Ramon seria desqualificado como provável genro no instante em que eles descobrissem que era incapaz de proporcionar o estilo de vida e conforto a que Katie estava acostumada, e não hesitariam em deixar sua posição bem clara se julgassem necessário.

Ramon chegou às três e meia em ponto. Katie o convidou para entrar, e o recebeu com seu sorriso mais animado e otimista, o que o confundiu por um ou dois segundos. Puxando-a para seus braços, ele lhe segurou o queixo e disse, numa seriedade irônica:

— Não vamos enfrentar um pelotão de fuzilamento, Katie. É apenas a sua família.

O beijo que ele lhe deu foi de uma gentileza reconfortante e, de alguma forma, quando ele a soltou, Katie se sentia muito mais confiante. Tal sensação persistia meia hora depois, quando o carro passou pelos portões do Country Club de Forest Oaks e parou diante da casa de seus pais.

Afastada da estrada por dois hectares de campos bem cuidados, a residência dos Connelly era uma imponente construção em estilo colonial. Katie observou a reação de Ramon, mas ele se limitou a olhar distraidamente para a casa, como se já tivesse visto centenas como aquela, e fez a volta para ajudá-la a sair do carro.

Ele ainda não dissera nada, mesmo a meio caminho da sinuosa trilha de tijolos que dava acesso às maciças portas da frente. Algum impulso maldoso fez com que Katie abrisse um meio-sorriso travesso e lhe perguntasse:

— Então, o que acha?

Enfiando as mãos nos bolsos traseiros do jeans, ela deu alguns passos antes de perceber que Ramon não só não respondera, como também havia parado de andar.

Virando-se, Katie se viu alvo daquele preguiçoso olhar atento. Com um lampejo de divertimento nos olhos, Ramon a estudava lentamente, desde o cabelo brilhante, se demorando de modo sugestivo nos lábios carnudos e nos seios, seguindo as curvas graciosas de sua cintura, quadris e coxas, passando pelas pernas longas e bem torneadas, depois retornando ao rosto.

— Eu acho — começou ele, com tranquila formalidade — que seu sorriso é capaz de iluminar a escuridão, e que sua risada é como música. Acho que seu cabelo parece um manto de seda, brilhando ao sol.

Hipnotizada por aquela voz profunda, Katie ficou parada ali, o calor penetrando seu corpo.

— Acho que você tem os olhos mais azuis que já vi, e gosto do jeito como brilham quando está contente, ou como escurecem de desejo quando está nos meus braços. — Um sorriso provocante lhe curvou os lábios quando tornou a olhar para os seios de Katie, enfatizados pela involuntária pose provocante, com as mãos nos bolsos de trás. — E gosto de como você fica com essa calça jeans. Mas, se não tirar as mãos dos bolsos, vou levá-la de volta para o carro, para que possa pôr minhas mãos no mesmo lugar.

Katie removeu as mãos devagar, tentando despertar do transe sensual em que mergulhara com apenas algumas palavras de Ramon.

— Eu quis dizer... O que você acha da casa?

Ramon ergueu os olhos e balançou a cabeça, indiferente.

— Parece saída de... *E o vento levou.*

Katie tocou a campainha, que soou majestosamente, concorrendo com o barulho de vozes e risos lá dentro.

— Katie, meu bem! — A mãe a recebeu com um abraço rápido. — Vamos entrar. Todos os convidados já chegaram. — Sorriu para Ramon, que estava parado ao lado de Katie, e lhe estendeu a mão graciosa, enquanto a filha fazia as apresentações. — É um grande prazer recebê-lo, Sr. Galverra — disse, com perfeita cortesia.

Ramon respondeu com semelhante gentileza, confessando se sentir encantado por estar ali, e Katie, que inexplicavelmente estivera prendendo o fôlego, sentiu toda a tensão desaparecer.

Quando a mãe se desculpou, dizendo que precisava resolver um problema na cozinha, Katie guiou Ramon pela casa até o magnífico gramado dos fundos, onde um bar havia sido montado para servir os convidados que se espalhavam em pequenos grupos, entre risadas e conversas.

O que Katie pensara ser um churrasco era, na verdade, um coquetel seguido por um jantar formal para trinta pessoas, e embora Ramon se destacasse como o único convidado de jeans, ela achou que ele estava fantástico.

Com um sorriso orgulhoso, reparou que não era a única mulher que pensava assim. Muitas amigas da mãe admiravam abertamente o homem alto e de pele bronzeada ao seu lado, enquanto passavam de maneira simpática de um grupo para outro.

Katie o apresentou aos amigos e vizinhos, observando como Ramon conquistava de imediato as mulheres com seu sorriso e charme. Aquilo já era esperado. O que ela não esperava era o fato de ele interagir tão bem com os homens presentes, todos prósperos empresários locais. Em algum momento do passado, Ramon devia ter adquirido aquele verniz social, o que a deixava atônita. Ele se mostrava à vontade entre aquelas pessoas, capaz de conversar sobre tudo, desde esportes até política. Sobretudo política internacional, fato em que ela não pôde deixar de reparar.

— Você é muito bem-informado sobre os acontecimentos mundiais — comentou Katie, quando ficaram sozinhos por um instante.

Ele sorriu, enigmático.

— Sei ler, Katie.

Ela desviou os olhos, envergonhada, mas como se pressentisse outra pergunta, Ramon acrescentou:

— Esta festa não é diferente de qualquer outra. Onde quer que se reúnam, os homens costumam falar de negócios, se estão em ramos de trabalho semelhantes. Caso contrário, discutem esportes, política ou assuntos internacionais. É sempre a mesma coisa, em qualquer país.

Katie não ficou muito satisfeita com a resposta, mas deixou o assunto de lado, por enquanto.

— Acho que estou com ciúme! — admitiu ela, rindo pouco depois, quando uma mulher de 45 anos, com duas filhas crescidas, monopolizou a atenção de Ramon por dez minutos.

— Não precisa ficar com ciúme — disse ele, ligeiramente bem-humorado, o que fez Katie pensar que Ramon devia estar acostumado à constante atenção das mulheres. — Elas vão perder todo o interesse quando ficarem sabendo que não passo de um simples trabalhador rural.

Infelizmente, era verdade, Katie descobriu duas horas depois, para seu imenso mal-estar. Todos estavam sentados na elegante sala de jantar, desfrutando de uma excelente refeição, quando a irmã de Katie perguntou, do outro lado da mesa:

— Qual é o seu ramo de negócios, Sr. Galverra?

Katie sentiu que o tilintar dos talheres de prata contra os pratos de porcelana inglesa cessou no mesmo instante, assim como todas as conversas paralelas à mesa.

— Ele está no ramo de transportes... e de produção de alimentos — improvisou ela com rapidez, antes que Ramon tivesse tempo de responder.

— Transportes? Como assim? — insistiu Maureen.

— Como seria? — rebateu Katie, lançando um olhar fulminante para a irmã.

— Alimentos, você disse? — O Sr. Connelly se intrometeu, arqueando as sobrancelhas com interesse. — Atacado ou varejo?

— Atacado — afirmou Katie, quase ríspida, de novo impedindo a resposta de Ramon.

Ao seu lado, ele se inclinou disfarçadamente e, com um sorriso encantador, sussurrou no seu ouvido em tom de aviso:

— Fique quieta, Katie, ou vão pensar que não sei falar.

— Atacado? — repetiu o Sr. Connelly, pensativo, de seu lugar na cabeceira da mesa. Estava sempre ansioso em conversar sobre aquele tipo de negócios. — Quer dizer que está no ramo da distribuição?

— Não, da produção — respondeu Ramon com tranquilidade, apertando a mão gelada de Katie por baixo da mesa, em um silencioso pedido de desculpas pela maneira como havia falado com ela.

— Ah, uma empresa operacional, imagino — disse o pai dela. — De que porte?

Cortando calmamente um pedaço de sua vitela ao molho béarnaise, Ramon respondeu:

— É uma fazenda pequena, mal autossuficiente.

— Está dizendo que você é um pequeno fazendeiro? — indagou Maureen, sem disfarçar o desprezo. — Aqui no Missouri?

— Não, em Porto Rico.

Mark, o irmão de Katie, aproveitou rapidamente aquela deixa para tentar mudar de assunto:

— Estava conversando com Jake Masters outro dia, e ele me disse que certa vez encontrou, em um carregamento de abacaxis vindo de Porto Rico, uma aranha do tamanho de...

Um dos convidados, que aparentemente não estava interessado em aranhas, interrompeu o monólogo desesperado de Mark e se voltou para Ramon:

— Galverra é um sobrenome hispânico comum? Já ouvi falar muito sobre um Galverra, mas não consigo me lembrar do primeiro nome.

Katie sentiu, mais do que testemunhou, a tensão imediata em Ramon.

— Não é um sobrenome raro — argumentou ele. — E o meu primeiro nome é bastante comum.

No instante em que se virou para enviar a Ramon um sorriso encorajador, Katie interceptou o olhar da mãe, que só poderia ser descrito como desapontado, e sentiu um nó no estômago.

Quando enfim puderam partir, o estômago de Katie já estava embrulhado. Seus pais se despediram educadamente de Ramon, mas Katie percebeu a maneira especulativa com que a mãe o observava, e, embora nada dissesse, conseguiu comunicar a Katie, e sem dúvida a Ramon, que não o aprovava, nem aquele relacionamento.

Para piorar a situação, quando Katie e Ramon estavam de saída, a filha de Maureen, de sete anos, puxou a saia da mãe e anunciou em alto e bom som:

— Mamãe, aquele moço fala de um jeito engraçado!

No carro, Ramon dirigia em um silêncio, pensativo e reservado.

— Desculpe a ideia do jeans — disse Katie enfim, quando se aproximavam do condomínio. — Eu poderia jurar que quando falei com mamãe há duas semanas ela disse que seria um churrasco.

— Não tem importância — avisou ele. — O que as pessoas vestem não muda o que realmente são.

Katie não entendeu se ele queria dizer que roupas de qualidade não teriam melhorado a sua imagem, ou se sentia que sua imagem era apropriada, independentemente do que vestia.

— Desculpe pela maneira como Maureen se comportou. — Ela tentou de novo.

— Pare de se desculpar, Katie. Ninguém pode pedir desculpas pelo comportamento dos outros. É inútil tentar.

— Eu sei, mas minha irmã é mesmo um pé no saco, e meus pais...

— Eles a amam muito. — Ramon finalizou a frase para ela. — Querem vê-la feliz, com um futuro garantido e com tudo o que o dinheiro pode comprar. Infelizmente, como a maioria dos pais, acreditam que, se seu futuro estiver assegurado, você será feliz. Do contrário, não será.

Katie ficou admirada por ele defender seus pais. Dentro do apartamento, ela se virou para ele, o olhar sondando o rosto sombrio e inescrutável.

— Que tipo de homem é você, Ramon? — perguntou. — Quem é você? Defende meus pais, sabendo que, se eu decidisse acompanhar você a Porto Rico, os dois fariam de tudo para me impedir. E reparei que, em vez de ficar impressionado, você até se divertiu com as pessoas que conheceu hoje, e com o tamanho da casa dos meus pais. Você fala com um leve sotaque, mas o seu vocabulário é melhor do que o de muitos universitários que já conheci. Afinal, quem é você?

Ramon pousou as mãos em seus ombros tensos e disse calmamente:

— Sou o homem que quer levá-la para longe de tudo que conhece e das pessoas que a amam. Sou o homem que quer levá-la para um país desconhecido onde você, e não eu, terá dificuldades com o idioma. Sou aquele que deseja levá-la para morar na casa onde nasci, um chalé de quatro cômodos; limpos e espaçosos, mas nada além disto. Sou o homem que sabe que *é* egoísta fazer tais coisas, mas ainda assim deseja tentar.

— Por quê? — murmurou ela.

Ramon inclinou a cabeça e roçou os lábios nos dela.

— Porque acredito que posso fazê-la mais feliz do que você jamais sonhou ser.

Incrivelmente afetada pelo suave toque daqueles lábios, Katie tentou seguir aquela lógica:

— Mas como eu poderia ser feliz morando num chalé primitivo, onde não conheço ninguém e não poderia falar com ninguém, mesmo se tentasse?

— Isso eu explico mais tarde. — Ele sorriu de repente. — Por enquanto, posso apenas dizer que trouxe a minha própria sunga.

— Você... você quer nadar? — gaguejou ela, incrédula.

O sorriso de Ramon era positivamente perigoso.

— Quero vê-la com o mínimo de roupas possível, e o lugar mais seguro para isso, para nós dois, é a piscina.

O alívio sobrepujou o desapontamento quando Katie foi para o quarto, tirou as roupas e vestiu um biquíni escandalosamente amarelo. Ela se admirou no espelho com um leve sorriso. Era o traje de banho mais exíguo que já tivera coragem de comprar; duas minúsculas tiras de tecido, que revelavam cada curva do seu corpo. Na verdade, nunca tivera coragem de vesti-lo antes, mas aquele dia parecia perfeito para isso. Tudo bem que Ramon decidisse, arbitrariamente, que iria manter distância, mas, com certa perversidade, ela queria lhe dificultar a vida o máximo possível. Escovou o cabelo até que estivesse brilhando e deixou o quarto no instante em que ele saía do banheiro. Ramon vestia um calção preto colado ao corpo, exibindo o físico magnífico de tal forma que Katie sentiu a boca seca.

A reação dele ao vê-la, no entanto, estava longe do entusiasmo que ela imaginara. Os olhos negros esquadrinharam o corpo praticamente nu da cabeça aos pés.

— Vá se trocar — disse ele em um tom ríspido que ela nunca ouvira antes. Com um certo atraso, acrescentou: — Por favor.

— Não — retrucou Katie, com firmeza. — Não vou me trocar. Por que deveria?

— Porque eu pedi.

— Você *ordenou* que eu o fizesse, e não gostei.

— Agora estou pedindo — insistiu Ramon, implacável. — Por favor, troque o biquíni.

Katie lhe lançou um olhar fulminante.

— Vou à piscina com este biquíni e ponto final.

— Então não vou com você.

De repente, Katie se sentiu exposta e vulgar, e o culpou por aquela humilhação. Foi para o quarto, tirou o biquíni amarelo e o trocou por um verde.

— Obrigado — agradeceu Ramon em voz baixa, quando ela retornou à sala.

Mas Katie estava furiosa demais para falar. Escancarou a porta envidraçada, empurrou o portão da varanda e marchou na direção da piscina, quase deserta. Ao que parecia, a maioria dos moradores fora passar o feriado com as famílias. Katie afundou graciosamente na espreguiçadeira mais próxima da água, ignorando Ramon, que ficou parado, observando-a com as mãos nos quadris.

— Não vai nadar? — perguntou ele.

Katie balançou a cabeça, os dentes cerrados.

Ele se sentou na cadeira diante dela e acendeu um dos cigarros de que tanto parecia gostar, então se inclinou para a frente, os braços apoiados nos joelhos.

— Katie, me escute.

— Não quero escutar nada. Não gosto de muitas coisas que diz.

— Mas vai ouvir, de qualquer forma.

Ela ergueu a cabeça rapidamente, fazendo com que o cabelo comprido caísse sobre os ombros.

— Ramon, é a segunda vez nesta noite que você me diz o que devo fazer, e não gosto disso. Se eu, de fato, estivesse disposta a casar com você, o que não estou, os últimos vinte minutos teriam me feito mudar de ideia. — Katie se levantou, adorando a sensação de encará-lo de cima, para variar.

— Em nome do que restou da noite, a nossa *última* noite juntos, vou nadar. Porque tenho certeza de que você vai acabar mandando que eu faça isso.

Com três largas passadas, ela mergulhou na piscina. Segundos depois, sentiu o impacto do corpo de Ramon na água atrás dela. Katie nadou o mais depressa que podia, mas não ficou surpresa quando ele a alcançou sem a menor dificuldade, nem quando puxou seu corpo tenso e relutante contra si.

— Há mais quatro pessoas nesta piscina, Ramon. Solte-me, antes que eu seja obrigada a gritar por socorro.

— Katie, será que pode se calar e me deixar...

— Cartão vermelho para você — disparou ela, furiosa. — Está fora do jogo!

— Merda — xingou ele, com raiva, então a segurou pela nuca e, lhe inclinando a cabeça para trás, tomou seus lábios com os dele.

Mais furiosa que nunca, Katie se desvencilhou e passou a mão pela boca.

— Não gostei nada disso!

— Nem eu — retrucou ele. — Por favor, Katie, me escute.

— Estou vendo que não tenho outra escolha. Meus pés nem estão tocando o fundo da piscina.

Ramon a ignorou.

— Katie, o seu biquíni era maravilhoso e fiquei sem fôlego só de olhar para você. Se me escutar, posso explicar por que não quis que continuasse com ele. Ontem à noite, vários homens que moram aqui me perguntaram se eu tive algum progresso com a "virgem vestal". É assim que eles a chamam.

— O quê? — sibilou ela, indignada.

— Eles a chamam assim porque todos tentaram conquistá-la, mas nenhum conseguiu.

— Aposto que você se divertiu com isso — disse ela, amarga. — Com certeza pensou que alguém capaz de usar um microtraje de banho...

— Fiquei muito orgulhoso — interrompeu ele, calmamente.

Katie já ouvira mais do que poderia suportar. Empurrou o peito imóvel.

— Bem, detesto desapontá-lo, sobretudo sabendo o quanto você ficou "orgulhoso", mas não sou virgem.

Ela viu o efeito provocado por sua revelação no modo como Ramon cerrou o maxilar; ele não fez qualquer comentário. Em vez disto, falou:

— Até agora eles a trataram com respeito, como se você fosse uma linda irmã mais nova. Mas se aparecer usando o mais ínfimo pedaço de lycra já chamado de biquíni, começarão a segui-la como um bando de cachorros atrás de uma cadela no cio.

— Estou cagando para o que eles pensam! E — avisou ela quando ele abriu a boca para falar — se você ousar me dizer para não xingar, vou dar na sua cara!

Ele baixou os braços e Katie nadou até a escada, parou na espreguiçadeira apenas o bastante para pegar a toalha e voltou sozinha para o apartamento. Depois de entrar, pensou em trancar a porta, mas ao se lembrar de que as roupas de Ramon estavam ali, foi para o quarto e se trancou em vez disto.

Trinta minutos depois, quando já havia tomado um banho e se deitado, Ramon bateu na porta.

Ela sabia que, se abrisse, daria a ele a oportunidade de tomá-la nos braços. E, quando o assunto era Ramon, seu corpo se recusava a ouvir a razão e, em poucos minutos, ela acabaria se entregando.

— Katie, deixe de ser teimosa e abra a porta.

— Tenho certeza de que você conhece a saída — disse ela, com frieza. — Vou dormir. — Para dar mais ênfase, apagou o abajur na mesa de cabeceira.

— Katie, pelo amor de Deus, não faça isso a nós dois.

— Não existe "nós dois". Nunca existiu — retrucou ela. E, porque lhe doía tanto dizer as palavras em voz alta, acrescentou: — Não sei por que você quer se casar comigo, mas estou mais do que ciente dos motivos pelos quais não posso me casar com você. Falar sobre eles não vai mudar nada. Vá embora, por favor. Acho de verdade que será o melhor para nós dois.

Seguiu-se um silêncio sinistro. Katie esperou, olhando no relógio até que 45 minutos se passassem e então, com todo o cuidado e silêncio, destrancou a porta e espiou o apartamento às escuras. Ramon havia partido, apagando as luzes e trancando a porta atrás de si. Ela voltou para a cama e se aninhou sob os lençóis frios, ajeitando o travesseiro na cabeceira e acendendo novamente o abajur.

Escapara por pouco!, pensou. Bem, aquilo era um exagero — na verdade, nunca levara a sério a ideia de se casar com Ramon. Nos braços dele, tinha sido levada aos limites do furor sexual, mas isto fora tudo. Felizmente, hoje em dia nenhuma mulher precisava se casar para saciar suas necessidades sexuais, nem mesmo Katherine Connelly! Havia sido um mero acaso ela desejar Ramon mais do que qualquer outro homem — até mesmo Rob.

A ideia fez com que a mente de Katie mergulhasse no caos. Talvez estivesse mais próxima da rendição do que imaginara. Afinal, seu trabalho não era assim tão recompensador; os homens que conhecia pareciam fúteis e egoístas. E Ramon era a antítese de todos eles. Ele satisfazia cada mínimo desejo seu. No zoológico, a acompanhara aonde ela quisera ir. Se ela parecia cansada, insistia para que se sentassem e descansassem. Se ela lançasse um rápido olhar para um quiosque, ele se apressava em perguntar se estava com sede ou com fome. Se ela queria nadar, ele nadava. Se queria dançar, ele dançava — contanto que pudesse prendê-la em seus braços, lembrou a si mesma com certa ironia.

Ele jamais permitiria que ela carregasse uma sacola de supermercado ou uma mala de viagem. Não era como os outros homens que abriam a porta, entravam e a fechavam na sua cara, nem mesmo era daqueles que lhe lançava um olhar que dizia: "Bem, vocês, mulheres, querem igualdade, portanto abram as próprias portas."

Katie balançou a cabeça. O que havia com ela, pensando em se casar com um homem somente porque ele carregava suas sacolas e abria as portas para ela? Mas havia algo mais em Ramon. Ele se sentia tão confortável com a própria masculinidade que não tinha medo de ser gentil. Era seguro de si, orgulhoso e, no que se referia a ela, estranhamente vulnerável.

Os pensamentos de Katie seguiram outro rumo. Como, pensou, se ele de fato vivia quase na pobreza, mostrara-se tão familiarizado com as formalidades observadas durante o jantar de seus pais? Nem uma vez ele havia demonstrado qualquer insegurança sobre o que deveria fazer, que talheres usar. Nem se sentira minimamente deslocado na companhia dos amigos ricos de seu pai.

Por que ele queria se casar com ela, e não apenas levá-la para a cama? Na noite anterior, no sofá, ficara bem claro que ela não lhe negaria nada. "Me deseje. Tanto quanto desejo você", Ramon insistira e implorara. E quando ela realmente demonstrara que o desejava, ele havia se afastado, fechado os olhos e, sem exibir qualquer emoção, a pedira em casamento. Será que fizera isto por pensar que ela era virgem? Os latinos ainda valorizavam a virgindade, mesmo naqueles tempos de emancipação sexual. Ele ainda iria querer se casar com ela se achasse que não era mais virgem? Katie duvidava disto seriamente, e se sentiu humilhada e indignada. Ramon Galverra soubera exatamente como excitá-la, levando-a aos limites do desejo na noite anterior, e com certeza não aprendera aquilo nos livros! Quem Ramon pensava que era, afinal? *Ele* não era virgem!

Katie apagou a luz e se afundou nos travesseiros. Graças a Deus não havia levado a sério a ideia de acompanhá-lo a Porto Rico! Ramon iria insistir em se tornar o senhor da casa, praticamente confessara durante o piquenique; faria questão que a esposa cozinhasse, limpasse, que cuidasse dele. Sem dúvida, a manteria ocupada com vários filhos.

Ora, nenhuma mulher moderna, em seu juízo perfeito, pensaria em se casar com um exemplo tão típico de homem machista, um homem que estaria disposto a protegê-la contra tudo e contra todos, que trataria a esposa como se fosse de cristal, que com certeza trabalharia até a exaustão para lhe dar tudo o que ela quisesse, que sabia se mostrar intensamente apaixonado, e tão delicado.

Capítulo 6

Katie acordou na manhã seguinte com o toque insistente do telefone na mesa de cabeceira. Tateando às cegas, estendeu o braço e pegou o aparelho, levando-o ao ouvido sem se levantar dos travesseiros. A voz da mãe soou antes mesmo que ela dissesse "alô":

— Katie, querida, quem era aquele homem?

— Ramon Galverra — respondeu ela, os olhos ainda fechados.

— Eu *sei* o nome dele, você nos falou. Quero saber o que ele está fazendo com você.

— Fazendo comigo? — repetiu ela, sonolenta. — Nada.

— Katie, não se faça de idiota! É evidente que ele sabe que você tem dinheiro, que *nós* temos dinheiro. Tenho a impressão de que está atrás de alguma coisa.

Sonolenta, Katie tentou defender Ramon:

— Ele não quer dinheiro, mamãe. Quer uma esposa.

A mãe de Katie ficou muda. Quando a voz voltou, cada palavra saiu carregada de desprezo:

— Aquele fazendeiro porto-riquenho realmente está pensando em se casar com *você*?

— Espanhol — corrigiu Katie, enquanto sua mente começava a despertar.

— O quê?

— Ele disse que é espanhol, não porto-riquenho. Na verdade, é americano.

— Katherine — exigiu a voz com tensa impaciência —, você não está, nem em sonhos, considerando a possibilidade de se casar com aquele homem, não é?

Katie hesitou, se sentando na cama e se preparando para se levantar.

— Acho que não.

— Você *acha* que não? Katherine, fique aí mesmo e não deixe que aquele homem se aproxime enquanto não chegarmos. Meu Deus, seu pai vai morrer de desgosto. Vamos sair logo depois do café.

— Não! — disse Katie, finalmente despertando do seu estupor sonolento. — Escuta, mamãe. Você me acordou e não estou conseguindo pensar direito, mas não há nada com que se preocupar. Não vou me casar com Ramon, e duvido que o veja de novo.

— Tem certeza, Katherine? Ou está dizendo isso apenas para me tranquilizar?

— Sim, tenho certeza.

— Está bem, querida. Mas se ele se aproximar de você outra vez, basta nos ligar e estaremos aí em meia hora.

— Mamãe...

— Ligue para cá, Katie. Seu pai e eu a amamos muito e queremos protegê-la. Não tenha vergonha de admitir que não pode lidar sozinha com aquele espanhol, ou porto-riquenho, ou seja lá o que for.

Katie abriu a boca para protestar, dizer que não precisava ser "protegida" de Ramon, mas mudou de ideia. Sua mãe não acreditaria, e ela não queria mais discutir.

— Tudo bem — suspirou. — Se precisar, eu ligo. Até logo, mamãe.

O que havia com seus pais?, se perguntou irritada, meia hora depois, enquanto vestia um conjunto de calça e blusa de veludo amarelo. Por que pensavam que Ramon iria magoá-la ou fazer qualquer coisa que a obrigaria a lhes pedir socorro? Escovou o cabelo, prendeu-o com uma fivela no alto da cabeça, depois aplicou um toque de coral nos lábios e rímel nos olhos. Decidira sair para comprar alguma coisa fútil e cara, a fim de desviar os pensamentos de Ramon e dos pais.

A campainha tocou, como Katie temia, no momento em que ela colocava a xícara na lava-louça. Com certeza eram os pais. Eles também tinham acabado de tomar café e, agora, vinham para acabar com Ramon, no sentido figurado.

Com um suspiro resignado, foi até a sala e abriu a porta, então deu um passo para trás, surpresa ao ver a silhueta alta e esguia bloqueando a luz do sol.

— Eu... estou de saída — murmurou Katie.

Ignorando a insinuação, Ramon passou pela porta e a fechou atrás de si. Um sorriso sombrio lhe curvava os lábios.

— Achei que faria isso.

Katie estudou os belos traços másculos, a determinação ali estampada, os ombros largos e resolutos. Confrontada com 1,90 metro de poderosa masculinidade e determinação férrea, ela preferiu fazer um recuo estratégico, a fim de recuperar a sagacidade estilhaçada. Virando-se, disse por cima do ombro:

— Vou pegar uma xícara de café pra você.

Enquanto servia o café, Ramon a segurou pela cintura e a puxou junto ao peito. A respiração dele lhe soprou de leve o cabelo, quando ele disse:

— Não quero café, Katie.

— Quer comer alguma coisa?

— Não.

— Então o que quer?

— Vire-se e eu lhe mostro.

Katie balançou a cabeça, segurando a beirada do balcão da cozinha com tanta força que os nós dos dedos embranqueceram.

— Katie, não revelei o motivo principal para não querer que usasse aquele biquíni porque eu mesmo não queria admitir. E você também não vai gostar de ouvir. Mas acho que devemos ser sempre sinceros um com o outro. — Ele fez uma pausa e acrescentou, com um suspiro relutante: — A verdade é que fiquei com ciúme... Não queria que ninguém, exceto eu, visse o seu corpo maravilhoso.

Katie engoliu em seco, sem voz, com medo de se virar, abalada pela sensação do corpo musculoso colado a suas costas e pernas.

— Aceito sua explicação, e você está certo: não gosto disso. Eu decido que roupas devo usar, mais ninguém. Mas isso não tem nenhuma importância. Lamento ter me comportado como uma criança ontem à noite; eu deveria ter saído do quarto para me despedir de você. Mas não posso me casar com você, Ramon. Jamais daria certo.

Katie esperava que ele aceitasse sua decisão. Porém, devia saber que não seria tão fácil. As mãos de Ramon deslizaram pelos seus ombros, virando-a de frente para ele com um gesto firme, mas delicado. Katie manteve os olhos fixos no pescoço bronzeado de sol acima do colarinho aberto da camisa azul.

— Olhe para mim, *cariño*.

A voz profunda e rouca chamando-a de "querida" alcançou seu objetivo. Katie o encarou, os olhos azuis muito abertos e apreensivos.

— Você *pode* se casar comigo. E *vai* dar certo. Farei de tudo para que dê certo.

— Existe um quilométrico abismo cultural entre nós! — exclamou ela. — Como pode pensar que daria certo?

O olhar de Ramon sustentou o dela, sem hesitar.

— Porque voltarei para casa todas as noites e farei amor com você até que implore para que eu pare. Todas as manhãs a deixarei com o gosto dos meus beijos em seus lábios. Viverei minha vida para você. Encherei seus dias de alegria e, se Deus nos enviar alguma tristeza, vou abraçá-la até que suas lágrimas sequem, e a ensinarei a sorrir novamente.

Hipnotizada por aquelas palavras, Katie observou os lábios firmes e sensuais se aproximarem dos seus.

— Nós acabaríamos brigando — avisou ela, trêmula.

Ramon roçou os lábios nos de Katie.

— As brigas são apenas uma forma raivosa de demonstrar carinho.

— Nós... nós discordamos em tudo. Você é tirânico, eu sou independente.

Ele colou os lábios aos dela.

— Vamos aprender a fazer concessões.

— Uma pessoa não pode fazer todas as concessões. O que você esperaria em troca?

Os braços dele a envolveram.

— Nem mais, nem menos do que lhe ofereço: tudo o que você tem para dar, sem nada a esconder. Para sempre. — Ramon lhe cobriu a boca, a seduzindo, a fim de que entreabrisse os lábios para a doce invasão de sua língua.

O que para Katie começara como uma leve faísca se incendiou, explodindo em labaredas ardentes, a lambendo com uma força incontrolável. Colava-se a ele, retribuindo os beijos intermináveis e avassaladores com uma urgência desesperada, gemendo baixinho quando Ramon lhe tomou os seios intumescidos com as mãos.

— Nós pertencemos um ao outro — sussurrou ele. — Diga que acredita nisso — ordenou em voz baixa, as mãos lhe acariciando as costas e abrindo caminho pelo elástico da calcinha, até apertarem a bunda nua, forçando Katie contra o membro rígido. — Nossos corpos sabem disso, Katie.

Presa entre a selvagem excitação das mãos em sua pele e a orgulhosa evidência do desejo que sentia por ela, as já enfraquecidas defesas de Katie ruíram completamente. Ela lhe enlaçou o pescoço, puxando-o mais para si, deslizando as mãos pelos seus ombros, acariciando o grosso cabelo preto, cravando as unhas nos músculos de suas costas. E quando ele ordenou novamente, "Diga", ela afastou seus lábios apenas para responder:

— Sim, pertencemos um ao outro.

As palavras murmuradas pareceram ecoar pela cozinha, despertando-a da paixão como uma ducha de água fria. Ela se inclinou naquele abraço, olhando para ele.

Ramon notou o rubor cobrindo as faces suaves, o pânico arregalando os olhos azuis emoldurados pelos cílios exuberantes. Entrelaçando os dedos nas mechas das têmporas, segurou o rosto de Katie entre as mãos.

— Não fique com medo, querida — disse, gentilmente. — Acho que o que mais a amedronta não é o que está acontecendo conosco, e sim a rapidez com que tudo aconteceu. — Ele acariciou as faces ardentes e acrescentou: — Se fosse possível, eu lhe daria mais tempo, mas não posso. Teremos que partir para Porto Rico no domingo. O que ainda lhe dará quatro dias para fazer as malas. Eu pretendia partir há dois dias, mas não posso mais retardar a minha volta para depois de domingo.

— Mas amanhã eu preciso trabalhar — protestou ela, distraída.

— Sim, eu sei. Precisa dizer a seu chefe que vai partir para Porto Rico e que esta será sua última semana.

Dentre os obstáculos monumentais a um possível casamento com Ramon, Katie se apegou justamente ao menos importante, que era o seu trabalho.

— Não posso simplesmente me demitir com apenas quatro dias de aviso prévio. Preciso avisá-los com no mínimo duas semanas de antecedência. Não posso fazer isso.

— Sim, Katie, você pode — falou ele, com calma.

— Sem contar os meus pais... Ah, não! Precisamos sair daqui imediatamente — disse ela, num súbito tom de urgência. — Eu me esqueci deles. A última coisa de que preciso é que o encontrem aqui comigo. Minha mãe já me ligou hoje cedo, me chamando de "Katherine".

Quase frenética, Katie se desvencilhou e o puxou na direção da sala, pegou a bolsa e só relaxou quando entraram no carro dele.

— Qual é o problema de sua mãe tê-la chamado de "Katherine" — perguntou Ramon, com um bem-humorado olhar de esguelha, enquanto enfiava a chave na ignição.

Katie o observou dirigir com tranquila competência, admirando os dedos longos no volante.

— Quando meus pais me chamam de Katherine, em vez de Katie, significa que o campo de batalha foi definido, que a artilharia está sendo colocada em posição e que, a não ser que eu acene com a bandeira branca, vão começar a atirar.

Ele sorriu, e Katie relaxou. Quando pegaram a via expressa para a rodovia principal, ela perguntou, distraída:

— Para onde vamos?

— Para o Arco. Ainda não tive a chance de conhecê-lo de perto.

— Turista! — brincou ela.

Passaram o restante da manhã e boa parte da tarde se comportando como verdadeiros turistas. Embarcaram num dos vapores para um passeio nas águas lamacentas do rio Mississippi. Distraída, Katie observava a paisagem na margem do Illinois, a mente em um turbilhão de pensamentos desconexos.

Ramon se recostou na amurada, encarando-a.

— Quando você vai contar aos seus pais?

Ela sentia as mãos transpirarem só com a ideia. Enxugando as palmas úmidas na calça amarela, balançou a cabeça.

— Ainda não decidi — respondeu, sendo deliberadamente vaga sobre o que estava pensando.

Caminharam pelas antigas ruas de pedra de Laclede's Landing, junto à margem do rio, e pararam em um adorável pub que servia sanduíches que eram verdadeiras obras-primas. Katie comeu pouco e ficou olhando pela janela, para os funcionários dos escritórios na vizinhança, que iam até ali para o almoço.

Ramon se recostou na cadeira, com um cigarro, olhos semicerrados pela fumaça; observando Katie.

— Quer que eu esteja com você quando contar a eles? — perguntou ele.

— Ainda não pensei no assunto.

Depois do lanche, fizeram um passeio pelo parque dominado pelo grande Arco Gateway. Katie fez as vezes de guia, explicando que o Arco era o monumento mais alto dos Estados Unidos, com quase 200 metros, depois ficou em silêncio, se limitando a admirar, sem realmente ver, o rio que atravessava toda a extensão do parque. Sem ter um destino específico, desceu a escadaria que levava à margem e se sentou, refletindo, sem a capacidade real de pensar em nada.

Ramon ficou ao seu lado, uma das pernas apoiada no degrau da escada, observando-a.

— Quanto mais você demorar para contar a eles, mais nervosa vai ficar, e mais difícil será.

— Você quer mesmo subir no Arco? — perguntou ela, evasiva. — Não sei se o bondinho está funcionando, mas se estiver, dizem que a vista é fantástica. Não que eu possa dar um testemunho nesse sentido... Morro de medo de altura.

— Katie, nós não temos muito tempo.

— Eu sei.

Voltaram para o carro e, enquanto seguiam pela Market Street, Katie sugeriu, sem muito entusiasmo, que poderiam passar pelo Lindell Boulevard. Ramon seguiu suas instruções e, quando alcançaram o Lindell, indo na direção oeste, ele perguntou:

— O que é isso?

Katie olhou para a sua direita, para onde ele apontava.

— É a catedral de St. Louis. — Levou um susto quando ele parou diante da fachada. — Por que estamos parando aqui?

Ramon se virou no assento e passou o braço pelos ombros dela.

— Faltam poucos dias para partirmos, e há tantas decisões a tomar, tantas coisas para fazer. Vou ajudá-la em tudo que puder, mas não posso falar com seus pais em seu lugar, tampouco com o seu chefe.

— Sim, eu sei.

Ramon lhe segurou o queixo, erguendo-o delicadamente, e o beijo que lhe deu esbanjava ternura.

— Mas por que quer ir à igreja? — perguntou Katie, quando ele contornou o carro para abrir a porta para ela.

— Em geral, as melhores obras artísticas de uma época podem ser encontradas nas igrejas, não importa o país.

Katie não acreditava que esse fosse o motivo, e seus nervos, já tão abalados, ficaram à flor da pele enquanto subia os degraus de pedra que levavam à entrada da catedral. Ramon abriu uma das pesadas portas entalhadas e lhe deu passagem para que entrasse no interior vasto e frio. No mesmo instante, ela foi sobressaltada pela lembrança de velas ardendo e flores no altar.

Ramon a segurou pelo braço, não lhe dando outra escolha senão o acompanhar até a nave central. Katie passava os olhos pelas infindáveis fileiras de bancos de madeira, observando os altos tetos abobadados e os maravilhosos painéis de mosaico que reluziam com o ouro, sempre evitando olhar para o altar central. Na primeira fileira, ela se ajoelhou ao lado de Ramon, se sentindo como uma fraude, uma intrusa. Finalmente se obrigou a olhar para o altar, depois fechou os olhos diante da tontura que a invadiu. Deus não a queria ali, não daquela forma, não com Ramon. Era doloroso demais estar ali com ele. E errado. Tudo o que ela desejava era o corpo dele, e não sua vida.

Ramon estava ajoelhado ao seu lado, e Katie teve a aterrorizante impressão de que estava rezando. Quase teve certeza do pedido que ele fazia. Como se pudesse cancelar aquele pedido com um próprio, ela começou a rezar também, uma prece rápida e incoerente, sentindo o pânico crescer dentro de si.

Por favor, por favor, não dê ouvidos a ele. Não permita que isso aconteça. Não permita que ele goste tanto de mim. Não posso fazer o que ele me pede. Sei que não posso. Não quero. Deus — implorou em silêncio —, *está me ouvindo? Algum dia me ouviu?*

Katie se levantou, cega pelas lágrimas, e, quando se virou, colidiu com Ramon.

— Katie? — Ele a chamou em voz baixa, repleta de preocupação, e lhe segurou o braço com delicadeza.

— Me deixe, Ramon. Por favor! Preciso sair daqui!

Estavam parados na escadaria da igreja, sob os brilhantes raios de sol. Katie observava o tráfego que seguia pelo Lindell Boulevard, ainda confusa e envergonhada demais para encarar Ramon, enquanto explicava:

— Eu não sei o que aconteceu comigo lá dentro — desculpou-se Katie, enxugando as lágrimas com a ponta dos dedos. — Eu não entrava nesta igreja desde o dia em que me casei. — Baixou os olhos, se encolhendo ao som da voz atônita de Ramon:

— Você já foi casada?

Ela assentiu, sem olhar para ele.

— Sim. Há dois anos, quando fiz 21 anos, no mesmo mês em que me formei na faculdade. E me divorciei um ano depois.

Ainda era doloroso admitir aquilo a qualquer pessoa. Katie desceu mais dois degraus, antes de perceber que Ramon não a seguia. Virando-se, viu que ele a fitava com olhos semicerrados e inflexíveis.

— Você se casou na Igreja Católica?

A rispidez daquele tom, bem como aparente irrelevância da pergunta, a surpreenderam. Por que ele estava mais preocupado com o fato de ela ter casado numa igreja católica do que por ter sido casada? A resposta a atingiu em cheio, como um balde de água fria; revigorante, mas, ainda assim, doloroso. Ramon devia ser católico. Sua religião dificultaria o casamento com ela, se Katie se casara na igreja, e depois se divorciara.

Deus atendera às suas preces, pensou Katie com um misto de gratidão e culpa pela dor que estava prestes a causar a Ramon com uma mentira. Ela havia se divorciado, mas David morrera havia seis meses, portanto não haveria nenhum obstáculo ao seu casamento com Ramon. Por outro lado, ele não sabia disso, e ela não pretendia contar.

— Sim, eu me casei na Igreja Católica — respondeu baixinho.

Katie estava vagamente ciente de que haviam entrado no carro e seguiam na direção da autoestrada. Sua mente continuava imersa em seu passado doloroso. David. O rebelde e atraente David, que precisava silenciar os rumores sobre seu relacionamento com a esposa do advogado principal da firma onde trabalhava, e também seus casos com várias clientes, e conseguira aquilo por intermédio do noivado com Katherine Connelly. Ela era uma linda jovem, inteligente e convenientemente ingênua. Os que tinham acreditado nos boatos precisariam apenas olhar para ela, a fim de descartá-los.

Afinal, que homem em seu juízo perfeito desejaria conquistar todas aquelas mulheres se tinha uma garota como Katie?

David Caldwell desejaria. Advogado, ex-jogador de futebol do time da universidade. Era um homem sofisticado, dono de um enorme carisma e de um ego que se alimentava de mulheres. Toda conquista servia para provar que ele era melhor do que os outros homens. E era tão encantador... até o momento em que ficasse com raiva de alguma coisa. Quando furioso, se transformava em um homem violento e brutal.

No dia em que completara seis meses de casamento, Katie havia saído mais cedo do trabalho e tirado a tarde de folga. Passou no supermercado para comprar os ingredientes para um jantar especial e dirigiu para o apartamento, empolgada com os planos para surpreender David. Quando chegou, descobriu que David já estava "comemorando" com a bela esposa do sócio da firma. Enquanto vivesse, Katie sabia que jamais esqueceria o momento em que ficara parada na soleira da porta do quarto, observando o casal em sua cama. Mesmo agora, a lembrança ainda era capaz de nauseá-la.

Porém, a lembrança do pesadelo que se seguira era ainda mais dolorosa. As marcas da violência de David naquela noite haviam sumido rapidamente; as cicatrizes emocionais ainda incomodavam. Estavam curadas, mas continuavam sensíveis.

Katie se lembrou dos telefonemas que recebera no meio da noite, depois que o deixou. David garantindo que iria mudar, dizendo que a amava. David a insultando com palavrões e a ameaçando com represálias violentas se ela se atrevesse a contar o que ele havia feito. Até mesmo suas esperanças para um divórcio digno foram pelos ares. O divórcio em si foi amigável, com base em diferenças irreconciliáveis, mas o comportamento de David estava longe de ser amigável. Temeroso de que Katie pudesse revelar seu segredo a alguém, David passou a difamá-la, e até mesmo sua família, para quem quer que estivesse disposto a ouvir. As coisas que dizia eram tão baixas e cruéis que a maioria das pessoas provavelmente lhe deu as costas, ou começou a duvidar de sua sanidade. Mas Katie se sentia humilhada e destruída demais para sequer considerar a possibilidade de uma psicopatia.

Então, certo dia, quatro meses depois do divórcio, levada ao fundo do poço por toda aquela infelicidade e horror, Katie se olhara no espelho e dissera: "Katherine Elizabeth Connelly, você vai permitir que David Caldwell destrua o resto da sua vida? Realmente deseja dar a ele essa satisfação?"

Com o pouco que lhe restara do antigo espírito e entusiasmo, se entregou à tarefa de reconstruir sua vida. Mudou de emprego e saiu da casa dos pais, se mudando para o próprio apartamento. Primeiro, recuperou seu sorriso. Começou a viver novamente a vida que o destino lhe oferecera. E a viveu com determinação e alegria. Mas, algumas vezes, a vida lhe parecia um tanto vazia e fútil. Sem um sentido verdadeiro.

— Quem era ele? — disparou Ramon.

Katie recostou a cabeça no assento e fechou os olhos.

— David Caldwell. Ele era advogado. Ficamos casados por seis meses e depois nos divorciamos.

— Me conte sobre ele — disse ele, com rispidez.

— Detesto falar sobre ele. Aliás, detesto pensar nele.

Tomada pelas terríveis lembranças do casamento com David, e em pânico pela pressão incansável que Ramon fazia para que se casassem, Katie se agarrou à única rota de fuga que podia pensar no momento: embora desprezasse a própria covardia, decidiu fazer Ramon acreditar que David ainda estava vivo, a fim de colocar um ponto final naquela conversa sobre levá-la para Porto Rico e torná-la sua esposa. Lembrando-se de se referir sempre a David como se ainda estivesse vivo, disse:

— Não há muito o que contar. Tem 32 anos, é alto e muito atraente, com o cabelo escuro. Ele me lembra você, na verdade.

— Quero saber por que se divorciou dele.

— Eu me divorciei porque o desprezava e porque tinha medo dele.

— Ele a ameaçava?

— Ele não ameaçava.

— Ele batia em você? — Ramon parecia furioso e revoltado. Katie estava determinada a se mostrar indiferente.

— David chamava de "aula de bons modos".

— E eu a faço se lembrar dele?

Ramon parecia prestes a explodir, e Katie se apressou em tranquilizá-lo.

— Apenas na aparência, e bem pouco. Vocês dois têm a pele bronzeada, cabelo e olhos escuros. David jogava futebol na universidade, e você... — Katie o olhou de relance, então estremeceu, assustada com a fúria ardente naquele perfil. — Bem, você parece alguém que deveria jogar tênis — concluiu, sem muita convicção.

* * *

Enquanto entravam no estacionamento do seu prédio, Katie de repente se deu conta de que aquele, definitivamente, seria o último dia que passariam juntos. Se Ramon fosse um católico tão devoto quanto a maioria dos hispânicos, seria incapaz de insistir na possibilidade de se casarem.

A ideia de nunca mais tornar a vê-lo foi surpreendentemente dolorosa, e Katie se sentiu invadida pela tristeza e desolação. Queria prolongar aquele dia, poder passar mais tempo com ele. Porém, não a sós, não onde ele pudesse abraçá-la e, em poucos minutos, levá-la ao auge do desejo e pronta a lhe confessar toda a verdade. Então voltaria ao mesmo lugar onde estivera havia pouco: encurralada.

— Sabe o que eu adoraria fazer esta noite? — perguntou ela, enquanto se encaminhavam para a porta. — Isto é, se você não precisar trabalhar.

— Não. O quê? — indagou ele, entre dentes.

— Gostaria de ir a algum lugar onde pudéssemos ouvir música e dançar.

A simples sugestão fez com que o semblante de Ramon se anuviasse de raiva. A linha firme do maxilar se retesou, até um músculo latejar na face. Ele estava furioso, Katie pensou com um lampejo de medo. Rapidamente, em tom de desculpas, disse:

— Ramon, eu não tinha como saber que você é católico e que o fato de eu ter me casado antes na igreja tornaria impossível o nosso casamento. Lamento por não ter tocado no assunto antes.

— Você "lamenta" tanto que agora está com vontade de dançar — retrucou ele, sarcástico. Então, fazendo um esforço evidente para controlar a raiva, se virou para ela. — A que horas devo buscá-la?

Katie ergueu os olhos para o sol da tarde.

— Daqui a quatro horas, mais ou menos. Às oito está bem?

Katie escolheu um vestido de seda azul, do tom exato de seus olhos, que contrastava com o cabelo avermelhado. Diante do espelho, estudou o decote profundo, que deixava os seios quase à mostra, querendo se assegurar de que Ramon não julgaria o vestido escandaloso demais. Se aquela seria sua última noite juntos, não queria estragá-la com outra discussão sobre roupas. Prendeu os brincos de argolas nas orelhas, colocou um largo bracelete de ouro no braço e calçou as delicadas sandálias da mesma cor do vestido. Ajeitou o cabelo por cima dos ombros e foi para a sala, esperar Ramon.

Sua última noite com ele. A animação de Katie diminuiu consideravelmente ao pensar naquilo. Foi para a cozinha e se serviu de um pouquinho de brandy, depois se sentou no sofá da sala, bebericando devagar e observando o relógio na parede. Quando a campainha tocou, às oito em ponto, ela se levantou de um pulo, deixou a taça na mesa e foi abrir a porta.

Nada, no pouco tempo em que se conheciam, havia preparado Katie para o Ramon Galverra que estava parado na soleira da porta.

Ele estava extremamente elegante, usando um terno azul-marinho de caimento perfeito, que contrastava com a impecável camisa branca e a gravata de listras discreta.

— Você está fantástico — comentou Katie, sem esconder sua admiração. — Parece um grande executivo de banco — acrescentou, se afastando para admirar melhor aquele porte atlético.

Ramon exibia uma expressão irônica.

— Para falar a verdade, odeio banqueiros. A maioria são homens sem imaginação, ansiosos para devorar os lucros dos investimentos de risco, embora nunca estejam dispostos a arriscar nada.

— Ah... — murmurou Katie, um tanto constrangida. — Bem, em todo caso, eles sabem como se vestir.

— Como sabe disso? — retrucou Ramon. — Por acaso também se casou com um banqueiro e esqueceu de mencionar?

Katie estacou no ato de pegar o xale de seda estampado que combinava com o vestido.

— Não, é claro que não — murmurou.

Foram até um dos barcos a vapor e ouviram jazz tradicional, depois voltaram para Laclede's Landing, onde passaram por três bares com música ao vivo. Conforme a noite avançava, Ramon foi se tornando cada vez mais frio e distante e, quanto mais indiferente ele se mostrava, mais Katie bebia e tentava se divertir.

Quando seguiram para um famoso restaurante perto do aeroporto, Katie se sentia um pouco embriagada, muito nervosa e definitivamente infeliz.

O lugar que ela havia escolhido estava surpreendentemente cheio para uma noite de terça-feira, mas tiveram sorte de conseguir uma mesa perto da pista de dança. Entretanto, a sorte de Katie acabou ali mesmo. Ramon se recusou a dançar, e ela não sabia por quanto tempo ainda suportaria aquela expressão gélida, que mal disfarçava o desprezo. Com olhos frios, ele a estudava com cinismo e desinteresse, que a fizeram se encolher internamente.

Katie olhou em volta, mais para evitar a expressão fria de Ramon do que por qualquer interesse no local, e de repente seu olhar colidiu com um homem sentado no bar, que a observava. Ele arqueou a sobrancelha e perguntou: "Quer dançar?" Por puro desespero, ela assentiu.

Ele se aproximou da mesa, analisando a evidente altura e força de Ramon com uma certa apreensão, e educadamente convidou Katie para dançar.

— Você se importa? — ela perguntou a Ramon, ansiosa em se afastar.

— Nem um pouco — respondeu ele, encolhendo os ombros com indiferença.

Katie adorava dançar; possuía uma graciosidade natural e uma desenvoltura que chamavam a atenção. Seu par, como ficou evidente, não apenas adorava dançar, mas também adorava aparecer. As luzes coloridas piscavam no salão, a música pulsava, e Katie se movia no compasso, se entregando completamente ao ritmo.

— Ei, você é boa nisso! — elogiou o homem, obrigando-a, com os próprios movimentos, a dançar de uma maneira mais chamativa do que estava acostumada.

— E pelo visto você gosta de ser o centro das atenções — comentou Katie, quando os outros pares começaram a se afastar para lhes dar mais espaço, e depois pararam de dançar.

Ao final da música, houve gritos de incentivo e muitos aplausos de outros dançarinos e espectadores.

— Eles querem que continuemos dançando — disse o homem, apertando o braço de Katie quando ela fez menção de voltar à mesa.

Ao mesmo tempo, outra batida agitada começou a reverberar pelo salão lotado, e ela não teve outra escolha senão ceder àquilo que considerava puro exibicionismo. Enquanto dançava, olhou de relance para Ramon e desviou rapidamente. Ele havia posicionado a cadeira na direção da pista de dança, colocara as mãos nos bolsos e a olhava com o interesse desapaixonado de um conquistador observando uma dançarina qualquer.

Quando a música terminou, houve mais aplausos ensurdecedores. Seu par tentou convencê-la a ficar para outra dança, mas desta vez Katie recusou com firmeza.

Ela se sentou de frente para Ramon e tomou um gole de sua bebida, se sentindo cada vez mais irritada pela maneira como estavam se comportando.

— E então? — perguntou, um pouco hostil, quando ele não fez nenhum comentário sobre a dança.

Ele arqueou a sobrancelha, sarcástico.

— Nada mau.

Katie teve vontade de lhe dar um soco. Outra música começou, desta vez uma balada. Ela olhou em volta, viu outros dois prováveis parceiros se aproximando da mesa e enrijeceu. Ramon, seguindo seu olhar, também os avistou e, relutante, se levantou. Sem nada dizer, a pegou pelo braço e a guiou até a pista de dança.

A música suave, combinada à doce sensação de estar mais uma vez nos braços de Ramon, foi a perdição de Katie. Colando-se a ele, recostou o rosto em seu peito. Desejou que ele a abraçasse com mais força, que a beijasse com suavidade nas têmporas, como fizera na última vez que dançaram, junto à piscina. Ela desejava tantas coisas obscuras, impossíveis.

Ainda as desejava quando voltaram para seu apartamento. Ramon a acompanhou até a porta e Katie implorou para que entrasse para um último drinque. Assim que acabou o brandy, ele se levantou e não disse mais nada, simplesmente se encaminhou para a porta.

— Ramon, por favor, não vá embora. Não assim — pediu ela.

Ele se virou e a encarou, o rosto sem qualquer expressão.

Katie se aproximou, depois parou a poucos passos de distância, tomada por uma imensa tristeza.

— Não quero que você vá embora — ela se ouviu dizer.

No instante seguinte, seus braços estavam em torno do pescoço de Ramon, seu corpo pressionado contra o dele, beijando-o desesperadamente. Os lábios de Ramon estavam frios e imóveis, os braços caídos ao longo do corpo.

Humilhada e ferida, Katie se afastou e ergueu os olhos marejados.

— Nem mesmo vai me dar um beijo de despedida? — perguntou, com a voz embargada.

O corpo dele pareceu se retesar em uma postura de rejeição, e então Ramon a puxou para seus braços.

— Diabo! — sussurrou com fúria, enquanto seus lábios procuravam os dela, num beijo implacável cuja paixão deliberada fez com que Katie se colasse a ele no mesmo instante, correspondendo com um desejo selvagem.

Ramon passou a acariciá-la por inteiro, moldando o corpo de Katie ao seu. Então, de repente, a afastou. Trêmula e ofegante, ela o encarou e, em seguida, recuou, assustada com o brilho furioso naqueles olhos.

— É só isso que você quer de mim, Katie? — disparou Ramon.

— Não! — Ela se apressou em negar. — Isto é, não quero nada de você. Só achei que você não se divertiu muito esta noite, e então...

— E então — interrompeu ele, em um tom ofensivo — você me trouxe aqui a fim de me proporcionar diversão.

— Não! — Ela quase gritou. — Eu...

Katie se calou de repente, ao perceber que aqueles olhos a analisavam da cabeça aos pés. Justamente quando pensou que ele daria meia-volta e partiria, Ramon se virou em outra direção e marchou até a mesinha do telefone. Pegou um bloco de papel e escreveu ali alguma coisa.

Ao voltar para a porta, se virou com a mão na maçaneta.

— Deixei o número do telefone onde pode me achar até quinta-feira. Ligue, se quiser falar comigo. — Seu olhar se demorou no rosto dela, então ele saiu, fechando a porta atrás de si.

Katie continuou onde estava, perplexa, o coração em pedaços. Aquele último olhar fora como se Ramon quisesse memorizar o seu rosto. Ele a odiava, estava furioso com ela e, ainda assim, queria se lembrar de como ela era. Katie não podia acreditar na intensidade do próprio sofrimento. Lágrimas ardiam em seus olhos, e um nó se formara em sua garganta.

Virou-se devagar e foi para o quarto. O que havia de errado com ela? Afinal, era assim que queria que tudo acontecesse, não era? Bem, não exatamente. Queria Ramon, estava pronta para admitir, mas o queria do *seu* jeito: ali em St. Louis, trabalhando em um emprego decente.

Capítulo 7

KATIE FOI PARA O TRABALHO na manhã seguinte, determinada a se mostrar animada, porém as consequências da noite insone estavam evidentes nas marcas escuras sob os olhos e na tensão de seu sorriso, normalmente tão espontâneo.

— Olá, Katie! — cumprimentou a secretária. — Como passou o feriado?

— Muito bem — respondeu ela. Pegou os recados que a secretária lhe entregava. — Obrigada, Donna.

— Quer um café? — ofereceu Donna. — Parece que não vê uma cama desde sexta-feira. Ou — acrescentou com um sorrisinho malicioso — será que devo dizer que parece que não *dorme* desde sexta-feira?

Katie conseguiu esboçar um sorriso bobo diante da brincadeira.

— Eu adoraria um café, Donna.

Separando rapidamente os recados, Katie entrou no pequeno escritório. Ela se sentou na cadeira atrás da escrivaninha e olhou em volta. Ter uma sala só para ela, independentemente do tamanho, era um importante símbolo de status na Technical Dynamics, e ela sempre tinha se orgulhado daquele símbolo de sucesso. Naquela manhã, entretanto, tudo lhe parecia fútil e sem sentido.

Como era possível que, quando trancara sua sala na sexta-feira, jamais tinha ouvido falar de Ramon, e agora a ideia de nunca mais tornar a vê-lo consumia seu coração? Consumia seu corpo, não o coração, Katie se corrigiu com firmeza. Ergueu os olhos quando Donna entrou e deixou uma xícara de café na mesa.

— A Srta. Johnson gostaria de falar com você às nove e quinze, no escritório dela — avisou a secretária.

Virgínia Johnson, supervisora imediata de Katie, era uma mulher de 40 anos, inteligente, capaz e muito bonita, que nunca havia se casado e ocupava o cargo de diretora do departamento de relações humanas. De todas as profissionais que Katie conhecia, Virgínia era a quem mais admirava.

Em contraste com o escritório pequeno e funcional de Katie, o de Virgínia era espaçoso, com móveis no estilo provençal francês e um carpete verde e macio. Katie sabia que Virgínia a estava preparando para sucedê-la, que pretendia que ela fosse a próxima diretora de RH... a próxima ocupante daquele escritório.

— Como foi o fim de semana prolongado? — perguntou Virgínia, sorridente, quando Katie entrou na sala.

— Muito bom — respondeu ela, se sentando na cadeira diante da mesa de Virgínia. — Mas hoje não está sendo um bom dia; ainda não consegui entrar no ritmo.

— Pois então eu tenho uma notícia que talvez a anime. — Virgínia fez uma pausa para aumentar o suspense, depois deslizou um formulário familiar sobre a mesa, na direção de Katie. — O seu aumento de salário foi aprovado — comunicou com um sorriso radiante.

— Ah, isso é ótimo. Obrigada, Virgínia. — Katie mal olhou para a folha de papel que lhe concedia um aumento de 18% no salário. — Há mais alguma coisa que queira falar comigo?

— Katie! — exclamou Virgínia com uma risada impaciente. — Tive que lutar com unhas e dentes para conseguir esse aumento!

— Eu sei. — Katie tentou se mostrar devidamente agradecida. — Você sempre foi sensacional comigo, e é claro que adoro a ideia de um dinheiro extra.

— Você merece cada centavo e, se fosse homem, já teria recebido o aumento há tempos. Aliás, foi exatamente o que eu disse ao nosso amado diretor financeiro.

Katie se remexeu na cadeira.

— Há mais algum assunto que queira discutir, Virgínia? É que tenho uma entrevista marcada, e o candidato já está esperando.

— Não, isso é tudo.

Katie se levantou e seguiu na direção da porta, mas parou ao ouvir a voz preocupada de Virgínia:

— Katie, o que há de errado? Será que posso ajudar?

Katie hesitou. Precisava falar com alguém, e Virgínia era uma mulher sensata. Na verdade, era a pessoa em quem Katie mais se inspirava. Caminhando até as janelas, Katie olhou para o tráfego incansável na rua, sete andares abaixo.

— Virgínia, alguma vez pensou em desistir da sua carreira para se casar? — Ela se virou de súbito, se deparando com Virgínia a observá-la com aguçado interesse, a testa franzida.

— Katie, podemos ser francas uma com a outra? Você está considerando a ideia de se casar com alguém em especial ou simplesmente visualizando um futuro obscuro?

— Meu futuro seria definitivamente obscuro sem ele. — Katie riu, mas se sentia tensa e deprimida. Com um gesto nervoso, passou as mãos pelo cabelo, ajeitando o coque impecável. — Conheci esse homem recentemente e ele quer se casar comigo e sair do país. Ele não é daqui.

— Quão recentemente? — perguntou Virgínia, perspicaz.

Katie corou.

— Na sexta-feira à noite.

Virgínia emitiu uma gostosa gargalhada, que não condizia com seu porte delicado.

— Puxa, você chegou a me deixar preocupada por alguns minutos, mas agora acho que estou entendendo. Quatro dias atrás, você conheceu um homem maravilhoso, diferente de todos os que já conheceu. Não pode suportar a ideia de perdê-lo. Estou certa? Bem, ele é muito atraente, sem dúvida. E mexe com você como nenhum outro homem jamais conseguiu. É isto, não é?

— Quase — admitiu Katie, intimamente contrariada.

— Nesse caso, tenho a cura perfeita: recomendo que você não o perca de vista, a não ser que seja absolutamente necessário. Fique ao lado dele o tempo todo, coma com ele, durma com ele, vá morar com ele. Façam *tudo* juntos.

— Está dizendo — argumentou Katie, surpresa — que acha que as coisas podem dar certo? Que devo me casar com ele?

— Em absoluto! Estou sugerindo uma cura, não que você se case com a doença! Estou lhe prescrevendo doses maciças do remédio, para que você tome em horários determinados, como um antibiótico. A cura é infalível e o único efeito colateral será um leve caso de desilusão. Acredite, Katie, sei o que estou dizendo. Vá morar com ele, se quiser, mas desista da ideia de se apaixonar loucamente em quatro dias, casar e viver feliz para sempre. O que me leva à questão do "loucamente". A pessoa apaixonada realmente parece perder a razão, não acha? Por isso a medicação precisa ser rápida e eficaz. — Virgínia se interrompeu ao ouvir o riso de Katie. — Ótimo, fico contente em vê-la novamente animada. — Pegando um envelope na caixinha de entrada sobre a mesa, deu um largo sorriso e fez um gesto para Katie, indicando a porta. — Agora, vá entrevistar seu candidato e faça jus ao aumento que acabou de receber.

Vendo o desapontado jovem sair de sua sala vinte minutos depois, Katie pensou, mortificada, que até sua secretária teria conduzido a entrevista melhor do que ela. Havia feito perguntas vagas e gerais, e não aquelas mais concisas e pertinentes, e depois ouvira as respostas sem o menor interesse. Mas o melhor ficara para o final da infeliz entrevista. Levantando-se, havia cumprimentado o rapaz com um aperto de mãos e, contrita, o avisara para não ter muitas esperanças quanto às suas chances para o cargo de engenheiro da Technical Dynamics.

— Eu me candidatei ao cargo de auditor — respondera o jovem, um tanto irritado.

— Bem, nem para o de auditor, infelizmente — havia retrucado ela, sem o menor tato.

Ainda vermelha de vergonha por causa do lapso, Katie pegou o telefone e ligou para o escritório de Karen.

— Como estão as coisas aí no jornal? — perguntou quando a secretária de Karen passou a ligação.

— Tudo bem, Katie. E você? Como vão as coisas no RH da poderosa Technical Dynamics?

— Péssimas! Praticamente acabei de dizer a um candidato que ele não tem a mínima chance de trabalhar conosco, seja em que cargo for.

— E o que há de errado nisso?

— É minha função ser um pouco mais diplomática — respondeu Katie, com um suspiro. — Em geral, dizemos que não há nenhuma vaga adequada à experiência e à escolaridade do candidato. Significa a mesma coisa, mas soa melhor e não fere os sentimentos de ninguém. — Katie massageou os músculos tensos da nuca. — Escute, estou ligando porque queria saber o que você vai fazer esta noite. Não estou com vontade de ficar sozinha em casa. — *E pensando em Ramon*, acrescentou mentalmente.

— Combinei com o pessoal uma ida ao Purple Bottle — respondeu Karen. — Que tal nos encontrar lá? Mas devo avisá-la de que é um bar de paquera. Mas a música é boa e eles têm um cantor razoável.

* * *

A EFICIÊNCIA DE KATIE, SE não o entusiasmo, melhorou um pouco depois da conversa. Passou o dia resolvendo os problemas de sempre e mediando os atritos rotineiros. Ouviu um supervisor se queixar, em alto e bom som e com entediante meticulosidade, de uma arquivista. Depois, escutou as lacrimosas reclamações da garota sobre as exigências do tal supervisor. No final, ignorou a exigência do homem para que a funcionária fosse demitida e, em vez disto, a transferiu para outro departamento. Depois de examinar as fichas de vários candidatos, escolheu uma jovem que a impressionara bastante durante a entrevista, por se mostrar assertiva e autoconfiante, e marcou para ela uma entrevista com o supervisor.

Acalmou uma irada contadora, que ameaçava processar a empresa por discriminação porque outra pessoa havia sido promovida em seu lugar. Depois, concluiu uma pesquisa sobre a conformidade da empresa com os requisitos legais de segurança no trabalho.

Entre tudo isso e mais as entrevistas com candidatos, o dia de Katie voou. No final da tarde, ela se recostou na cadeira e contemplou com tristeza uma vida inteira de dias iguais àquele. Era o que significava "ter uma carreira". Virgínia Johnson devotara toda a sua energia, toda a sua vida a "ter uma carreira". Àquilo.

Aquela sensação vazia e inquietante que a assombrara nos últimos dias retornou com força total. Katie tentou ignorá-la e começou a trancar as gavetas.

Katie passou os piores momentos de sua vida no Purple Bottle. Ficou por ali, fingindo ouvir música, observando homens e mulheres em suas abordagens muitas vezes nada sutis. Sentia-se desconfortavelmente ciente dos três homens na mesa à sua direita; o trio a estudava acintosamente, julgando sua aparência, calculando a relação custo-benefício de levá-la para a cama. Katie pensou que todas as mulheres cogitando a ideia de se divorciar deveriam passar pelo menos uma noite em um bar daqueles. Depois daquela experiência degradante e desanimadora, muitas delas voltariam voando para os braços de seus maridos.

Saiu às nove e meia, uma hora depois de ter chegado, e voltou para o seu apartamento. No carro, os pensamentos sobre Ramon a assombravam. A vida de Katie era ali, e ele não podia fazer parte dela; a vida dele era diferente demais da sua, distante demais para que sequer concebesse partilhá-la.

Katie foi para a cama às dez e meia e, depois de horas, finalmente caiu em um sono profundo.

Capítulo 8

KATIE DORMIU TÃO profundamente que não ouviu o despertador. Teve que se arrumar em uma pressa frenética, e ainda assim chegou ao escritório quinze minutos atrasada.

Quinta-feira, 3 de junho, seu calendário proclamava indiferente, enquanto ela destrancava as gavetas e pegava a xícara de café que Donna deixara em sua mesa.

Quinta-feira.

O último dia em que ainda poderia contatar Ramon. Até que horas ele estaria naquele número de telefone? Até o final do expediente, por volta das cinco ou seis? Ou ficaria trabalhando até mais tarde? Que diferença faria? Se ligasse para Ramon, teria que estar pronta para abandonar tudo e se casar com ele. O que ela não poderia fazer.

3 de junho.

Katie sorriu com tristeza, bebericando o café fumegante. Pela velocidade estonteante com que Ramon costumava agir, com certeza ela teria sido uma "noiva de junho". Novamente.

Katie balançou a cabeça e fez uso do talento especial que descobrira possuir durante o divórcio: ao se obrigar a pensar imediatamente em algo diferente no instante em que um problema indesejado lhe ocorria, era capaz de reprimir totalmente a questão.

Mergulhou em um turbilhão de atividade produtiva durante todo o expediente. Não apenas fez todas as entrevistas agendadas para aquele dia, como também atendeu três novos candidatos que chegaram sem hora marcada.

Ela própria aplicou os testes dos auxiliares administrativos, repetindo as instruções para completá-los como se fosse a coisa mais interessante que já fizera na vida. Ficou observando o relógio, enquanto os candidatos digitavam, como se estivesse absorvida numa complicada e fascinante obra--prima da tecnologia.

Passou pelo escritório de Virgínia, agradeceu sinceramente pelo ótimo aumento de salário e pelo excelente conselho que ela lhe dera e, depois de fechar a porta da própria sala, voltou para casa, um tanto relutante.

Mas não era tão fácil aplicar sua técnica na solidão do apartamento, sobretudo quando o rádio a lembrava constantemente das horas. "Esta é a rádio KMOX, e são seis e meia da tarde", informava o locutor.

E Ramon não estará mais naquele número por muito tempo, se é que ainda está, anunciava a voz em sua mente.

Em um gesto irritado, Katie desligou o rádio e ligou a TV, vagando pelo apartamento, incapaz de se sentar. Se telefonasse, não haveria meio-termo: teria que lhe dizer a verdade. E, mesmo que o fizesse, talvez ele nem mais quisesse se casar com ela. Afinal, ficara furioso quando soubera que ela já havia sido casada. Talvez, no fim das contas, a questão da igreja não fosse assim tão importante. Talvez ele não estivesse disposto a aceitar uma "mercadoria de segunda mão". Mas, se esse fosse o caso e ele não quisesse mais nada com ela, por que lhe deixaria aquele número de telefone?

A tela da TV ganhou vida.

— São 6h45 em St. Louis, e a temperatura local é de 25 graus.

Ela não poderia ligar para Ramon, a não ser que estivesse preparada para deixar seu emprego com apenas um dia de aviso prévio. Aquilo era tudo o que lhe restava. Teria que entrar no escritório de Virgínia e dizer à pessoa que sempre fora maravilhosa com ela: "Desculpe sair assim, mas não posso evitar."

E ela nem mesmo havia levado seus pais em consideração. Eles ficariam furiosos, preocupados, magoados. Iriam sentir muito a sua falta se ela fosse para Porto Rico. Katie discou o número dos pais e foi informada, pela empregada, que os dois tinham ido jantar no Country Club. *Droga!,* pensou Katie. Por que eles não estavam quando ela mais precisava? Deveriam estar em casa, sentindo saudades de sua pequena Katie, a quem viam apenas uma vez a cada duas semanas. Será que sentiriam tanto a sua falta se a vissem só uma vez em cada poucos meses?

Katie se levantou de um pulo e, desesperada para fazer alguma coisa, vestiu um biquíni — o biquíni amarelo! Sentada diante da penteadeira no quarto espaçoso, começou a escovar o cabelo com vigor.

Como poderia estar pensando em desistir de tudo em troca do lar e da vida que Ramon estava disposto a lhe oferecer? Devia estar maluca! Sua vida era o sonho de qualquer mulher moderna. Tinha uma carreira gratificante, um belo apartamento, roupas sofisticadas e nenhuma preocupação financeira. Era jovem, bonita e independente.

Tinha tudo. Absolutamente tudo.

O pensamento fez com que ela parasse de escovar o cabelo e admirasse a própria imagem no espelho. Meu Deus, aquilo realmente seria *tudo*?, se perguntou. O desespero anuviou seus olhos quando, mais uma vez, contemplou um futuro exatamente igual ao presente. Tinha que haver algo mais. Era evidente que aquilo não seria tudo. Simplesmente não podia ser.

Na tentativa de afastar aqueles pensamentos depressivos, ela pegou uma toalha e marchou na direção da piscina. Havia cerca de trinta pessoas nadando ou relaxando junto às mesinhas sob os guarda-sóis. Don e Brad estavam ali, acompanhados de alguns amigos, bebendo cerveja. Katie acenou quando a chamaram para que se juntasse a eles, mas balançou a cabeça em negativa. Estendeu a toalha na espreguiçadeira mais isolada que encontrou e, em seguida, foi para a piscina. Completou vinte voltas, depois voltou para a cadeira. Alguém tinha um rádio ligado. "São 19h15 em St. Louis, e faz agradáveis 25 graus."

Katie fechou os olhos e tentou se desligar de tudo, mas, de repente, quase sentiu os lábios firmes e quentes de Ramon sobre os seus, em uma gentil persuasão, então aprofundando o beijo até se tornar freneticamente erótico à medida que se rendia à exploração ansiosa daquelas mãos e boca. A voz dele sussurrando: "Viverei minha vida para você. Farei amor com você até que implore para que pare. Encherei seus dias de alegria."

Katie se sentiu sufocar. "Pertencemos um ao outro", dissera ele, a voz rouca de desejo. "Diga que sabe disso. Diga." E ela dissera. Até mesmo tivera certeza disto, tanto quanto sabia que também *não* poderiam pertencer um ao outro.

Ele era tão atraente, tão másculo com aquele cabelo escuro e perfeitos dentes brancos. Katie pensou na leve covinha em seu queixo e na maneira como seus olhos...

— Ai! — gritando de susto, abriu os olhos e se sentou rapidamente, sentindo a água gelada escorrer por suas pernas.

— Acorde, Bela Adormecida! — falou Don com um sorriso, se sentando na beirada da espreguiçadeira.

Katie se encolheu, tentando lhe dar mais espaço, o observando com desconfiança. O rosto do amigo estava vermelho, os olhos um tanto vidrados. Parecia que estivera bebendo durante toda a tarde.

— Katie — começou ele, os olhos grudados nos seios que o minúsculo biquíni mal cobriam. — Você me deixa louco, sabia?

— Não creio que isso seja algo muito difícil — retrucou ela, com um sorriso fixo, afastando os dedos que teimavam em seguir a trilha de água em sua coxa esquerda.

Don riu.

— Seja boazinha comigo, Katie. Eu poderia fazê-la muito feliz.

— Não sou nada paciente e você não é nenhum santo! — Ela tentou brincar, ocultando o desconforto por trás de uma máscara de indiferença.

— Você tem a língua afiada, ruivinha. Mas devia usá-la em coisas mais interessantes do que me criticar. Deixa eu dar um exemplo. — Don se inclinou como se pretendesse beijá-la, e Katie se afastou rapidamente.

— Don — ela quase implorou —, estou tentando não fazer um escândalo, mas se não parar agora, vou gritar e vamos parecer dois idiotas.

Ele se afastou e a fuzilou com o olhar.

— Afinal, o que há de errado com você? — perguntou.

— Nada! — respondeu Katie. Não queria torná-lo um inimigo, queria apenas que ele fosse embora. — O que você quer? — indagou por fim.

— Está brincando? Quero a mulher para quem estou olhando agora com esse rosto maravilhoso, esse corpo escultural e uma cabecinha virginal.

Katie sustentou aquele olhar.

— Por quê? — perguntou, sem rodeios.

— Docinho — provocou ele, os olhos lhe inspecionando o corpo inteiro. — Essa é uma pergunta idiota. Mas vou responder do mesmo jeito que aquele sujeito respondeu, quando perguntaram a ele por que quis escalar a montanha. Quero escalar você porque está aqui. Preciso ser mais claro? Quero subir em você, ou, se preferir, você pode ficar por cima.

— Saia de perto de mim — sibilou ela. — Você é nojento, e está bêbado!

— Não estou bêbado — disse ele, ofendido.

— Então é apenas nojento! Agora vá embora.

Don se levantou e deu de ombros.

— Tudo bem. Será que devo chamar o Brad? Ele está interessado. Ou você prefere o Dean? Ele...

— Não quero nenhum de vocês! — disparou ela, furiosa.

Don parecia genuinamente surpreso.

— Por que não? Não somos piores que ninguém. Na verdade, somos melhores do que muita gente por aí.

Katie endireitou o corpo lentamente, fitando-o como se aquelas palavras começassem a penetrar em sua mente, explodindo ali dentro.

— O que foi que você disse? — murmurou.

— Eu disse que somos tão bons quanto qualquer sujeito, e melhores do que muitos.

— Você tem razão — concordou ela, devagar. — Você tem toda a razão!

— Então qual é o problema? Para quem você está se guardando, afinal?

E de repente ela soube. Ah, Deus, ela soube!

Quase derrubou Don na pressa de sair da espreguiçadeira.

— Não é para aquele maldito espanhol, é? — gritou ele às suas costas.

Katie nem teve chance de responder, pois *já* estava correndo. Correndo pela trilha que levava à sua varanda, abrindo o portão e quebrando uma unha na pressa de abrir a porta de correr de vidro.

Ofegante pelo medo de ser tarde demais, discou o número que Ramon escrevera no bloquinho ao lado do telefone. Contou os toques, a esperança diminuindo a cada segundo que passava.

— Alô? — disse uma voz feminina ao décimo toque, quando Katie estava prestes a desligar.

— Eu gostaria de falar com Ramon Galverra. Ele está? — Katie ficou tão surpresa ao ouvir uma mulher atender ao telefone que quase esqueceu de fornecer a informação que obviamente estava sendo esperada. — Meu nome é Katherine Connelly.

— Sinto muito, Srta. Connelly, mas o Sr. Galverra não está. Mas deverá chegar a qualquer momento. Gostaria que ele retornasse a ligação?

— Sim, por favor — respondeu Katie. — Você poderia lhe dar o recado assim que ele chegar?

— É claro. Assim que ele chegar.

Katie desligou e ficou olhando para o telefone. Ramon havia realmente saído, ou teria pedido àquela mulher de voz tão amigável que se encarregasse de dispensá-la? Ele ficara tão furioso quando Katie lhe dissera que já havia sido casado. Talvez, agora que sua paixão tivera dois dias para esfriar, ele não estivesse mais interessado em uma esposa "usada". O que ela faria se ele não retornasse a ligação? Deveria presumir que não tinha recebido o recado e ligar de volta? Ou deveria aceitar a "indireta" de que ele não queria mais falar com ela?

O telefone tocou vinte minutos depois. Katie agarrou o fone e disse, ofegante:

— Alô?

A voz de Ramon parecia ainda mais profunda:

— Katie?

Ela segurava o fone com tanta força que a mão chegou a doer.

— Você disse que eu poderia ligar caso quisesse conversar. — Katie fez uma pausa, esperando que Ramon dissesse algo para ajudá-la, mas ele permaneceu em silêncio. Respirou fundo e acrescentou: — Eu gostaria de conversar, mas prefiro não fazer isto pelo telefone. Ramon, será que você poderia vir até aqui?

Não havia emoção na voz de Ramon quando respondeu simplesmente:

— Sim.

Mas foi o bastante. Katie baixou os olhos para o biquíni amarelo e correu para o quarto, a fim de mudar de roupa. Ficou em dúvida sobre o que vestir, como se a roupa escolhida pudesse fazer a diferença entre sucesso e fracasso. Por fim, se decidiu por um conjunto de calça e blusa de algodão cor de pêssego, secou e escovou o cabelo, e aplicou batom da mesma cor, blush e rímel. Seus olhos faiscavam e o rosto estava corado de excitação quando se examinou no espelho.

— Deseje-me sorte — disse ao próprio reflexo.

Foi para a sala e, quando começava a se sentar, estalou os dedos.

— Uísque! — disse em voz alta.

Ramon gostava de uísque, mas ela não tinha nem uma garrafa em casa. Deixando a porta entreaberta, correu para o apartamento ao lado e pediu ao vizinho uma garrafa de J&B emprestada.

Quase esperava encontrar Ramon quando voltou ao apartamento, mas ele ainda não tinha chegado. Katie foi para a cozinha e preparou o uísque da maneira como o vira pedir quando saíram: com gelo e uma casquinha de limão. Com uma expressão crítica, ergueu o copo contra a luz para examinar o conteúdo. De que tamanho seria a casca de limão, afinal? E por que fizera algo tão tolo como preparar o drinque tão cedo? O gelo acabaria derretendo antes mesmo de ele chegar. Decidiu ela mesma tomar o uísque e, torcendo o nariz para o sabor forte, levou o copo para a sala e se sentou.

Faltavam quinze minutos para as nove quando o barulho da campainha a fez dar um pulo de susto.

Contendo o impulso de correr para a porta, Katie emprestou às feições um sorriso formal e a abriu devagar. Contra a luz amarelada dos postes da rua, emoldurado pela soleira da porta, Ramon parecia muito alto e devastadoramente atraente em um terno cinza, camisa branca e gravata vinho. O olhar procurou o dela e sua expressão era impassível, nem fria nem calorosa.

— Obrigada por ter vindo — agradeceu Katie, lhe dando passagem e fechando a porta. Estava tão nervosa que mal conseguia pensar no que fazer em seguida. Decidiu que o melhor seria manter-se ocupada. — Sente-se um pouco, vou lhe preparar uma bebida.

— Obrigado.

Ramon entrou na sala e tirou o paletó. Sem nem mesmo olhar na direção de Katie, o jogou de modo descuidado nas costas de uma cadeira.

Katie se sentia desconcertada por aquela atitude, mas ao vê-lo tirar o paletó, concluiu que ao menos ele pretendia ficar algum tempo. Quando voltou da cozinha com a bebida, Ramon estava parado de costas para ela, as mãos nos bolsos, olhando pela janela da sala. Virou-se quando a ouviu entrar e, pela primeira vez, Katie reparou nas profundas linhas de tensão em torno de seus olhos e boca. Ansiosa, ela lhe estudou o rosto.

— Ramon, você parece exausto.

Ele afrouxou o nó da gravata e pegou o copo que ela lhe estendia.

— Não vim aqui para discutir meu estado de saúde, Katie — informou bruscamente.

— Sim, eu sei. — Katie suspirou. Ele estava frio, distante e, pressentia, ainda muito zangado com ela. — Pelo jeito você não vai facilitar, não é? — perguntou, dando voz aos seus pensamentos.

Os olhos escuros brilhavam impassíveis.

— Isso depende do que você tem a dizer. Como já falei, não há muito que eu possa oferecer, se você decidir se casar comigo, mas uma das coisas que lhe ofereço é a sinceridade. Sempre. E espero o mesmo de você.

Assentindo, Katie se afastou e segurou as costas da cadeira em busca de apoio concreto, já que era evidente que Ramon não pretendia lhe dar nenhum apoio moral. Com um suspiro trêmulo, ela fechou os olhos.

— Ramon, quando estávamos na igreja, no outro dia, eu me dei conta de que você deve ser um católico devoto. E então percebi que, nesse caso, não poderia se casar comigo se eu já tivesse me casado na Igreja Católica, depois me divorciado. Foi por isso que eu disse que era divorciada. Bem, não era mentira, pois realmente *fui* divorciada antes... antes de David morrer.

A voz atrás de Katie soou fria e sem emoção:

— Eu sei.

Katie se agarrou com mais força à cadeira.

— Você sabe? Como pode saber?

— Porque você já havia me contado que eu a fazia se lembrar de alguém, alguém cuja morte lhe havia trazido grande alívio. Quando estava falando sobre seu ex-marido, de novo comentou que ele se parecia comigo. Presumi que seria pouco provável que você conhecesse dois homens parecidos comigo. Além disto, você não sabe mentir muito bem.

Katie sentiu um aperto no coração diante daquela total indiferença.

— Entendo — disse ela, com um nó na garganta.

Ao que parecia, Ramon não queria a esposa de outro homem, independentemente de ela ser divorciada ou viúva. Como se tivesse que punir a si mesma ainda mais ao se obrigar a ouvi-lo dizer aquilo em voz alta, murmurou:

— Importa-se de me explicar por que ainda está zangado comigo, mesmo depois de ouvir o que acabei de dizer? Sei que está com raiva, mas não tenho certeza do motivo e...

As mãos de Ramon a agarraram pelos braços, e ele a fez girar, os dedos afundando na carne.

— Porque amo você! — disse ele, entre dentes, tenso. — E você me deixou num inferno durante dois dias inteiros! — A voz dele soava rouca, profunda. — Eu amo você e tive que esperar por quase 48 horas pela sua ligação, morrendo por dentro a cada hora que passava.

Com um sorriso lacrimoso, Katie pousou a mão no rosto dele, tentando suavizar as marcas da tensão com a ponta dos dedos.

— Foram dois dias terríveis para mim também.

Ramon a abraçou com força arrebatadora, os lábios tomando os dela em um beijo que exigia a mesma paixão turbulenta que ele lhe oferecia. As mãos reivindicavam seu corpo, a acariciando desde a nuca até as costas, depois os seios, deslizando para baixo e a puxando contra sua ereção. Instintivamente Katie moveu os quadris contra os dele, fazendo-o gemer de desejo, então Ramon entrelaçou os dedos em seu cabelo, colando a boca à dela enquanto sua língua espelhava os movimentos inflamados de Katie.

Ramon separou os lábios dos dela, passando a beijá-la no rosto, nos olhos, no pescoço.

— Você ainda vai me levar à loucura, sabia? — murmurou roucamente.

Mas Katie não conseguia responder. De novo tomando posse de seus lábios, ele a arrastava para um oceano de prazer, e ela mergulhava de bom grado em ondas que a impeliam para as profundezas de sua paixão faminta e ansiosa.

Katie foi emergindo lentamente conforme a pressão dos lábios de Ramon diminuía, até ele se afastar. Sentindo-se perdida e abandonada, recostou o rosto no peito dele, o próprio coração batendo enlouquecido e o dele ecoando em seus ouvidos.

Ramon segurou o seu rosto e ela o encarou, se sentindo desmanchar sob a ternura que agora via naqueles olhos.

— Katie, eu me casaria com você mesmo se você tivesse casado com aquele idiota em cada igreja do mundo e depois se divorciado em cada tribunal.

Ela mal reconheceu o sussurro enrouquecido em que a própria voz se transformara.

— Achei que o motivo da sua raiva fosse por eu ter deixado as coisas irem tão longe entre nós, sem lhe contar que já havia sido casada.

Ele balançou a cabeça.

— Fiquei furioso por saber que você estava mentindo a respeito de seu ex-marido estar vivo, por ter usado isto como uma desculpa para não se casar comigo. E também por saber que você estava aterrorizada pelo que sentia por mim, e, ainda assim, eu não poderia ficar no país por tempo o bastante para fazê-la superar esse medo.

Katie ficou na ponta dos pés e o beijou nos lábios, mas quando Ramon voltou a abraçá-la, ela recuou. Afastando-se da tentação daquela proximidade, disse:

— Acho que preciso contar aos meus pais, antes que perca a coragem e que seja tarde demais. Depois desta noite, teremos apenas três dias para tentarmos convencê-los, antes de partirmos.

Katie foi para a mesa de canto, pegou o telefone e começou a discar o número dos pais. Então olhou para Ramon.

— Pensei em avisá-los que iríamos até a casa deles, mas acho que seria melhor se viessem para cá. — Abriu um sorriso nervoso, triste. — Afinal, podem expulsá-lo da casa deles, mas não da minha.

Enquanto esperava que atendessem o telefone, Katie passou a mão pelo cabelo desgrenhado, tentando pensar no que diria. Quando a mãe atendeu, ela nem sabia como começar.

— Olá, mamãe — disse. — Sou eu.

— Katie, aconteceu alguma coisa? Já são nove e meia.

— Não, não há nada de errado. — Katie fez uma pausa.

— Mamãe, se não for muito tarde, será que você e papai poderiam vir até aqui para beber alguma coisa?

Sua mãe riu.

— Sim, acho que podemos. Acabamos de voltar do clube. Estaremos aí em poucos minutos.

Katie procurava desesperadamente por um meio de manter a mãe ao telefone, enquanto pensava em como abordar o assunto casamento.

— A propósito, é melhor trazer alguma bebida. Só tenho uísque em casa.

— Tudo bem, querida. Precisa de mais alguma coisa?

— Calmantes e ansiolíticos — murmurou ela.

— O que foi que disse, querida?

— Nada, mamãe. Preciso contar uma coisa, mas, antes disso, há algo que quero perguntar. Lembra-se de quando eu era criança e você me dizia que não importava o que eu fizesse você e papai sempre iriam me amar? Você dizia que, por mais terrível que fosse, vocês...

— Katie — interrompeu a mãe bruscamente. — Se a sua intenção é me assustar, está se saindo muito bem.

— Não tanto como pretendo. — Katie suspirou com tristeza. — Mamãe, Ramon está aqui. Vou partir com ele no domingo e vamos nos casar em Porto Rico. Quero conversar com você e papai sobre isso, ainda hoje.

Houve um instante de silêncio, antes que a mãe voltasse a falar:

— Nós também vamos querer conversar com você a esse respeito, Katherine.

Katie desligou e se voltou para Ramon, que a observava com uma expressão inquisitiva.

— Já sou "Katherine" de novo.

Porém, apesar da tentativa de descontração, Katie estava ciente do quanto seu casamento devastaria os pais. Iria defender a decisão de partir para Porto Rico, não importava o que dissessem, mas ela os amava muito e detestava a infelicidade que estava prestes a lhes causar.

Esperou junto à janela, com Ramon ao seu lado, o braço sobre seus ombros em um gesto de conforto. E soube, pela velocidade com que o par de faróis fez a curva na entrada do condomínio, que seus pais haviam chegado.

Sentindo-se triste e apreensiva, Katie começou a andar na direção da porta, mas a voz de Ramon a fez parar:

— Katie, se pudesse tirar esse peso de seus ombros e coração, eu o faria. Não posso. Porém posso prometer que, depois dos próximos três dias, você não terá sequer um segundo de infelicidade, se eu puder evitar.

— Obrigada — murmurou ela, aceitando a mão que ele lhe estendia e sentindo a reconfortante firmeza de seus dedos se entrelaçando aos dela. — Já falei o quanto gosto das coisas que você me diz?

— Não — respondeu ele, com um leve sorriso. — Mas acho que é um bom ponto de partida.

Não houve tempo para Katie pensar no significado daquelas palavras, pois a campainha já soava com insistência.

O pai de Katie, que era famoso pelo seu charme e educação, irrompeu no apartamento como um furacão, aceitou o cumprimento de Ramon e foi logo dizendo:

— É um prazer revê-lo, Galverra, e tive o mesmo prazer em recebê-lo em minha casa no outro dia. No entanto, acho um grande atrevimento de sua parte pedir Katie em casamento, e está completamente maluco se acredita que vamos permitir uma coisa dessa.

A mãe de Katie, conhecida pela capacidade de manter a compostura mesmo em ocasiões de crises extremas, entrou logo em seguida, segurando uma garrafa de bebida em cada mão, como um malabarista.

— Jamais aceitaremos uma coisa dessa! — anunciou. — Sr. Galverra, somos obrigados a pedir que se retire. — Apontou majestosamente com a garrafa para a porta. — E você, Katherine, perdeu completamente o juízo. Vá para o seu quarto. — A outra garrafa indicou o corredor.

Katie, que observava a cena com um misto de medo e fascinação, finalmente se recobrou o bastante para dizer:

— Papai, venha se sentar. Você também, mamãe.

Quando os dois afundaram nas poltronas, Katie abriu a boca para falar e só então percebeu que a mãe continuava segurando as duas garrafas de bebida, ambas apoiadas nos joelhos, e as tirou de suas mãos.

— Mamãe, deixe-me pegar essas garrafas, antes que você se machuque.

Tendo tirado aquelas duas armas em potencial das mãos de sua mãe, Katie endireitou o corpo, tentou pensar em como começar, esfregou as mãos na calça cor de pêssego e enviou um olhar desanimado a Ramon.

Ramon lhe enlaçou a cintura, ignorando o olhar furioso do pai, e falou calmamente:

— Katie concordou em viajar comigo no próximo domingo para Porto Rico, onde iremos nos casar. Reconheço que é algo difícil de aceitar, mas será muito importante para Katie saber que pode contar com o apoio de ambos.

— Bem, da minha parte não haverá apoio nenhum! — disparou o Sr. Connelly.

— Nesse caso — ponderou Ramon — o senhor a obriga a escolher, e todos nós perderemos. Ela ainda irá comigo, mas vai me odiar por ser a causa do desentendimento entre vocês. E também vai odiá-lo por não a compreender e por não desejar a sua felicidade. Para mim é muito importante que Katie seja feliz.

— A felicidade de Katie também é muito importante para nós! — retrucou o Sr. Connelly, furioso. — Que tipo de vida você pode oferecer a ela, a levando para morar numa cabana miserável em Porto Rico?

Katie viu Ramon empalidecer, e achou que seria capaz de estrangular o pai por ferir o orgulho dele daquela maneira. Mas quando Ramon respondeu, o tom de voz era tranquilo:

— Sim, a casa onde ela vai morar é pequena, mas sólida e firme. Ela sempre terá o que comer e roupas para usar. E eu lhe darei filhos. Além disto, nada mais posso prometer a Katie, exceto que vai acordar todas as manhãs sabendo que é muito amada.

Os olhos da mãe de Katie se encheram de lágrimas e a hostilidade foi desaparecendo de sua expressão conforme encarava Ramon.

— Ah, meu Deus... — murmurou ela.

O Sr. Connelly, no entanto, estava apenas se aquecendo para a batalha:

— Está dizendo que Katie será uma criada, uma mulher de fazendeiro, é isto?

— Não, ela será a minha esposa.

— E vai trabalhar como uma mulher da fazenda! — exclamou o pai, com desprezo.

Ramon cerrou os dentes, ficando ainda mais pálido.

— Sim, ela terá que trabalhar um pouco.

— Será que tem consciência, Galverra, de que Katie pisou numa fazenda apenas uma vez em toda a vida? Eu me lembro nitidamente do que aconteceu naquele dia. — O olhar incisivo do Sr. Connelly se voltou para a filha. — Quer contar a ele, Katherine, ou prefere que eu o faça?

— Papai, eu tinha apenas 12 anos!

— E suas três amiguinhas também, Katherine. Mas elas não gritaram quando o fazendeiro torceu o pescoço da galinha. Não o chamaram de assassino na própria mesa, nem passaram os dois anos seguintes se recusando a comer frango. Não acharam que os cavalos "fediam", o processo de ordenha "nojento". Tampouco chamaram uma fazenda que valia uns tantos milhões de dólares de "um lugar malcheiroso repleto de animais imundos".

— Bem — retrucou Katie no mesmo tom irônico —, elas não caíram numa pilha de esterco, não foram bicadas por um ganso nem levaram um coice de um cavalo cego!

Ela se virou para Ramon, na tentativa de se defender, e ficou surpresa ao vê-lo fitando-a com um sorriso nos lábios.

— Você está rindo agora, Galverra — falou o Sr. Connelly com raiva —, mas não vai achar graça quando descobrir que a ideia de Katie de um orçamento restrito é gastar tudo o que ganha e enviar para mim as contas excedentes. Tudo o que ela sabe fazer na cozinha é abrir latas e embalagens de congelados, nunca pregou um botão e...

— Ryan, você está exagerando! — interrompeu a Sra. Connelly inesperadamente. — Katie vive do próprio salário desde que se formou, e sim, ela sabe costurar.

Ryan Connelly parecia prestes a explodir.

— Ah, sim, ela sabe ponto-cruz ou algo assim. Mas não muito bem. Até hoje ainda não descobri se aquela coisa que ela bordou para nós é um peixe ou uma coruja, e você também não sabe!

Os ombros de Katie começaram a tremer com um incontrolável ataque de riso.

— É um cogumelo! — Ela riu, se virando para os braços abertos de Ramon. — Eu bordei quando tinha 14 anos. — Enxugando as lágrimas de riso, ela se recostou no peito de Ramon e ergueu os olhos para ele. — Está vendo? E eu pensando que eles iriam achar que *você* não era bom o bastante *para mim*.

— O que nós achamos é... — começou Ryan Connelly.

— É que Katie não está preparada para o tipo de vida que terá ao seu lado, Sr. Galverra — interrompeu a Sra. Connelly. — A experiência de Katie de trabalho se limita a estágios na faculdade e ao emprego: é trabalho intelectual, não braçal. Ela se formou com louvor, e sei o quanto se esforça para fazer um bom trabalho na empresa. Mas Katie não tem nenhuma experiência com o que se pode chamar de trabalho físico.

— E nem precisará ter, estando casada comigo — retrucou Ramon.

Ryan Connelly parou de tentar se mostrar razoável. Levantou-se da poltrona num salto, deu alguns passos furiosos pela sala e depois se virou, encarando Ramon com a raiva emanando de cada poro.

— Eu me enganei a seu respeito quando esteve em minha casa, Galverra. Imaginei que você devia ser um homem orgulhoso e honrado, mas estava errado.

Katie percebeu que Ramon enrijecia, enquanto seu pai continuava com o ataque:

— Ah, sim, eu sabia que você era pobre, pois você mesmo fez questão de deixar isto bem claro, mas ainda lhe dei crédito pela decência que demonstrou. Porém, agora você tem o atrevimento de nos dizer que, embora não possa oferecer nada a Katie, ainda assim pretende levá-la para longe de nós, afastá-la de tudo o que ela conhece, da família, dos amigos. Pois eu lhe pergunto: essa é a atitude de um homem decente e honrado? Responda-me, se tiver coragem.

Katie, prestes a interceder, lançou um rápido olhar para a expressão furiosa de Ramon e recuou. Em um tom baixo e implacável, ele respondeu com desprezo:

— Eu tiraria Katie do meu próprio irmão! *Esta* resposta é suficiente para você?

— É sim, por Deus! Isso mostra exatamente o tipo de...

— Sente-se, Ryan — disse a Sra. Connelly, incisiva. — Katie, você e Ramon vão até a cozinha para preparar nossos drinques. Eu gostaria de falar com seu pai em particular.

Espiando pela fresta da porta, enquanto Ramon servia as bebidas, Katie viu a mãe se aproximar do pai e pousar a mão no ombro dele.

— Perdemos esta batalha, Ryan, e você está antagonizando o vencedor. Ramon está fazendo um grande esforço para não revidar e ainda assim você o está acuando deliberadamente, de forma que não lhe restará outra escolha senão retaliar.

— Ele ainda não é o vencedor, diabo! Não até que Katie entre com ele num avião. Até lá ele continua sendo o inimigo, mas não é o vencedor.

A Sra. Connelly sorriu.

— Ele não é nosso inimigo. Pelo menos não é meu inimigo. Deixei de considerá-lo assim desde o momento em que ele olhou para você e disse que Katie viverá cada dia de sua vida sabendo que é amada.

— Palavras! Nada além de palavras!

— Que foram ditas para nós, Ryan. Foram ditas com sinceridade e sem o menor constrangimento para os pais de Katie e não sussurradas para ela em algum momento de paixão. Não posso nem mesmo pensar num homem que diria algo assim para os pais de uma garota. Ele não permitirá que ela sofra, Ryan. Talvez não seja capaz de lhe oferecer coisas materiais, mas lhe dará tudo o que realmente importa. Sei disso. Agora é melhor você se render com dignidade, antes que perca ainda mais.

Quando o marido desviou os olhos dos dela, a Sra. Connelly lhe tocou o rosto, fazendo com que ele voltasse a encará-la. Os olhos dele, azuis, tão parecidos com os de Katie, estavam úmidos de lágrimas.

— Ryan — disse ela, com suavidade —, não é realmente a ele que você está fazendo objeções, não é?

O Sr. Connelly suspirou.

— Não — respondeu, com a voz enrouquecida. — Na verdade, não tenho nada contra ele como homem. É que não quero que ele leve minha Katie embora. Ela sempre foi a minha preferida, você sabe, Rosemary. É a única, dentre os nossos filhos, que sempre se importou *comigo,* a única que sempre reparou quando eu estava cansado ou preocupado e que tentava me alegrar, que nunca pensou em mim como uma mera fonte de dinheiro. — Ele respirou fundo, com dificuldade. — Katie sempre foi como um raio de sol em minha vida e, se ele a levar para longe, nunca mais terei minha Katie para me iluminar.

Katie, sem saber que Ramon havia se aproximado por trás, se recostou na soleira da porta, sentindo as lágrimas escorrerem pelo rosto.

Na sala, o Sr. Connelly ergueu o rosto da esposa, pegou o lenço e enxugou suas lágrimas. A Sra. Connelly conseguiu esboçar um sorriso.

— Nós já deveríamos esperar por isso. É exatamente o tipo de coisa que Katie faria. Ela sempre foi tão alegre e amorosa, tão pronta a se entregar. Sempre fazia amizade com aquela criança desprezada pelas outras, e levava para casa todos os cachorrinhos perdidos que encontrava pela rua. Até agora eu achava que David havia destruído essa parte dela tão bela e desprendida, e Deus sabe quanto o odiei por isso, mas não foi o que aconteceu. — As lágrimas corriam livres pelas suas faces. — Ah, Ryan, será que você não vê? Katie encontrou outro cachorrinho perdido para amar.

— O último acabou a machucando seriamente. — lembrou Ryan.

— Mas este não vai machucá-la — assegurou a Sra. Connelly. — Ele vai protegê-la.

Abraçando a esposa, Ryan olhou para o outro lado da sala e viu que Katie também estava chorando nos braços de Ramon, com o lenço dele em uma das mãos. Com um rápido sorriso de conciliação para o homem que abraçava sua filha de uma maneira tão protetora, ele disse:

— Ramon, será que você tem um lenço?

O breve sorriso de Ramon indicou que ele aceitava a trégua.

— Para as mulheres ou para nós?

* * *

Quando os pais de Katie saíram, Ramon perguntou se podia usar o telefone, e ela foi para a varanda, para lhe dar privacidade. Ficou vagando por ali, tocando as plantas que cresciam nos vasos, depois se sentou em uma das cadeiras e olhou para as estrelas que salpicavam o céu como diamantes.

Ramon se aproximou da porta de vidro e parou, impressionado com a beleza daquela cena. A claridade de dentro do apartamento a emoldurava contra a noite negra como veludo. Com as mechas caídas em ondas pelos ombros, havia uma doce maturidade no perfil de Katie, que, combinada com a dignidade silenciosa na curva do queixo, destacava seu encanto, a fazendo parecer ao mesmo tempo provocante e etérea.

Pressentindo sua presença, Katie virou a cabeça.

— Há algo errado? — perguntou, se referindo ao telefonema.

— Há sim — respondeu ele, com terna seriedade. — Tenho medo de que, se chegar mais perto, acabarei descobrindo que você é apenas um sonho.

Um sorriso doce, embora sensual, curvou os lábios de Katie.

— Sou bem real.

— Anjos não são reais. Nenhum homem pode esperar estender a mão e tocar um anjo.

O sorriso dela se alargou.

— Quando você me beija, meus pensamentos não são nada angelicais.

Cruzando a porta para a varanda, ele foi até ela, os olhos presos aos dela.

— E em que você está pensando, sentada aqui sozinha e olhando para o céu como se fosse uma deusa adorando as estrelas?

O timbre da voz profunda e baixa foi o suficiente para excitá-la. No entanto, agora que havia se comprometido com ele, Katie sentia uma timidez peculiar.

— Estava pensando em como tudo isso é inacreditável. Em apenas sete dias, toda a minha vida mudou. Não, não foram sete dias, foram sete segundos. No momento em que você falou comigo pela primeira vez, toda a minha vida tomou um rumo diferente. Fico me perguntando o que teria acontecido se eu passasse por aquele corredor cinco minutos depois.

Ramon a fez se levantar delicadamente.

— Você não acredita em destino, Katie?

— Apenas quando as coisas dão errado.

— E quando tudo dá certo?

Os olhos dela reluziram.

— Então é por causa de puro planejamento e muito trabalho.

— Obrigado — agradeceu ele, com um sorriso quase infantil.

— Por quê?

— Por todas as vezes, nestes últimos sete dias, em que você me fez sorrir. — Ramon tomou-lhe os lábios num beijo quente, meigo.

Katie se deu conta de que Ramon não tinha intenção de fazer amor com ela naquela noite, e ficou grata e emocionada por aquele autocontrole. Ela se sentia física e emocionalmente exaurida.

— Quais são seus planos para amanhã? — perguntou Katie minutos depois, quando ele estava de saída.

— Meu tempo é todo seu — respondeu Ramon. — Eu pretendia partir para Porto Rico amanhã. Mas, como só iremos no domingo, o único compromisso que tenho é o café da manhã que marquei com seu pai.

— Gostaria de me levar para o trabalho amanhã cedo, antes de se encontrar com ele? — perguntou Katie. — Isso nos daria algum tempo juntos, e você pode me buscar mais tarde.

Ramon a abraçou com força.

— Sim — sussurrou.

Capítulo 9

KATIE ESTAVA SENTADA à escrivaninha, girando distraidamente um lápis entre os dedos. Virgínia se encontrava em uma reunião com a diretoria da empresa, o que lhe daria até as dez e meia para se decidir. Uma hora e meia para resolver se pediria demissão ou se requisitava duas semanas de férias, e mais duas semanas de licença não remunerada.

Katie sabia o que Ramon queria — não, esperava — que fizesse. Ele esperava que ela se demitisse, que rompesse todos os laços. Se ela simplesmente requisitasse um mês de férias, em vez da demissão, ele poderia duvidar de seu comprometimento, acreditar que mantinha uma espécie de "rota de fuga".

Seus pensamentos voltaram para a maneira como ele a olhara naquela manhã, quando chegara para levá-la ao trabalho. Os olhos escuros haviam analisado seu rosto com aguçada intensidade. "Você mudou de ideia?", perguntara ele, e quando Katie respondeu que não, Ramon a tinha tomado em seus braços e a beijado com um misto de violenta doçura e alívio profundo.

Cada momento passado com Ramon a fazia se sentir mais próxima dele emocionalmente. Seu coração, qualquer que fosse o motivo, dizia que ele era o homem certo, que ela estava agindo da maneira acertada. Sua mente, no entanto, gritava em advertência; dizia que tudo estava acontecendo depressa demais, cedo demais e, pior, a atormentava com a ideia de que Ramon não era o que aparentava ser, que ele lhe escondia algo.

Os olhos azuis de Katie se anuviaram. Naquela manhã, ele chegara vestido com um belo suéter amarelo-ouro. Por duas vezes, antes disto, ele aparecera com ternos elegantes e bem cortados. Katie achou tão estranho que um fazendeiro, sobretudo um fazendeiro modesto, usasse aquele tipo de roupa, que decidiu lhe perguntar diretamente.

Sorrindo, Ramon respondera que os fazendeiros podiam usar ternos e suéteres como qualquer outro homem. Katie se esforçara para aceitar aquela resposta, mas, quando tentou descobrir mais coisas a respeito dele, Ramon havia se esquivado, dizendo:

— Katie, você vai ter muitas perguntas sobre mim e sobre o nosso futuro, mas todas as respostas estão em Porto Rico.

Recostando-se na cadeira, Katie ficou observando a discreta agitação na recepção do RH, onde os candidatos preenchiam formulários, faziam testes ou esperavam ser atendidos por ela mesma ou por um dos outros cinco funcionários que se reportavam a Ginny.

Talvez ela estivesse errada em se sentir insegura a respeito de Ramon, pensou. Talvez ele não estivesse sendo deliberadamente evasivo. Talvez aquele medo incômodo e persistente fosse apenas o resultado da terrível experiência anterior de seu casamento com David.

No entanto, talvez não fosse nada disso. Ela teria que ir a Porto Rico para descobrir, mas até que todos os seus temores fossem aplacados, não poderia pôr em risco o seu emprego. Se pedisse demissão naquele dia, estaria saindo sem aviso prévio e, neste caso, nunca mais poderia retornar à empresa, nem receberia boas referências se tentasse trabalhar em outro lugar. Além disto, Virgínia ficaria numa posição bastante delicada se tivesse que explicar ao diretor financeiro que acabara de aprovar o aumento de Katie, que sua protegida havia se demitido sem aviso prévio, como se fosse uma irresponsável funcionária temporária.

Katie se levantou, passou a mão distraidamente pelo coque impecável, depois seguiu para a área de recepção e passou direto pela mesa de Donna e das outras duas secretárias do setor. Dirigindo-se para um dos cubículos onde eram aplicados os testes de digitação e datilografia, colocou uma folha em uma das máquinas elétricas e ficou olhando para o papel em branco, as mãos indecisas sobre o teclado.

Ramon queria que ela se demitisse. Ele dissera que a amava. Igualmente importante, o instinto dizia a Katie que ele precisava dela, e muito. Ela sentia que seria deslealdade de sua parte se apenas tirasse um mês de licença. Considerou a possibilidade de mentir para ele sobre o assunto, mas a honestidade significava muito para Ramon, e era algo que significava muito para ela também. Não queria mentir para ele. Por outro lado, depois de ter concordado, na noite anterior, em ir para Porto Rico e se casar com ele, não conseguira imaginar um meio de expor suas dúvidas e incertezas naquela manhã. Nem mesmo estava certa de que seria sensato dizer a ele como se sentia. Se tivesse dito a David que suspeitava de algo obscuro em seu caráter, ele teria encontrado um meio de ocultá-lo e convencê-la do contrário. Parecia muito melhor simplesmente ir até Porto Rico e se permitir uma chance de conhecer Ramon. Com o tempo, suas dúvidas seriam respondidas, ou suas suspeitas, confirmadas.

Com um suspiro, Katie tentou pensar em uma boa desculpa que pudesse dar a Ramon para a decisão de não se demitir do emprego. E a resposta veio em uma súbita inspiração. Seria a verdade; iria aliviá-la do peso da deslealdade, e era algo que seria capaz de fazê-lo entender. Era tão óbvio que Katie ficou admirada por ter chegado a pensar em se demitir sem aviso prévio.

Rápida e eficiente, datilografou um pedido formal a Virgínia para dois meses de férias, com início no dia seguinte, e depois mais duas semanas de licença não remunerada. Naquela noite, ela explicaria a Ramon que seria impossível se demitir sem aviso-prévio para se casar. Os homens não largavam os empregos para se casar e, se ela o fizesse, refletiria negativamente em todas as outras mulheres que lutavam com tanto empenho por oportunidades iguais no mundo corporativo. Um dos argumentos mais frequentes contra a contratação de mulheres para cargos de gerência era justamente o fato de que elas abandonavam os empregos para ter filhos, ou a fim de seguir os maridos transferidos para outras cidades. O diretor financeiro era o típico machista. Se Katie se demitisse sem aviso prévio para se casar, ele jamais deixaria que a pobre Virgínia se esquecesse disto, e acabaria encontrando algum motivo legal para desqualificar qualquer outra candidata que Virgínia desejasse contratar para o lugar de Katie. Se, por outro lado, Katie se demitisse enquanto estivesse de férias em Porto Rico, as duas semanas de licença que estava solicitando serviriam como período de aviso-prévio. O que significava que ela teria apenas duas semanas para superar os temores relativos ao casamento com Ramon.

Ainda assim, Katie se sentia bastante aliviada. Agora que havia refletido, decidiu que, quando e se pedisse demissão enquanto estivesse em Porto

Rico, não usaria o casamento como motivo. Diria apenas o que os homens sempre diziam: estava saindo da empresa por conta de "uma oportunidade melhor".

Tendo se decidido, Katie colocou outra folha de papel na máquina e escreveu uma carta de demissão formal, a fim de aceitar um cargo mais recompensador, datada com duas semanas de antecedência.

Eram quase onze e meia quando acabou de entrevistar os candidatos agendados para aquela manhã. Com o pedido de férias e o pedido de demissão pré-datado, foi até o escritório de Virgínia, mas então hesitou.

Virgínia estava ocupada em registrar números em um formulário, inclinada sobre a tarefa. Como sempre, parecia muito eficiente e feminina. O dínamo delicado, pensou Katie com carinho.

Ajeitando o blazer azul-marinho e as pregas da saia xadrez em vermelho e azul, Katie entrou na sala.

— Ginny, será que pode me ceder alguns minutos? — perguntou, nervosa, chamando-a pelo apelido que normalmente só usava fora do trabalho.

— Se não for muito urgente, me dê uma meia hora para terminar este relatório — respondeu Virgínia, sem erguer os olhos.

A tensão de Katie crescia a cada segundo, e ela achou que não conseguiria aguentar mais meia hora.

— É bem importante, Ginny.

Ao ouvir a voz trêmula de Katie, Virgínia ergueu a cabeça no mesmo instante. Devagar, deixou a caneta na mesa e a observou se aproximar, franzindo a testa em um misto de curiosidade e preocupação.

Agora que chegara o momento, Katie não sabia como começar. Entregou a Virgínia o pedido de férias e a licença.

Virgínia leu rapidamente, e a expressão de vago alarme sumiu de seu rosto.

— Está um pouco em cima para pedir um mês — argumentou, deixando a carta de lado. — Mas você está com as férias vencidas, então vou aprovar seu pedido. Por que está requisitando também uma licença de duas semanas?

Katie afundou na cadeira diante da escrivaninha.

— Quero ir a Porto Rico com Ramon. Enquanto estiver lá, vou decidir se me casarei ou não com ele. Se por acaso eu decidir que sim, aqui está meu pedido de demissão. As duas semanas de licença servirão como período de aviso-prévio. Isto é, se você permitir que eu faça as coisas desta maneira.

Virgínia se recostou na cadeira e a encarou, atônita.

— Quem? — perguntou ela.

— Ramon é o homem de quem lhe falei na quarta-feira. — Quando Virgínia continuou a encará-la com incredulidade, Katie acrescentou: — Ele tem uma pequena fazenda em Porto Rico. Quer que eu me case com ele e vá morar lá.

— Meu Deus! — disse Virgínia.

Katie, que nunca a vira daquela maneira, tentou explicar, prestativa:

— Sei que isso tudo é muito repentino, mas não inacreditável. É...

— Loucura — completou Virgínia, parecendo enfim se recobrar do susto. Balançou a cabeça, como se quisesse clarear as ideias. — Katie, quando você mencionou esse sujeito, dois dias atrás, eu o imaginei como alguém não apenas atraente, mas com um estilo de vida e uma sofisticação semelhantes aos seus. Agora você vem me dizer que ele é um fazendeiro porto-riquenho e que vai se casar com ele?

Katie assentiu.

— Acho que você perdeu o juízo, mas pelo menos foi sensata o bastante para não se demitir e fechar todas as portas, caso decida voltar. Em um mês, ou até menos, você vai se arrepender desse impulso insano e romântico, para não dizer absurdo. Você sabe que tenho razão, pois do contrário não estaria pedindo uma licença, e sim demissão.

— Não é loucura, e não estou agindo por impulso — discordou Katie, o olhar implorava pela compreensão de Virgínia. — Ramon é diferente.

— Aposto que sim! — exclamou Ginny, com desdém. — Os homens latinos são absurdamente machistas.

Katie ignorou o comentário, pois já sabia que Ramon era muito machista, latino típico.

— Ramon é especial — disse, envergonhada por tentar expressar seus sentimentos em palavras. — E me faz sentir especial também. Não é fútil e egoísta como a maioria dos homens que conheci até hoje. — Vendo que Ginny não parecia nada convencida, acrescentou: — Ginny, ele me ama. Posso sentir que é verdadeiro. E precisa de mim. Eu...

— É claro que ele precisa de você! — interrompeu Ginny. — É um pequeno fazendeiro que não pode pagar uma cozinheira, uma arrumadeira e uma companheira de cama. Portanto, precisa de uma esposa que, por cama e comida, fará o trabalho das três. — No instante seguinte, Virgínia ergueu a mão em um gesto de desculpas. — Desculpe, Katie, não devia ter dito isso. Não devia estar impondo a você as minhas opiniões sobre o casamento. Só que sinto, sinceramente, que você jamais vai se satisfazer com esse tipo de vida, não quando já experimentou como é ser uma mulher independente.

— A independência não é o bastante para mim, Ginny — afirmou Katie com tranquila segurança. — Muito antes de conhecer Ramon, eu já me sentia assim. Não posso ser feliz devotando toda a vida a mim mesma, à minha carreira, à próxima promoção, ao meu futuro. Não que seja uma vida solitária, pois nunca me sinto sozinha. Mas é uma vida vazia; eu me sinto inútil e sem propósito.

— Será que faz ideia de quantas mulheres matariam pelo que você tem? Sabe quantas mulheres desejam poder pensar apenas em si mesmas?

Katie assentiu, ciente de que estava, de forma indireta, rejeitando o modo de vida de Ginny, bem como o próprio.

— Eu sei. Talvez isso seja o certo para elas, mas não é para mim.

Ginny consultou o relógio e se levantou, pesarosa.

— Preciso me apressar. Tenho uma reunião no Centro da cidade e só estarei de volta depois que você sair. Não se preocupe em me ligar daqui a duas semanas. Tire o mês inteiro de férias e, caso se decida pela demissão, simplesmente arquivo sua ficha e digo que você me deu o aviso-prévio. Não estarei seguindo à risca as regras da empresa, mas, afinal, para que servem os amigos? — Passou de novo os olhos pela carta e sorriu ao ler o motivo da demissão que Katie apresentara. — "Por uma oportunidade melhor" — citou. — Muito bem pensado.

Katie também se levantou, os olhos ardendo com lágrimas de gratidão.

— Nesse caso, acho que devemos nos despedir...

— Não, Katie — retrucou Ginny, rindo, enquanto guardava a papelada na pasta de couro. — Daqui a duas semanas você vai começar a se sentir entediada. Daqui a um mês sentirá falta dos desafios da carreira. Você vai voltar. Nesse meio-tempo, espero que aproveite bem as férias. Afinal, creio que é disto que está precisando. Está apenas cansada. Nós nos veremos daqui a um mês ou antes, talvez.

* * *

CINCO MINUTOS DEPOIS DAS CINCO da tarde, Katie passou pelas portas giratórias e correu na direção da calçada, onde Ramon estacionara o carro e estava à sua espera. Deslizando para dentro do veículo, ela enfrentou bravamente o olhar interrogativo e disse:

— Pedi um mês de férias, em vez de demissão.

A expressão dele enrijeceu e Katie se virou no assento, a fim de encará-lo.

— Fiz isso porque...

— Agora não! — cortou ele, bruscamente. — Vamos conversar quando chegarmos ao seu apartamento.

Entraram juntos, nenhum deles havia dito uma palavra sequer durante todo o trajeto de 35 minutos. Katie, com os nervos já em frangalhos, ficou ainda mais tensa quando deixou a bolsa na mesa, tirou o blazer e se virou para ele. Consciente do quanto Ramon estava zangado, perguntou, cautelosa:

— Por onde quer que eu comece?

Ele estendeu as mãos, a agarrando pelos braços.

— Comece me dizendo por quê! — ordenou com rispidez, sacudindo-a. — Por quê?

Katie conseguiu manter os olhos amedrontados fixos nos dele.

— Por favor, não olhe para mim desse jeito. Sei que está magoado, zangado, mas não deveria estar.

Lentamente, ela deslizou as mãos sob a malha macia do suéter de Ramon, as espalmando sobre o peito musculoso, tentando o conter e acalmar.

Mas o gesto surtiu o efeito contrário. Ramon segurou suas mãos e as afastou.

— Não tente me distrair com suas carícias, de nada vai adiantar. Isso não é uma brincadeira, Katie!

— Pois eu não estou brincando! — disparou ela de volta, se desvencilhando dele com uma força que refletia a própria raiva crescente. — Se achasse que tudo não passa de brincadeira, eu teria mentido e lhe dito que pedi demissão. — Marchou até o centro da sala e girou, tornando a encará-lo. — Decidi pedir um mês de férias para que eu possa me demitir quando estiver em Porto Rico por vários motivos importantes. Em primeiro lugar,

Virgínia Johnson não é apenas minha chefe, é alguém a quem respeito e de quem gosto imensamente. Se eu me demitisse sem aviso-prévio, iria colocá-la numa situação constrangedora, delicada.

Katie ergueu o queixo com determinação, prosseguindo com seu discurso enfurecido e passional:

— E quanto aos homens? Se eu me demitir sem aviso-prévio, estarei lhes dando um motivo perfeito para se sentirem vingados e superiores, pois os *homens* não deixam seus empregos para se casar. Recuso-me terminantemente a ser uma traidora do meu próprio sexo! Portanto, quando eu me demitir em Porto Rico, *com aviso-prévio,* direi que estou saindo para aceitar "uma oportunidade melhor". Que, na minha opinião, é ser sua esposa! — finalizou, desafiadora.

— Obrigado — agradeceu Ramon, quase com humildade. Sorrindo, começou a andar na direção dela.

Katie, que agora estava prestes a explodir, recuou alguns passos.

— Ainda não terminei — disse, o rosto vermelho, os olhos faiscantes de indignação. — Você me disse que queria que fôssemos honestos, sinceros um com o outro, e, quando fui sincera com você, se irritou comigo e tentou me intimidar. Se devo ser completamente honesta com você, preciso saber que, não importa quão difícil seja a verdade, não vai se zangar ao ouvi-la. Você foi muito injusto e insensível há pouco, e acho que tem um gênio terrível!

— Já terminou? — perguntou ele, em tom suave.

— Não, ainda não! — gritou Katie, batendo o pé no chão. — Quando o toquei, queria apenas me sentir próxima de você. Não estou de "brincadeira" e detestei a maneira como você me tratou! — Tendo esgotado seus argumentos, encarou um ponto acima do ombro de Ramon, se recusando a fitá-lo.

A voz de Ramon soou profunda, tentadora:

— Gostaria de me tocar agora?

— Nem em sonhos!

— Nem mesmo se eu lhe pedir desculpa e disser que quero muito que me toque?

— Não.

— Não quer mais ficar perto de mim, Katie?

— Não, não quero.

— Olha pra mim. — Ramon lhe segurou o queixo, a obrigando a encará-lo. — Eu a magoei, e você me magoou de volta, e agora nós dois estamos sofrendo. Podemos descontar um no outro até nos acalmar, ou podemos parar agora e tentar aprender como curar nossas feridas. Não sei o que você prefere fazer.

Encarando aqueles olhos intensos, Katie percebeu que ele falava sério: queria que ela decidisse se transformariam a batalha em guerra, pelo menos até que toda a irritação se esgotasse, ou se ela lhe diria o que fazer para que a acalmasse. Katie o encarava, os graciosos ângulos femininos de seu rosto exibiam vulnerabilidade e dúvida. Por fim, engolindo em seco, ela falou:

— Eu gostaria que você me abraçasse.

Com uma doçura quase dolorosa, Ramon a enlaçou.

— E gostaria que você me beijasse.

— Como? — sussurrou ele.

— Com os seus lábios — respondeu, confusa com a pergunta.

Os lábios dele roçaram os dela com sensualidade, quentes, mas não abertos.

— E com a sua língua — esclareceu Katie, sem fôlego.

— E você me dará a sua? — perguntou ele, começando a lhe dizer como queria ser apaziguado.

Katie assentiu, e Ramon abriu os lábios sobre os dela com urgência, suas línguas se tocando e digladiando. As mãos dele a acariciavam com sofreguidão, desde os ombros, seguindo pela coluna, até os quadris, forçando-a contra suas coxas. Sua boca a devorava quando a levou para o sofá, se deitou ao lado dela e começou a lhe abrir os botões da blusa de seda. Impaciente, as mãos deixaram os botões e tocaram os seios.

— Abra a blusa — sussurrou ele, em um tom ansioso.

As mãos trêmulas de Katie pareciam levar uma eternidade para abrir os botões, e Ramon não parou de beijá-la nem por um instante. Quando o último botão finalmente foi aberto, ele afastou os lábios dos dela e sussurrou:

— Quero que tire a blusa pra mim.

O coração de Katie disparou enquanto ela despia os braços, deixando a blusa de seda branca deslizar pelos dedos hesitantes. O olhar de Ramon se fixou no sutiã de renda.

— Tire isso também.

Com o desejo incendiando cada nervo de seu corpo, Katie abriu o fecho do sutiã e o tirou. Seus seios cheios e macios enrijeceram sob o olhar possessivo de Ramon, os mamilos intumescendo lentamente quando os dedos dele substituíram os olhos. Ramon os observava com olhos brilhantes de paixão, a voz rouca com o mesmo sentimento:

— Um dia quero ver nosso filho em seu seio, Katie.

O constrangimento de Katie diante da reação óbvia de seu corpo ao olhar dele foi eclipsado pelo desejo violento que a percorreu. Respirando fundo, ela disse:

— Neste exato momento, eu prefiro ver você.

— Então se entregue pra mim, Katie.

Uma excitação incontrolável a atingiu enquanto passava uma das mãos pelo pescoço dele e lhe puxava a cabeça, ao mesmo tempo que erguia o seio, oferecendo o mamilo rígido. Quando Ramon começou a sugá-lo, ela quase gritou de prazer. No momento em que os lábios dele se afastaram, o desejo a percorria como fogo líquido.

— Agora o outro — pediu, a voz rouca.

As mãos trêmulas de Katie seguraram o outro seio, o guiando até a boca de Ramon. No instante em que os lábios de Ramon a tocaram, ela se sentiu prestes a explodir.

— Pare, por favor — pediu, ofegante. — Preciso de você agora, não posso mais esperar.

— Não pode? — sussurrou ele, os lábios explorando a curva de seu pescoço, o rosto, as orelhas, enquanto se deitava ao seu lado.

Perdida num frenesi de desejo, Katie sentiu as mãos dele deslizarem por baixo de sua saia e, em seguida, puxarem a calcinha dos quadris até o meio de suas coxas.

Ramon gemeu baixinho, traçando uma trilha entre as pernas dela com a ponta do dedo.

— Você me *quer* — corrigiu ele. — Você me quer, mas ainda não precisa de mim — murmurou, buscando a boca de Katie com uma exigente insistência.

Katie quase soluçava com o desejo de ser possuída, as mãos acariciando freneticamente os músculos tensos das costas e ombros de Ramon.

— Preciso de você — sussurrou, abrindo os lábios sob os dele. — Por favor...

Ramon ergueu a cabeça e a fitou.

— Você não precisa de mim. — Ele lhe tomou uma das mãos, a pressionou contra sua rígida ereção. — *Isto* é precisar, Katie.

Abrindo os olhos nublados de desejo, ela encarou o rosto tenso, enquanto ele dizia:

— Você me *quer* quando a tomo nos meus braços, mas eu *preciso* de você a todo momento, a toda hora. É uma dor que nunca me abandona, um desejo de possuir você que me sufoca. — Abruptamente, perguntou: — Você sabe o que é medo?

Confusa com aquela súbita mudança de assunto, Katie estudou os traços másculos e sombrios, mas não tentou responder.

— Medo é saber que não tenho direito de desejar você, e saber que mesmo assim não posso me controlar. É temer o momento em que você verá a casa onde terá que morar e vai decidir que não me quer o bastante para viver lá.

— Não pense assim, Ramon — pediu ela, lhe acariciando o cabelo. — Por favor, não pense assim.

— Medo é ficar acordado a noite inteira, me perguntando se você vai decidir não se casar comigo, e imaginando se serei capaz de suportar essa dor. — Gentilmente, ele enxugou a lágrima que caía de um dos olhos de Katie. — Tenho medo de perdê-la, e se isto me torna um sujeito "insensível" e com um "gênio terrível", então peço as mais humildes desculpas. É apenas porque tenho medo.

Desmanchando-se de ternura, Katie segurou o rosto dele entre as mãos e fitou os profundos olhos negros.

— Em toda a minha vida — sussurrou —, nunca conheci um homem com coragem suficiente para admitir que tem medo.

— Katie...

O nome foi pronunciado num gemido gutural enquanto os lábios de Ramon mais uma vez tomavam os dela, com uma ânsia e desejo incontroláveis, a guiando para o clímax, para tão perto do limite quanto ela deliberadamente o levava. E, então, a campainha tocou.

— Não atenda! — implorou Katie, quando ele deixou seus braços e se sentou. — Seja quem for, acabará indo embora.

Com um olhar desolado, Ramon passou as mãos pelo cabelo, arrumando os fios.

— Não, não irá. Com toda essa agitação, eu esqueci de lhe dizer que seus pais estavam vindo para cá, para jantar conosco e nos ajudar a arrumar as coisas.

Katie se levantou de um pulo, recolhendo as roupas espalhadas enquanto disparava para o quarto.

— Abra logo a porta, ou eles vão adivinhar o que estávamos fazendo — disse a ele, vendo que Ramon se limitava a ficar parado ao lado do sofá, com as mãos na cintura.

— Katie — disse ele com um sorriso malicioso —, se eu os deixar entrar agora, eles vão saber o que estávamos fazendo.

— O quê? — perguntou ela, parada na soleira da porta do quarto, o olhar perplexo percorrendo o sofá em busca de evidências incriminadoras, depois para o chão, então para Ramon. — Ah — disse então, ruborizando como uma adolescente.

Ensandecida, Katie tirou as roupas, dizendo a si mesma que não estava sendo racional. Tinha 23 anos, já fora casada, e iria se casar com Ramon. Não havia dúvida de que os pais sabiam que já fizera amor muitas vezes. Afinal, seus pais eram pessoas sensatas, modernas. Muito sensatas e modernas, exceto quando se referiam ao comportamento dos filhos.

Exatamente quatro minutos depois do primeiro toque da campainha, Katie saiu do quarto com uma calça cáqui, um suéter creme e o cabelo escovado e solto sobre os ombros. Conseguiu cumprimentar a mãe com um sorriso, alegre, mas o rosto permanecia ligeiramente rubro, os olhos furtivamente lânguidos e, por dentro, tremia com arrepios de desejo.

Encontrou Ramon, que não parecia estar sentindo nem um pouco de sua frustração sexual, preparando as bebidas na cozinha, rindo de alguma coisa que o pai dissera.

— Vou levar as bebidas para a sala — avisou Ryan Connelly, pegando dois copos. Virando-se, viu a filha fitando o perfil de Ramon. — Querida, você está maravilhosa — elogiou, plantando um sonoro beijo em sua testa. — Ramon deve ser muito bom para você.

Katie ruborizou ainda mais enquanto sorria para o pai. Esperou até que ele desaparecesse na sala e se virou para Ramon, que colocava pedras de gelo nos outros dois copos. Um sorriso lhe curvava os lábios. Sem nem mesmo a encarar, disse:

— Você está ruborizando, *cariño*. E está radiante.

— Obrigada — agradeceu ela, com um bom humor exasperado. — Pareço ter acabado de fazer amor, e você com essa cara de quem acabou de ler o jornal. Como pode ficar tão calmo?

Ela estendeu a mão para pegar o drinque que Ramon havia lhe preparado, mas ele o pousou ao lado do dele. Então se virou e a tomou nos braços para um beijo demorado e arrebatador.

— Não estou calmo, Katie — sussurrou, os lábios colados aos dela. — Estou ardendo de desejo por você.

— Katie? — chamou a Sra. Connelly da sala, fazendo com que ela desse um pulo de susto. — Vocês dois vêm para cá ou devemos ficar esperando na varanda?

— Estamos indo, mãe! — Katie se apressou em responder. Enviando um olhar, sorridente, para Ramon, falou: — Certa vez li um romance em que todas as vezes que o homem e a mulher iam fazer amor, o telefone tocava, ou alguém batia à porta, ou algo acontecia para impedi-los.

Ramon abriu um sorriso preguiçoso.

— Isso não acontecerá conosco. Não vou permitir.

Capítulo 10

O SOL REFLETIA no grande jato em sua rota para sudeste, a 10 mil metros de altitude. Com cuidado para não incomodar Katie, que dormia com a cabeça recostada em seu ombro, Ramon estendeu o braço e fechou a persiana da janela, evitando que o brilho do sol batesse no lindo rosto adormecido. O voo enfrentara muita turbulência e vários passageiros demonstravam sinais de pânico. Mas não Katie, pensou ele com um sorriso terno. Sob aquele exterior tão deliciosamente feminino e frágil, Ramon descobria que ela possuía coragem, força e determinação.

Na véspera, e mesmo naquele dia, quando a evidente tristeza dos pais com sua partida iminente colocara o terrível peso da culpa nos delicados ombros de Katie, ela suportara a infelicidade com uma tranquila compreensão e uma grande determinação, apesar da forte pressão emocional que ele sabia que estava sentindo.

Na noite de sexta-feira, os pais de Katie haviam se oferecido para cuidar da sublocação do apartamento, e para empacotar o restante de suas coisas, que seriam enviadas para Porto Rico. Depois, insistiram para que Katie passasse o fim de semana na casa deles, em vez de no apartamento. Embora Ramon também tivesse se hospedado na casa dos futuros sogros, não encontrou chance nem desculpa para ficar a sós com a noiva em nenhum momento.

Com o passar das horas, ele havia observado a crescente tensão de Katie, e se preparara para o momento em que ela iria sopesar um futuro incerto ao lado dele em comparação com o amor e a segurança que seus pais e seu emprego ainda lhe ofereciam, e lhe dizer que havia mudado de ideia a respeito da ida para Porto Rico. Movido pelo egoísmo, ansiava por levá-la de volta ao apartamento, onde poderia abraçá-la e onde, com tempo e privacidade, poderia fazer com que a paixão sobrepujasse a razão. No entanto, mesmo sem os estímulos físicos do desejo, Katie não voltara atrás na corajosa decisão de partir com ele.

Os longos cílios sombreavam as faces delicadas, e Ramon se deliciou em observar a pura beleza daquele perfil. Estava contente por ter reservado lugares na primeira classe, pois os assentos eram mais espaçosos. Katie erroneamente presumira que o motivo de terem tido a "sorte" de voar de primeira classe se devia ao *overbooking* praticado pela companhia aérea. Ramon a deixou acreditar nisto.

Um sentimento de amargura o invadiu, enrijecendo suas feições, e ele se virou para olhar pela janela do outro lado do corredor. Poucos meses antes, ele teria condições de levar Katie para Porto Rico no jato 727 particular da companhia Galverra International, com os esplêndidos quarto, salas de estar e de jantar, todo mobiliado com antiguidades e acarpetado de branco. Katie teria apreciado o conforto, pensou. Mas teria ficado ainda mais impressionada com o seu jatinho Lear, no qual ele voara para St. Louis e que, agora, se encontrava num hangar do aeroporto da cidade.

O jatinho Lear pertencera a ele, e não à corporação, mas, como tudo o mais que Ramon possuía, incluindo as casas, a ilha e o iate, havia entregado o avião como garantia para os empréstimos que a companhia fizera, e que agora não tinha como pagar. De que adiantaria ter levado Katie para Porto Rico no Lear, lhe dando uma pequena amostra da vida luxuosa que ele poderia ter lhe oferecido, quando aquilo serviria apenas para fazer com que a vida que agora era capaz de lhe proporcionar parecesse ainda mais pobre e insípida em comparação?

Cansado, Ramon recostou a cabeça no assento e fechou os olhos. Não tinha o direito de pedir que Katie compartilhasse de seu exílio, de privá-la do apartamento luxuoso, da carreira, e pedir que fosse viver ao seu lado em uma fazenda, um chalé reformado. Era egoísmo de sua parte, mas Ramon não conseguia pensar em uma vida sem ela. Pouco tempo antes, poderia ter lhe dado tudo, e agora não podia lhe dar mais nada, nem mesmo honestidade. Não por enquanto.

Ramon tinha várias reuniões agendadas para o dia seguinte, uma delas com o seu contador, e se agarrava à frágil esperança de que sua situação financeira não fosse tão desastrosa quanto parecia. Depois da reunião, saberia com precisão onde pisava, e então teria que descobrir um meio de explicar a Katie quem de fato era, e o que havia sido. Insistira tanto na sinceridade entre eles e, embora não tivesse exatamente mentido para ela, agora lhe devia a verdade — toda a verdade. A ideia de dizer a Katie que ele fora um fracasso lhe embrulhava o estômago. Ramon não se importava que o mundo inteiro o considerasse um perdedor, mas era insuportável saber que seria um fracassado aos olhos de Katie.

Já havia sido bem difícil explicar a situação ao pai dela, no encontro que tiveram na sexta-feira de manhã. O afeto pelo futuro sogro suavizou as feições tensas de Ramon quando se lembrou do início inesperadamente hostil daquele café da manhã.

Quando Ramon entrara no clube exclusivo em que haviam combinado se encontrar, Ryan Connelly o esperava com uma raiva malcontida irradiando de todo o corpo.

— Que diabo de brincadeira é essa, Galverra? — O Sr. Connelly lhe perguntara, num tom baixo e furioso, assim que Ramon se sentou à mesa. — Por que anda dizendo por aí que é apenas um pequeno fazendeiro? Eu estava ficando maluco, pois tinha certeza de que já o conhecia de algum lugar. Não era apenas o seu nome que me era familiar, mas o seu rosto também. Ontem à noite me lembrei de uma matéria que li sobre você na revista *Time* e...

À medida que Ramon explicava ao pai de Katie sobre o colapso iminente da Galverra International, a fúria de Connelly fora substituída primeiro pela perplexidade e, depois, pela compreensão solidária. Ramon tentara não sorrir quando Ryan lhe oferecera uma ajuda financeira. O pai de Katie era um homem rico, mas, como Ramon lhe explicara, seriam necessários mais de cem investidores como ele para reerguer a Galverra International. Do contrário, ela ainda iria desabar sob o próprio peso e levar consigo todos aqueles que haviam investido na corporação.

O jato caiu em um forte vácuo, depois se estabilizou com um impulso de virar o estômago.

— Estamos aterrissando? — murmurou Katie.

— Ainda não — respondeu Ramon. Roçou os lábios no cabelo perfumado. — Continue dormindo. Eu a acordo quando estivermos chegando a Miami.

Obediente, Katie fechou os olhos e se aconchegou mais a ele.

A porta da cabine se abriu e o piloto saiu na direção do lavatório. O passageiro sentado na poltrona da frente o deteve, fazendo algumas perguntas, e, quando o piloto se abaixou para responder, Ramon reparou que os olhos do homem estudavam o rosto de Katie com admiração enquanto respondia ao passageiro. Ramon sentiu um lampejo de irritação, que imediatamente identificou como ciúme.

Ciúme — outra emoção com a qual ele precisava aprender a lidar, por causa de Katie. Depois de lançar um olhar gélido para o pobre piloto, Ramon pegou a mão de Katie e entrelaçou os dedos aos dela. Suspirou, resignado. A julgar por aquela amostra, o ciúme com certeza seria seu companheiro constante.

Apenas atravessar o saguão do aeroporto com ela, e observar os homens que se viravam para admirá-la, já havia lhe provocado uma intensa irritação. Usando um vestido de seda azul-turquesa que deixava à mostra as pernas longas e bem torneadas, realçadas pelos sapatos de salto, Katie parecia uma modelo. Não. As modelos que ele conhecia não possuíam aquelas curvas provocantes, nem a perfeição de seus traços. Elas tinham glamour. Katie era linda.

Katie flexionou os dedos, e ele se deu conta de que estivera apertando a sua mão de maneira possessiva. Com um movimento leve, sensual, passou a ponta do dedo em sua palma. Mesmo no sono ela reagiu àquela carícia e se aconchegou mais a ele. Deus, como a desejava! Só de tê-la ali, aninhada em seu ombro, já o fazia arder de desejo e sofrer de ternura.

Recostando a cabeça, Ramon fechou os olhos e suspirou de prazer. Ele havia conseguido! Conseguira levar Katie para aquele avião com ele! Ela iria para Porto Rico. Seria sua. Ele lhe admirava a independência e inteligência, e adorava a vulnerabilidade e meiguice que ela possuía. Katie era a personificação de tudo o que apreciava em uma mulher: era feminina sem ser dependente e fútil; orgulhosa, sem ser esnobe; assertiva, sem ser agressiva. Quanto ao sexo, era liberada na teoria, mas não na prática, o que o agradava imensamente. Ramon sabia que detestaria a ideia de que ela havia se entregado de modo inconsequente a outros homens. Ele a achava muito mais especial e preciosa porque escolhera não se render ao sexo casual. Aquilo o tornava culpado, supunha, de exigir padrões morais diferentes para homens e mulheres, considerando-se o número de namoradas que ele próprio tivera, desde St. Moritz até St. Croix, na última década.

Em seu íntimo, Ramon sorriu, pensando em como Katie ficaria furiosa se soubesse o que ele realmente pensava a respeito de seus valores. Entre outras coisas, ela o acusaria de antiquado e machista, o que não deixava de ser engraçado, pois Ramon desconfiava de que o motivo pelo qual ela se sentira atraída por ele era justamente esse.

A breve sensação de prazer foi subitamente sufocada pela mesma dúvida que crescia dentro dele nos últimos dias. Ramon não sabia por que Katie havia se sentido atraída por ele. Não sabia por que ela achava que deviam se casar, não fazia ideia dos motivos que a levaram a decidir acompanhá-lo a Porto Rico. O único motivo válido seria porque o amava.

Mas ela não o amava.

Ramon se esquivou mentalmente desta verdade, embora soubesse que teria que encará-la e aceitá-la. Nem uma vez sequer Katie havia mencionado a palavra *amor*. Três noites antes, quando ele havia confessado que a amava, as palavras haviam saído em uma explosão, mas, ainda assim, ela preferira agir como se não as tivesse escutado. Como era irônico que, na primeira vez na vida que se declarava a uma mulher, esta não fosse capaz de também dizer que o amava.

Com uma pontada de tristeza, ele se perguntou se aquela seria a maneira de o destino castigá-lo por todas as vezes que as mulheres lhe confessaram seu amor e ele respondera apenas com o silêncio, ou com um sorriso descompromissado, porque se recusava a declarar uma emoção que não sentia.

Porém, se Katie não o amava, por que estava naquele avião? Sim, ela o desejava sexualmente, Ramon sabia disto. Desde o primeiro instante em que a tomara nos braços, ele a tinha instigado, acendendo implacavelmente as chamas do desejo por ele. Ao que parecia, a paixão era a única coisa que ela sentia; o desejo, o único motivo de ela estar ali ao seu lado.

Não, diabo, não podia ser verdade, pensou. Katie era inteligente demais para cogitar se casar levada apenas pelo impulso sexual. Ela devia sentir algo além. Afinal, desde o início uma enorme atração, tanto emocional quanto física, uniu os dois. Mas, se ela não o amava, ele seria capaz de manter aquele relacionamento apenas no plano físico? E, mesmo se conseguisse, suportaria viver com ela, sabendo que seus sentimentos eram tão mais profundos que os que ela lhe dedicava?

Capítulo 11

AO RETORNAR DO BANHEIRO do aeroporto, Katie se encaminhou para a esteira de bagagens, onde as malas do voo de Miami para San Juan seriam colocadas.

Sentiu um arrepio de antecipação enquanto ouvia os rápidos e incompreensíveis jorros de espanhol, intercalados com frases na própria língua, falados por todo lado. À sua esquerda, um grupo de homens loiros bem-vestidos falava o que ela julgou ser sueco. Atrás dela, havia uma grande concentração de turistas, conversando em francês fluente. Porto Rico, Katie se deu conta com feliz surpresa, devia ser um destino turístico que atraía pessoas do mundo inteiro.

Procurando entre a multidão que se aglomerava em volta das esteiras, viu quando Ramon fez sinal para um carregador, que imediatamente mudou de direção, levou o carrinho para perto dele e começou a enchê-lo com as seis malas Gucci que ela trouxera. Katie sorriu, porque todas as outras pessoas estavam acenando freneticamente e chamando os ocupados carregadores, tentando atrair sua atenção, mas tudo o que Ramon precisou fazer foi assentir com a cabeça. E não era de admirar, pensou com orgulho. Vestido com um elegante terno escuro e gravata discreta, era o homem mais atraente que ela já vira; irradiava uma aura de implacável autoridade e tranquila determinação, que nem mesmo um carregador deixava de perceber. Ao observar Ramon, Katie achou que ele parecia um bem-sucedido homem de negócios, e não um fazendeiro em dificuldades. Calculou que o carregador tivera a mesma impressão e, provavelmente, esperava ganhar uma boa gorjeta. Com um certo desconforto, se perguntou se Ramon tinha noção disto.

Por que não sugerira que carregassem a própria bagagem?, pensou. É verdade que teriam que ir e voltar duas ou três vezes, embora Ramon tivesse levado apenas uma mala grande e outra pequena. Ela precisava aprender a ser mais frugal, lembrar que Ramon não tinha muito e que até precisava trabalhar como motorista de caminhão para ganhar um dinheiro extra.

— Está pronta? — perguntou ele, pousando a mão no braço de Katie e a guiando através do aeroporto lotado.

Vários táxis se enfileiravam junto à calçada, à espera dos passageiros. O carregador se encaminhou para o primeiro carro da fila com Katie e Ramon ao lado.

— O tempo aqui é sempre assim tão bom? — perguntou ela, erguendo o rosto para o céu azul-anil, pontilhado de fofas nuvens brancas.

O prazer no sorriso de Ramon lhe disse o quanto desejava que ela gostasse de seu futuro lar.

— Normalmente é sim. A temperatura costuma permanecer na casa dos vinte e oito graus, e os ventos vindos do oeste sopram uma brisa que... — Ramon voltou os olhos para o carregador, verificando o quanto havia se distanciado, e deixou a frase no ar.

Seguindo seu olhar zangado, Katie levou um susto ao ver a bagagem sendo guardada no porta-malas de um imponente Rolls-Royce vinho, que esperava no início da fila dos táxis. Um motorista, com impecável uniforme preto e boné de aba, estava parado ao lado do veículo. Assim que Katie e Ramon se aproximaram, ele abriu a porta traseira com um floreio, se afastando para que entrassem.

Katie parou na calçada e lançou um olhar interrogativo para Ramon, que já disparava perguntas ao motorista em espanhol. Fosse qual fosse a resposta do homem, pareceu deixar Ramon furioso. Sem nada dizer, ele pousou a mão nas costas de Katie e a guiou para o interior fresco e luxuoso de couro branco.

— O que está acontecendo? — perguntou Katie assim que ele se sentou ao seu lado. — De quem é este carro?

Ramon esperou que o motorista fechasse a porta, antes de responder. Sua voz estava tensa, como se esforçasse para controlar a irritação inexplicável.

— O carro pertence a um homem que tem uma villa na ilha, mas que raramente vem para cá. Garcia, o motorista, é, humm, um velho amigo da minha família. Quando ficou sabendo que chegaríamos hoje, decidiu nos buscar.

— Que gentileza! — exclamou Katie.

— Só que eu havia deixado bem claro que não queria que ele fizesse isso.

— Ah — Katie hesitou. — Bem, tenho certeza de que ele não fez por mal.

Voltando a atenção para o motorista, que se sentara ao volante e olhava pelo retrovisor em expectativa, Ramon pressionou o botão que abriu a divisória que separava o compartimento do motorista dos passageiros. Num rápido espanhol, disparou as instruções e depois tornou a fechar o vidro. O veículo deslizou suavemente para a rua.

Katie nunca andara em um Rolls-Royce e estava encantada com o carro. Passou os dedos pelo assento de couro, adorando a deliciosa sensação de maciez.

— O que é isso? — perguntou, se inclinando para a frente e pressionando um botão nas costas do assento do motorista.

Riu quando uma pequena mesa de madeira clara se ergueu automaticamente sobre o assento e se desdobrou em seu colo. Levantando a tampa da escrivaninha, viu que estava equipada com papel, canetas de ouro e até mesmo um pequeno grampeador dourado.

— Como faço para guardá-la de volta? — indagou, depois de tentar empurrá-la.

— Aperte o mesmo botão.

Ela o fez. Com um barulho suave, a mesa de madeira retornou ao lugar, disfarçada no assento dianteiro.

— E este? Para que serve? — quis saber, indicando o botão logo acima dos joelhos de Ramon.

Ele a observava, o rosto impassível.

— Esse abre o compartimento onde estão guardadas as bebidas.

— E onde estão a TV e o rádio? — brincou ela.

— Entre a escrivaninha e o compartimento das bebidas.

O sorriso encantado desapareceu dos lábios de Katie. Ramon, ela percebeu, não compartilhava de sua alegria em explorar os equipamentos exclusivos daquele carro de luxo. Depois de uma pausa, hesitante, Katie falou:

— O proprietário deste carro deve ser extraordinariamente rico.

— Ele era.

— Era? — repetiu Katie. — Ele morreu?

— Financeiramente, sim, ele está morto. — Com esta resposta breve e incompreensível, Ramon virou a cabeça e ficou olhando pela janela.

Confusa e magoada com aquela frieza, Katie voltou a atenção para a própria janela. Mas seus pensamentos sombrios foram interrompidos quando Ramon lhe tomou a mão, que repousava no assento entre ambos, a apertando delicadamente entre as suas. Embora ainda mantivesse o rosto virado, disse:

— Eu gostaria de poder lhe dar uma dúzia de carros como este, Katie.

Ela compreendeu tudo no mesmo instante e, por um segundo, ficou atônita demais para falar. Uma onda de alívio a invadiu, seguida por uma indisfarçável alegria.

— Pois eu gostaria que você pudesse me dar apenas *um* carro como este. Afinal, um carro de luxo é garantia de felicidade, não é? — O olhar aguçado de Ramon disparou na direção dela, e Katie arregalou seus olhos azuis com exagerada inocência. — David me deu um Porsche quando nos casamos, e veja que vida feliz eu tive ao lado dele!

A linha firme dos lábios de Ramon relaxou num leve sorriso, enquanto ela continuava:

— Agora, se David tivesse me dado um Rolls-Royce, eu teria ficado perfeitamente satisfeita com o nosso casamento. Apesar de que — acrescentou, quando Ramon passou o braço pelos seus ombros e a puxou para perto de si — a única coisa que teria tornado minha vida absolutamente maravilhosa seria...

A frase foi interrompida de repente, quando Ramon lhe tomou os lábios em um beijo profundo, um beijo de gratidão, percebeu Katie. Depois que se separaram, ele a fitou, sorrindo com ternura.

— O que teria tornado sua vida absolutamente maravilhosa? — provocou, com voz rouca.

Os olhos de Katie brilharam enquanto ela se aconchegava a ele.

— Uma Ferrari!

Ramon começou a rir, e Katie sentiu que toda a tensão abandonava aquele corpo poderoso. Agora colocara as coisas na devida perspectiva, estavam tão às claras que até poderiam rir delas, e aquela havia sido a intenção de Katie.

* * *

PORTO RICO PEGOU-A TOTALMENTE DE surpresa. Katie não havia esperado encontrar aquele montanhoso paraíso tropical, com exuberantes vales verdejantes e tranquilos lagos azuis reluzindo ao sol. O Rolls-Royce avançava com segurança por belas estradas cheias de curvas, margeadas por espetaculares árvores floridas, os galhos carregados de botões amarelos e rosados.

Passaram por vários vilarejos pitorescos aninhados entre as montanhas; cada vilarejo tinha uma praça central, cuja principal construção era a igreja, com sua torre apontando para o céu. Katie observava tudo com interesse, os olhos deliciados com as cores vívidas com que a natureza pintara as colinas e os campos, a voz repleta de felicidade ao comentar tudo o que via, desde as samambaias até as casas das fazendas. O tempo todo podia sentir o olhar incisivo de Ramon, estudando cada uma de suas reações com olhos semicerrados. Por duas vezes ela se virou de repente, a fim de fazer um comentário entusiasmado, e captara um brilho de ansiedade naquela expressão, antes que ele tivesse tempo de disfarçá-la com um sorriso suave. Ele queria desesperadamente que ela gostasse de sua terra natal e, por algum motivo, parecia incapaz de acreditar que fosse sincera.

Quase uma hora depois de deixarem o aeroporto, o veículo passou por outro vilarejo e entrou numa estrada de terra, continuando a subir a montanha. Katie ofegou, maravilhada. Era como se estivessem passando por um túnel de seda vermelha, iluminado por esparsos raios de sol. Enormes flamboyants floridos se erguiam dos dois lados da estrada, os pesados galhos entrelaçados no meio do caminho, e as pétalas caídas cobriam a estrada sob os pneus como um tapete rubro.

— Isso é inacreditável! — exclamou ela, se virando para Ramon. — Estamos perto da sua casa?

— Sim, mais uns dois quilômetros e meio nesta estrada — respondeu, mas a tensão lhe tomava as feições e o sorriso não passava de um leve esgar.

Ramon mantinha os olhos fixos à frente, como se estivesse tão ansioso quanto ela em descobrir o que havia no final da estrada.

Katie estava prestes a perguntar se as lindas flores que via eram alguma variedade de tulipa quando o veículo saiu do longo dossel de flamboyants vermelhos e emergiu em um terreno amplo, feio e malcuidado, que cercava uma velha casa de tijolos brancos. Tentando ocultar o desapontamento, Katie se virou para Ramon, que olhava para a casa com uma expressão tão furiosa que, inconscientemente, ela se recostou no assento.

Antes mesmo que o carro parasse de todo, Ramon já saía, batendo a porta com força atrás de si, e cruzou o feio gramado com a raiva transparecendo em cada passo.

O velho motorista ajudou Katie a sair do carro, depois ambos se viraram a tempo de ver Ramon tentando abrir a porta do chalé, depois batendo o ombro com tanta força contra a madeira que a fez se soltar das ferragens e desabar no chão da casa.

Katie congelou no lugar, olhando para o buraco negro onde a porta estivera segundos antes. Seu olhar vislumbrou as venezianas de madeira, penduradas em ângulos tortos nas janelas, e a pintura descascada dos batentes.

Em um lampejo, todo o seu otimismo e coragem a desertaram. Queria estar em seu lindo condomínio, com a varanda cheia de flores. Jamais poderia morar num lugar como aquele; havia sido uma tola em tentar negar o amor ao luxo, a maneira como fora criada.

A brisa soltou algumas mechas de seu cabelo, preso em um elegante coque. Katie ergueu a mão para afastá-las dos olhos, tentando ao mesmo tempo afastar a imagem de si mesma, parada naquele gramado repleto de ervas daninhas, parecendo tão malcuidada e desgrenhada quanto aquela horrível cabana. Em um ou dois anos estaria tão desleixada como os arredores, pois viver daquela maneira poderia corroer o amor-próprio de qualquer pessoa, até que não se importasse mais com nada.

Relutante, começou a abrir caminho pelo que restava de uma calçada de tijolos até a porta do chalé. Telhas vermelhas tinham caído do telhado e Katie evitou cuidadosamente pisar nos cacos com as finas sandálias italianas.

Passou hesitante pela soleira da porta, piscando para acostumar os olhos à escuridão. Sentiu um nó no estômago. O interior do chalé vazio estava coberto por camadas de poeira, sujeira e teias de aranha. Onde o sol se infiltrava pelas venezianas quebradas, a poeira flutuava no ar. Como Ramon podia viver daquela maneira?, se perguntou, horrorizada. Ele estava sempre tão limpo e bem-arrumado, não podia imaginá-lo vivendo naquela imundície.

Com um esforço extremo, Katie tentou controlar as emoções frenéticas e se obrigou a pensar racionalmente. Em primeiro lugar, ninguém estivera morando naquela casa; a poeira fora deixada em paz por anos. Assim como os ratos, pensou com um tremor involuntário ao ouvir ruídos suspeitos emanando das paredes.

Ramon estava parado no meio da sala, de costas para ela, em uma postura rígida.

— Ramon? — A voz de Katie era um sussurro apreensivo.

— Saia deste lugar — ordenou ele, entre dentes, em um tom vibrante de fúria. — A sujeira vai grudar em você, mesmo que não toque em nada.

Não havia nada que Katie desejasse mais do que sair dali, exceto voltar para o aeroporto, depois para seu país e para seu lindo e moderno apartamento. Começou a se afastar, mas ao perceber que Ramon não a seguia, parou e se voltou de novo. Ele continuava parado, de costas para ela, sem vontade — ou coragem — de se virar para encará-la.

Com uma pontada de compaixão, Katie se deu conta do quanto ele deveria ter temido o momento em que ela veria aquela casa. Não era de admirar que parecesse tão tenso enquanto seguiam pela estrada de terra. E agora a vergonha e o constrangimento de não poder lhe oferecer nada melhor do que aquele chalé decrépito o deixavam irritado. Katie falou, a fim de quebrar o incômodo silêncio:

— Você disse que nasceu aqui.

Ramon se virou devagar, a encarando como se ela não existisse.

Enfrentando aquele olhar vazio, ela acrescentou:

— Presumi que você morasse aqui desde que nasceu, mas ninguém mora nesta casa há anos, não é?

— Não — cuspiu.

Katie se encolheu diante daquele tom ríspido.

— Faz tempo desde a última vez que esteve aqui?

— Sim — rosnou.

— Os lugares vazios por muito tempo sempre parecem feios e lúgubres, mesmo quando são realmente bonitos. — Katie tentava desesperadamente consolá-lo, mesmo sabendo que era ele quem deveria consolá-la. — Com certeza ela não está mais do jeito que você lembrava.

— Está exatamente do jeito que eu lembrava!

O sarcasmo cortante na voz de Ramon dilacerou os nervos sensíveis de Katie, mas ela continuou tentando:

— Se é assim, então por que você está tão furio... tão chateado? — corrigiu-se rapidamente.

— Porque — respondeu, irritado — mandei um telegrama há quatro dias, dando ordens para que mandassem quantos homens fossem necessários para limpar e arrumar a casa.

— Ah — suspirou Katie, em um misto de alívio e surpresa.

Seu alívio, evidente, fez com que Ramon a encarasse, o corpo rígido. Seus olhos pareciam duas adagas negras, prontas para trespassá-la.

— Você tem uma opinião tão negativa de mim que acha que eu a traria para morar neste chiqueiro? Agora que viu a casa deste jeito, jamais permitirei que more aqui. Você nunca mais será capaz de apagar da memória o que está vendo agora.

Katie o encarou com raiva e perplexidade. Minutos atrás, tinha certeza do seu futuro e do que queria, se sentindo segura e amada. Agora não tinha mais certeza de nada, e estava furiosa com Ramon por ele descontar nela sua frustração.

Dezenas de respostas indignadas lhe ocorreram, apenas para ficar engasgadas em sua garganta, sufocadas por uma onda de simpatia e ternura que emergiu no instante em que olhou para ele. Parado no meio da decadente sala vazia da casa onde nascera, Ramon parecia tão profundamente derrotado, e tão orgulhosamente determinado a não o demonstrar, que o coração de Katie se condoeu.

— Acho que *você* tem uma péssima opinião a meu respeito, se realmente acredita nisso — argumentou ela, quebrando o silêncio pesado.

Afastando-se dele, Katie se encaminhou para as duas passagens em arco que ficavam no lado direito da sala e deu uma espiada: havia dois quartos, um maior na frente da casa, outro menor nos fundos.

— Há uma linda vista das janelas dos dois quartos — anunciou.

— Mas nenhuma das janelas tem vidraças — retrucou Ramon, lacônico.

Katie o ignorou e seguiu pela outra passagem. Um banheiro, concluiu com uma careta mental ao ver a pia e a banheira enferrujadas. Uma imagem da banheira de mármore da casa de seus pais se infiltrou em sua mente, imediatamente seguida pela lembrança do moderno banheiro em seu apartamento. Corajosa, ela baniu aquelas imagens de seus pensamentos e ligou o interruptor de luz.

— Temos eletricidade — se entusiasmou.

— Mas não está ligada — disparou Ramon.

Katie sabia que estava se comportando como uma corretora de imóveis tentando fazer uma venda, mas não podia evitar.

— E aqui deve ser a cozinha — disse, se aproximando de uma antiquada pia de porcelana apoiada num suporte de ferro. — E, veja, há água quente e fria. — A fim de provar o que dizia, estendeu a mão para as torneiras.

— Nem se dê ao trabalho — falou Ramon em um tom contido, a observando da soleira da porta. — Elas não funcionam.

Katie empinou o queixo e tentou reunir coragem antes de se virar para encará-lo. No processo, se viu olhando por uma ampla e suja janela sobre a pia.

— Ramon — disse baixinho —, quem quer que tenha construído esta casa, devia adorar uma bela vista tanto quanto eu.

As colinas verdejantes se espalhavam à sua frente, as encostas cobertas de flores amarelas e cor-de-rosa.

Quando se afastou da pia, havia uma expressão genuína de prazer em seu rosto.

— É lindo, absolutamente lindo! Eu ficaria aqui lavando pratos para sempre, apenas para admirar a paisagem.

Animada, deu uma volta pela cozinha retangular. No lado oposto, uma parede inteira de janelas se unia, no canto, a outra grande extensão de vidraças. Diante delas fora colocada uma mesa rústica e algumas cadeiras.

— Seria como fazer as refeições em um terraço... a vista se estende por quilômetros em duas direções diferentes — anunciou ela, vendo um lampejo de incerteza cruzar as feições rígidas de Ramon. — Esta cozinha poderia se transformar num lugar iluminado e espaçoso!

Evitando cuidadosamente encarar o piso de linóleo descascado, Katie se virou e marchou de volta para a sala. Seguiu para as grandes vidraças que ocupavam duas paredes e esfregou um pouco da sujeira. Espiando através do pedaço de vidro limpo, admirou a vista.

— Posso ver o vilarejo daqui! — exclamou, admirada. — Dá até para ver a igreja. Parece uma cidadezinha de brinquedo, com as colinas em volta.

Ramon, é como olhar para um cartão-postal. As janelas devem ter sido dispostas de forma que se abram para uma bela paisagem, não importa de onde se esteja. Sabe de uma coisa? — Sem perceber que Ramon se postara logo atrás dela, Katie se virou e colidiu com o corpo alto e musculoso. — Esta casa tem grandes possibilidades! — Sustentou aquele olhar cético com um sorriso. — Tudo de que precisa é uma mão de tinta e algumas cortinas!

— Além de uma dedetização e um exército de carpinteiros — retrucou Ramon, com sarcasmo. — Ou, melhor ainda, um incendiário competente.

— Tudo bem. Pintura, cortinas, dedetização e você com um martelo e pregos. — Katie mordeu o lábio quando um pensamento inquietante lhe ocorreu. — Você *sabe* alguma coisa de carpintaria, não é?

Pela primeira vez desde que chegaram à casa, Katie viu um brilho de humor iluminar aquele lindo rosto.

— Imagino que eu saiba tanto sobre carpintaria quanto você sobre costurar cortinas, Katie.

— Ótimo! — blefou Katie, que não tinha a menor ideia de como se fazia uma cortina. — Nesse caso, não terá problemas em consertar as coisas por aqui, certo?

Ramon pareceu prestes a ceder, mas então perscrutou a sala decadente com um olhar de desprezo. Seu semblante ficou tenso novamente, até que o rosto parecia ter sido talhado em pedra. Katie, percebendo que ele iria recusar, pousou a mão em seu braço.

— Nós poderemos transformar esta casa em um lar alegre e aconchegante, Ramon. Sei que você se sente constrangido pela maneira como ela está agora, mas isto apenas tornará a tarefa de reformá-la ainda mais divertida e gratificante. Vou gostar muito de ajudá-lo a reformar a casa, de verdade. Ramon — ela baixou a voz quando ele a encarou —, por favor, não estrague as coisas agindo desse jeito.

— Estragar as coisas? — explodiu, passando as mãos pelo cabelo. — Estragar as coisas? — repetiu. Sem nenhum aviso, estendeu os braços para ela, e Katie se viu esmagada contra aquele peito, em um abraço apertado. — Eu sabia que não deveria tê-la trazido para Porto Rico, Katie — disse, em um sussurro agoniado. — Sei que foi egoísmo de minha parte, mas não pude evitar. Agora que você está aqui, sei que deveria mandá-la de volta para casa, para o seu lugar. Sei disso — acrescentou, com a respiração ofegante. — Mas Deus me perdoe, não posso suportar a ideia!

Katie o enlaçou pela cintura e pressionou o rosto na rigidez maciça daquele tórax.

— Não quero ir para casa, quero ficar aqui com você. — E pelo menos naquele momento tinha certeza do que dizia.

Ela o ouviu ofegar, e sentiu a súbita tensão de seus músculos. Ramon se afastou um pouco e lhe segurou o rosto entre as mãos.

— Por quê? — perguntou em um sussurro, os olhos negros a fitando com intensidade. — Por que quer ficar aqui comigo?

Um sorriso iluminou o rosto de Katie.

— Para que eu possa lhe provar que esta casa se transformará no lar dos nossos sonhos!

A resposta trouxe uma tristeza inexplicável aos olhos dele. Uma sombra que ali permaneceu enquanto Ramon lentamente baixava o rosto para ela.

— Este é o verdadeiro motivo para você querer ficar comigo, Katie. — Seus lábios roçaram nos dela, quentes e provocantes, enquanto as mãos deslizavam pelos ombros e pelas costas, numa carícia excitante, enlouquecedora.

Todos os nervos de Katie começaram a vibrar de antecipação. Parecia que semanas, e não dias, tinham se passado desde a última vez que Ramon a beijara e acariciara com aquela paixão arrebatadora. Agora ele prolongava as carícias de propósito, fazendo-a esperar, provocando-a. Mas Katie não queria ser provocada. Enlaçando o pescoço de Ramon, pressionou o corpo ao dele. Beijou-o profundamente, tentando romper aquele controle férreo. De encontro aos seus quadris, sentiu a masculinidade pulsante enrijecida, mas, como se quisesse castigá-la por tê-lo excitado, Ramon afastou os lábios dos dela e passou a beijá-la no rosto, no pescoço, nas orelhas, a língua sensual explorando cada curva, cada fenda.

— Não! — implorou ela, o desejo latejando em sua voz. — Não me provoque mais, Ramon. Agora não.

Quase esperava que a ignorasse. Mas, em vez disto, ele lhe tomou os lábios com um desejo faminto e uma urgência selvagem, que sobrepujavam os de Katie. As mãos a acariciavam por inteiro, deslizando pelo pescoço até os seios doloridos, tomando-os possessivamente, depois descendo para pressionar os quadris contra a sua rigidez.

Estremecendo de prazer, Katie cravou os dedos nos ombros musculosos, alimentando a fome insaciável de sua boca, arqueando o corpo de encontro aos movimentos rítmicos e exigentes da ereção de Ramon.

Uma eternidade depois, diminuindo a pressão dos lábios, Ramon ergueu a cabeça devagar. Mesmo zonza, Katie reconheceu a paixão ardente nos olhos negros, e soube que ele via um reflexo daquele fogo nos olhos dela. Ainda tremendo de desejo, viu o olhar sedutor descer para seus lábios entreabertos. Os braços de Ramon a apertaram convulsivamente quando começou a baixar a cabeça, depois ele hesitou, tentando lutar contra a tentação.

— Ah, meu Deus! — gemeu baixinho, e os lábios tomaram os dela mais uma vez.

Uma vez após outra ele tentava se afastar, apenas para mudar de ideia e mergulhar nos lábios de Katie para mais uma série de beijos profundos, estimulantes.

Quando por fim se separaram, Katie estava exaurida. Louca, inconsciente e alegremente exaurida pelo poder combinado da paixão e prazer compartilhados. Ramon recostou a bochecha contra o cabelo arruivado, as mãos acariciando as costas de Katie, mantendo-a junto às batidas frenéticas de seu coração, enquanto ela se recostava a ele, fraca, os braços ainda em seu pescoço.

Vários minutos se passaram até que ela o ouviu murmurar algo. Ergueu a cabeça, abriu os lânguidos olhos azuis e o encarou. Perdida na euforia, sonhadora, admirou o rosto másculo que retribuía seu olhar. Ele era realmente um homem muito bonito, pensou. E extremamente másculo, com as feições definidas, marcantes. Ela adorava as linhas de seu rosto, o queixo determinado com a covinha charmosa, e a sensualidade no formato de sua boca. E ele tinha os olhos mais fascinantes e hipnóticos, olhos capazes de a derreter ou congelar. O grosso cabelo preto, do comprimento exato para permitir que ela mergulhasse os dedos nos fios da nuca.

Katie ergueu a mão e ajeitou o cabelo nas têmporas de Ramon, depois pousou a mão em sua bochecha, o polegar acompanhando distraidamente o traçado da covinha no queixo.

Ele a observava, prendendo seu olhar, sustentando-o enquanto virava a cabeça e beijava a parte sensível da palma de sua mão. Quando Ramon falou, a voz era profunda, rouca, com uma emoção tão intensa que ultrapassava a paixão:

— Você me faz muito feliz, Katie.

Katie tentou sorrir, mas o tom quase doloroso que percebeu na voz dele encheu seus olhos de lágrimas. E, depois de três dias de um turbilhão emocional que culminara naquela última tumultuada hora, estava fraca demais para contê-las.

— Você também me faz muito feliz — sussurrou, enquanto as lágrimas escorriam de seus olhos.

— Sim — disse ele, com um sorriso solene ao ver as lágrimas brilhantes. — Posso ver o quanto.

Katie se agarrou a ele, sentindo como se pairasse à beira da insanidade. Dez segundos antes, poderia ter jurado que sentira tristeza na voz de Ramon, mas agora *ele* ria, enquanto *ela* chorava. Exceto que não estava mais chorando, estava começando a rir.

— Eu sempre choro quando estou feliz — explicou, enxugando as lágrimas.

— Não acredito! — exclamou ele, com fingido horror. — Quer dizer que ri quando está triste?

— É bem possível — admitiu ela, o rosto se iluminando com um sorriso. — Estou toda atrapalhada desde que o conheci. — Num impulso, se ergueu na ponta dos pés e depositou um beijo nos lábios quentes e macios, depois voltou a se aconchegar em seus braços. — Garcia deve estar pensando o que estamos fazendo aqui. Acho que é melhor sairmos.

Katie exalou um suspiro tão triste que Ramon sorriu.

— Garcia é um homem de grande dignidade. Jamais ficaria especulando sobre as nossas ações.

Ainda assim, ele a soltou, relutante, mas manteve o braço ao redor de sua cintura. Juntos, atravessaram a porta e saíram para a luz do sol.

Katie estava prestes a perguntar quando começariam a trabalhar na reforma da casa, mas a atenção de Ramon se voltara para um homem de cerca de 60 anos, que vinha caminhando pelo gramado.

Quando o homem avistou Ramon, o rosto enrugado e bronzeado de sol se abriu em um largo sorriso.

— Seu telegrama chegou há uma hora, pouco antes de eu ver o Rolls-Royce passar pelo vilarejo. Estes meus velhos olhos estão me enganando, Ramon, ou é você mesmo que está aí?

Sorrindo, Ramon estendeu a mão.

— Seus olhos estão tão aguçados quanto estavam naquela noite em que você viu a fumaça saindo pela janela e me flagrou com um maço de cigarros na mão, Rafael.

— Eram os meus cigarros — lembrou o homem chamado Rafael, enquanto apertava a mão de Ramon e lhe dava um tapinha afetuoso nas costas.

Ramon deu uma piscadela para Katie.

— Infelizmente eu não tinha nenhum cigarro para fumar.

— Isso porque você tinha apenas 9 anos e era jovem demais para comprá-los — explicou Rafael, com um sorriso cúmplice para Katie. — Foi uma cena e tanto, *señorita*. Ele estava todo refestelado em um monte de feno, parecendo um homem muito importante desfrutando de um momento de lazer. Eu o obriguei a comer três cigarros.

— E isso o curou? — Katie riu.

— Sim, curou meu vício de cigarros — admitiu Ramon. — Depois disso, passei a fumar apenas charutos.

— E a correr atrás das moças — acrescentou Rafael, com uma severidade bem-humorada. Virou-se para Katie: — Quando o padre Gregório leu os proclamas de vocês na missa de hoje cedo, todas as *señoritas* choraram, desiludidas, e o padre suspirou, aliviado. Rezar para a salvação da alma de Ramon deve ser a tarefa que mais consome o tempo daquele pobre padre. — Fazendo uma pausa em seu alegre monólogo para desfrutar do visível desconforto de Ramon, ele acrescentou: — Mas não se preocupe, *señorita*. Agora que está comprometido com você, Ramon sem dúvida vai se emendar e esquecer as garotas que o perseguiram todos esses anos.

Ramon fuzilou o velho com um olhar brincalhão.

— Se já acabou de assassinar o meu caráter, Rafael, quero lhe apresentar minha noiva, presumindo que Katie ainda queira se casar comigo, depois de tudo o que acabou de ouvir.

Katie estava atônita ao saber que os proclamas do casamento já haviam sido lidos na igreja local. Como Ramon conseguira providenciar aquilo, estando em St. Louis? De alguma forma, conseguiu esboçar um leve sorriso quando Ramon lhe apresentou Rafael Villegas como o homem que sempre fora como "um segundo pai", mas vários minutos se passaram antes que pudesse se recuperar e prestar atenção à conversa.

— Quando vi o carro vindo nesta direção — dizia Rafael —, fiquei contente por você não se envergonhar de trazer sua noiva para conhecer suas raízes, mesmo agora que...

— Katie — interrompeu Ramon bruscamente. — Você ainda não está acostumada com esse sol. Talvez fosse melhor esperar dentro do carro, onde está mais fresco.

Surpresa com a maneira educada com que ele a despachou, Katie se despediu de Rafael e voltou para o ar-condicionado do Rolls-Royce. Qualquer que fosse o assunto da conversa entre Ramon e o *señor* Villegas, o homem se mostrou quase comicamente admirado, depois assustado, e então muito preocupado. Katie ficou aliviada quando por fim se despediram, e ambos sorriam outra vez.

— Desculpe por ter pedido que você saísse daquela maneira — disse Ramon, entrando no carro. — Entre outras coisas, eu precisava discutir o serviço que deve ser feito na casa, e Rafael ficaria constrangido se você estivesse presente quando falássemos de dinheiro. — Pressionando o botão que abria a divisória do motorista, Ramon deu as instruções em espanhol, depois tirou o paletó e a gravata, abriu o botão da camisa e estendeu as longas pernas. Parecia, pensou Katie, um homem que acabara de passar por uma terrível provação, mas que estava relativamente satisfeito com o resultado.

As perguntas se atropelavam em sua mente, e ela começou com a menos importante:

— Para onde vamos agora?

— Para o vilarejo, onde faremos uma refeição tranquila. — Ramon passou o braço pelos ombros dela, os dedos brincando com o brinco de turquesa em sua orelha. — Enquanto jantamos, Rafael vai dizer à filha, casada, que arrume o quarto de hóspedes para você. Eu pretendia que ficasse na casa, mas não está habitável. Além disto, não havia considerado a necessidade de uma acompanhante para você, até que Rafael me lembrou desse detalhe.

— Uma acompanhante? Você não pode estar falando sério. Isso é... é — gaguejou Katie.

— Necessário — Ramon completou a frase.

— Pois eu ia dizer antiquado, arcaico e tolo.

— Verdade. Porém, no nosso caso, ainda é necessário.

Katie franziu a testa.

— No nosso caso?

— Katie, nesse vilarejo nada acontece, por isso todos observam o que os outros fazem, e comentam a vida de todo mundo. Sou um homem solteiro e, portanto, objeto de interesse.

— Foi o que percebi, pelo que o Sr. Villegas disse — retrucou Katie.

Os lábios de Ramon tremeram, mas ele não fez nenhum comentário.

— Como minha noiva, você também é objeto de interesse. E, mais importante, você é também americana, o que a transforma em alvo de críticas. Há muitas pessoas aqui que acreditam que as americanas perderam todo o senso moral.

A expressão no rosto de Katie era de insubordinação. As maçãs do rosto tinham um toque de rosa e os olhos azuis faiscavam perigosamente. Ramon, interpretando corretamente os sinais de perigo, a puxou para perto de si e a beijou na testa.

— Quando digo "acompanhante", não estou me referindo a uma pessoa que vai segui-la por toda parte, Katie. Significa apenas que você não pode morar sozinha. Do contrário, no instante em que eu passasse pela porta, as "fofoqueiras" diriam que estamos dormindo juntos e, porque você é americana, todos iriam acreditar. Você pode achar que isso não importa, mas este será o seu lar. Não vai gostar se, mesmo passados alguns anos, não puder andar pelo vilarejo sem que as pessoas falem de você pelas costas.

— Ainda assim, faço objeções a essa ideia, por princípio — argumentou ela, embora sem muita convicção, pois Ramon estava explorando sua orelha com um beijo sensual.

O riso abafado do noivo lhe provocou um arrepio na espinha.

— Eu esperava que você fizesse objeções por achar que uma acompanhante dificultaria que ficássemos sozinhos.

— Isso também — admitiu ela, com sinceridade.

O riso de Ramon soou rico, profundo.

— Vou ficar com a família de Rafael. A casa de Gabriella, onde você se hospedará, fica a dois quilômetros de distância. — Com uma carícia no cabelo claro, acrescentou, em um tom rouco: — Vamos encontrar o lugar e o momento certos para compartilharmos um ao outro.

Katie achou essa uma maneira linda de descrever o ato de amor; duas pessoas compartilhando seus corpos de forma a extrair prazer um do outro.

Sorriu, se perguntando se algum dia iria compreender Ramon. Ele possuía uma combinação única de gentileza e força; de pura virilidade mesclada a perícia sexual e terno autocontrole. Não era de admirar que se sentisse tão confusa desde o em dia que o conhecera. Jamais tinha encontrado alguém sequer remotamente parecido com ele!

Ao chegarem perto da praça do vilarejo, Garcia diminuiu a velocidade e parou.

— Achei que você iria preferir caminhar um pouco — explicou Ramon, ajudando Katie a saltar. — Garcia deixará suas coisas na casa de Gabriella, depois voltará para Mayaguez, onde mora.

O sol começava a se pôr no horizonte, em uma explosão de tons rosados e dourados contra o céu azul, enquanto Katie e Ramon caminhavam devagar pela praça, até chegarem à antiga e imponente igreja em estilo espanhol.

— É aqui que vamos nos casar — disse Ramon.

Katie observou com prazer a igreja e as pequenas construções que a cercavam, formando a praça do vilarejo. A influência espanhola era evidente nas portas e janelas em arco, e nas grades de ferro das lojas que vendiam de tudo, desde pão fresco até detalhadas imagens de santos em madeira. As flores cresciam em toda parte, pendendo dos balcões e janelas e em enormes vasos na frente das lojas, emprestando suas cores vibrantes à beleza da pitoresca pracinha. Turistas com câmeras fotográficas em punho vagavam pelo largo, parando a fim de espiar as vitrines das lojinhas ou de se sentar no pequeno café com mesas na calçada, bebericando coquetéis à base de rum, enquanto observavam os moradores.

Katie olhou para Ramon, que caminhava ao seu lado, levando o paletó pendurado no ombro. Apesar da aparência distraída, ela quase podia lhe sentir a ansiedade enquanto esperava para ver sua primeira reação ao vilarejo.

— É lindo — elogiou ela, sincera. — Muito pitoresco e charmoso.

Ele lhe lançou um olhar de esguelha, desconfiado.

— Mas minúsculo e nada parecido com o que você esperava?

— Mais bonito e mais conveniente do que eu esperava — argumentou Katie, obstinada. — Tem até mesmo um armazém-geral. E — ela acrescentou com um sorriso brincalhão — tem dois hotéis! Estou muito impressionada!

A brincadeira teve o resultado que os elogios sinceros não conseguiram. Sorrindo, Ramon passou o braço pela sua cintura e a puxou para si, em um abraço rápido e apertado.

— O Casa-Grande — disse, apontando para o hotel de três andares com os balcões cercados por grades de ferro trabalhado — possui dez apartamentos para hóspedes. O outro hotel tem apenas sete, mas tem também um pequeno restaurante, onde a comida costumava ser muito boa. É lá que vamos jantar.

Havia cinco mesas no restaurante, quatro das quais estavam ocupadas por turistas que riam e conversavam. Katie e Ramon foram levados à que restara. O garçom acendeu a vela no centro da mesa coberta por uma toalha xadrez vermelho e branco e anotou os pedidos. Ramon se recostou na cadeira e sorriu para Katie, que o observava com uma expressão intrigada.

— Em que você está pensando? — perguntou ele.

— Estava me perguntando onde você morava antes, e o que fazia. Com certeza não trabalhava em sua fazenda, do contrário, não precisaria ficar hospedado na casa de Rafael.

Ramon respondeu devagar, quase cauteloso:

— Eu morava perto de Mayaguez, e até o momento trabalhei em uma empresa cujos negócios estão sendo encerrados.

— Essa empresa é do ramo alimentício? — perguntou Katie.

Ele hesitou um pouco, depois assentiu.

— Entre outras coisas, sim, é uma empresa de enlatados e conservas. Em vez de mudar de companhia, eu já havia decidido, quando a conheci, que preferia trabalhar em minha própria fazenda, pois assim não precisaria contratar alguém para fazer o que eu mesmo posso fazer. Nessas próximas duas semanas, ainda terei que me dedicar a essa empresa; no restante do tempo, vou trabalhar com os homens na reforma da nossa casa.

Nossa casa. A frase provocou uma pontada no estômago de Katie. Soava tão estranho, tão derradeiro. Desviando os olhos, ficou brincando com o copo, girando-o lentamente entre os dedos.

— Do que você tem medo, Katie? — perguntou Ramon, após uma pausa.

— De nada. Eu... eu só estava pensando no que vou fazer quando você for trabalhar.

— Enquanto eu estiver no trabalho, você pode sair para comprar as coisas de que precisaremos para a casa. Existem várias lojas de artigos domésticos e artesanato nos vilarejos, mas os móveis terão que ser comprados em San Juan. Gabriella vai acompanhá-la às lojas e funcionará como intérprete, quando você precisar.

— Os móveis? — Katie encarou-o, surpresa. — Não vai trazer os móveis da sua casa em Mayaguez?

— Vou vendê-los. De qualquer forma, não seriam adequados para o chalé.

Katie, vendo a maneira como Ramon apertou os lábios em uma linha fina, presumiu que ele se envergonhava dos móveis que possuía e que, como acontecera com a casa, julgava que não eram bons o bastante para ela. Sabia perfeitamente que Ramon providenciara sua hospedagem na casa de Gabriella por não poder arcar com as despesas de um hotel por três semanas; a explicação a respeito dos boatos não a convencera nem um pouco. Ele não podia pagar um hotel e, com certeza, tampouco poderia arcar com as despesas de mobiliar uma casa. Ainda assim, estava disposto a comprar móveis novos para ela, a fim de agradá-la. Saber disto a fazia se sentir extremamente insegura.

E se algo acontecesse para convencê-la de que não deveria se casar com ele? Como poderia encará-lo, depois de o deixar gastar todo aquele dinheiro tentando lhe dar o que ele achava que ela queria? Katie se sentia presa em uma armadilha, uma jaula em que entrara por vontade própria e, à medida que as portas se fechavam, o pânico a invadia. O casamento, com o seu caráter definitivo, subitamente assomava à sua frente, e Katie sabia que, de alguma forma, precisava se sentir livre para partir, caso mudasse de ideia nas próximas semanas.

— Quero bancar uma parte dos móveis — anunciou ela de repente.

Ramon esperou que o garçom se afastasse, antes de retrucar.

— Não — disse, sucinto.

— Mas...

— Eu não teria sugerido que comprássemos os móveis se não pudesse pagar por eles.

Ele esperava que aquilo encerrasse a discussão de uma vez por todas, mas Katie estava desesperada:

— Essa não é a questão!

— Não? — perguntou ele. — Então qual é a questão?

— A questão é que você já vai gastar muito dinheiro na reforma da casa, e móveis são muito caros.

— Amanhã eu lhe darei 3 mil dólares para gastar com as coisas da casa e...

— Três mil dólares? — interrompeu Katie, atônita. — Como pode gastar tanto? Onde conseguiu esse dinheiro?

Houve uma imperceptível hesitação, antes que ele respondesse:

— A empresa que está encerrando as atividades me pagou uma espécie de indenização. É daí que vem o dinheiro.

— Mas... — ela começou a argumentar.

A expressão de Ramon se fechou imediatamente. Com fria determinação, ele disse:

— Como homem, cabe a mim lhe dar uma casa mobiliada. Você não vai pagar nada.

Os longos cílios de Katie ocultaram por um instante o brilho rebelde dos olhos azuis. Ramon, concluiu, estava prestes a descobrir que excelente negociante ela era. Todos os móveis da casa iriam lhe custar exatamente metade do que valiam, porque ela iria pagar a outra metade!

— Estou falando sério, Katie.

O tom autoritário fez com que ela congelasse no ato de cortar um pedaço da carne.

— Proíbo que você use o seu dinheiro, seja agora ou depois que nos casarmos. Ele deve continuar intocado em seu banco de St. Louis.

Ela estava tão determinada a convencê-lo que até se esqueceu de ficar ultrajada com o uso da palavra "proibir".

— Você não entende, Ramon... O dinheiro não me faria falta alguma. Além do que economizei do meu salário, tenho um fundo de ações estabelecido pelo meu pai há muitos anos, e uma espécie de participação nos lucros da empresa da família. Os dois investimentos são muito lucrativos. Eu nem mesmo teria que tocar no capital principal; usaria apenas os rendimentos e...

— Não — cortou ele, implacável. — Não sou nenhum indigente. E, mesmo se fosse, não aceitaria o seu dinheiro. Você sabe como me sinto a esse respeito, não é?

— Sim — murmurou ela.

Ramon suspirou, um som áspero e repleto de uma raiva que, Katie pressentiu, era dirigida mais a ele do que a ela.

— Katie, jamais tentei viver apenas com os rendimentos da fazenda. Ainda não sei quanto dinheiro será necessário para fazer as melhorias na propriedade e tornar cada hectare produtivo novamente. Uma vez que a fazenda esteja em pleno funcionamento, poderá nos sustentar com razoável conforto, mas até lá qualquer centavo que eu puder economizar deverá ir para a propriedade. Aquela fazenda é a única segurança que posso lhe oferecer, e as necessidades da terra devem vir em primeiro lugar. É muito humilhante para mim ter que explicar tudo isso, sobretudo agora, depois de ter trazido você para cá. Achei que havia compreendido o tipo de vida que eu poderia lhe oferecer, antes de ter concordado em me acompanhar.

— Eu compreendi, e não estou preocupada com luxos.

— Então o que a preocupa?

— Nada — mentiu Katie, mais determinada do que nunca em usar seu dinheiro para pagar metade dos móveis.

Ramon estava exagerando no quesito orgulho! Sua atitude era insensata, irracional e antiquada, especialmente se fossem se casar. Mas como ele se mostrava tão irredutível a respeito do dinheiro, ela nunca lhe diria o que havia feito.

A expressão dele se suavizou.

— Se você quiser, podemos aplicar seu dinheiro em um fundo para os nossos filhos.

Filhos?, pensou Katie, sentindo o coração disparar em um misto de prazer e pânico. Naquela velocidade, sem dúvida ela acabaria tendo um filho dentro de um ano. Por que tudo tinha que acontecer tão depressa? Lembrou-se do comentário de Rafael sobre os proclamas lidos na igreja naquela manhã, e sentiu o pânico crescer. Sabia que os proclamas tinham que ser lidos nos três domingos consecutivos antes do casamento. Ao providenciar para que iniciassem naquele dia, Ramon havia sorrateiramente eliminado uma semana do precioso tempo que Katie contava ter, antes da decisão final. Ela tentou se concentrar na comida, mas mal conseguia engolir.

— Ramon, como conseguiu providenciar para que os proclamas fossem lidos esta manhã, se só chegamos à tarde?

Algo na voz de Katie o alertou para o seu conflito interior. Ramon afastou o prato, não mais preocupado em fingir que comia. Encarando a noiva com uma intensidade quase perturbadora, disse:

— Na sexta-feira, enquanto você estava no trabalho, liguei para o padre Gregório e disse que desejava me casar aqui, o mais breve possível. O padre Gregório me conhece desde que nasci e sabe que não existe obstáculo algum que me impeça de casar na igreja. Garanti a ele que também não havia nenhum obstáculo de sua parte. Quando me reuni com seu pai para aquele café, ele me deu o nome do pastor dele, que também a conhece. Passei o contato ao padre Gregório para que ele próprio conferisse, caso achasse necessário. Foi muito simples.

Katie desviou os olhos, mas não a tempo.

— Há alguma coisa a incomodando, Katie — concluiu Ramon. — O que é?

Após um silêncio tenso, ela balançou a cabeça.

— Nada, de verdade. Apenas estou um pouco surpresa com o fato de que tudo foi arranjado sem o meu conhecimento.

— Não foi intencional. Presumi que seu pai havia mencionado a nossa conversa e, evidentemente, ele deve ter presumido que você já sabia de tudo.

Com a mão trêmula, Katie afastou seu prato.

— O padre Gregório não terá que falar comigo, isto é, conosco, antes de concordar em realizar o casamento? — perguntou.

— Sim.

Ramon acendeu um cigarro, depois se recostou na cadeira e a estudou com atenção.

Katie passou a mão pelo cabelo, ajeitando os inexistentes fios soltos.

— Por favor, pare de me olhar desse jeito — sussurrou, em tom de súplica.

Com um gesto rápido, Ramon se virou e fez sinal para o garçom, pedindo a conta.

— É muito difícil não olhar para você, Katie. Você é linda. E está muito assustada.

As palavras foram ditas com tanta frieza, sem qualquer emoção, que Katie levou um instante antes de ter certeza de que ouvira corretamente. Mas então já era tarde demais para reagir; Ramon já deixava o dinheiro sobre a mesa e, se levantando, fez a volta para ajudá-la com a cadeira.

Em silêncio, saíram para a acetinada noite, o céu salpicado de estrelas reluzentes, e atravessaram a praça deserta. Depois do calor da tarde, a brisa noturna era surpreendentemente fresca, brincando com as pregas do vestido de seda de Katie. Ela estremeceu, mais devido às emoções conflitantes do que ao frio. Ramon tirou o paletó que levava no ombro e o colocou em suas costas.

Ao passarem pela linda igreja, as palavras dele ecoaram na mente de Katie: "É aqui que vamos nos casar."

Uma vez antes, ela havia saído de uma igreja vestida de noiva, na ocasião uma enorme construção em estilo gótico, com uma fila de limusines atrapalhando o tráfego do sábado, à espera de saída dos noivos. David ficara ao seu lado nos degraus da igreja, posando para os fotógrafos. Ele estava esplêndido de smoking, e ela, linda com vestido branco e véu. Depois, atravessaram a multidão de cumprimentos e abraços, rindo sob a chuva de arroz. David estava tão bonito, e ela o amara tanto naquele dia... Ela o amara tanto!

As luzes nas janelas das casas iluminavam a estradinha por onde Katie e Ramon passavam. De repente, ela foi assaltada pelas lembranças que julgara enterradas.

David.

Durante os seis meses do casamento, ele a mantivera em um estado de perplexa humilhação e, depois, de medo. Mesmo durante o breve noivado, Katie às vezes reparava nos olhares interessados para outras mulheres. Mas conseguira controlar o ciúme incômodo dizendo a si mesma que David era um homem de 30 anos e que pensaria que ela estava agindo como uma criança possessiva. Além disto, ele apenas olhava para elas. Nunca fora realmente infiel.

Estavam casados havia dois meses quando Katie finalmente o censurou, e apenas porque não conseguiu conter a mágoa e a vergonha. Eles haviam ido a um jantar formal para os membros da Associação de Advogados do Missouri, onde a bela esposa de um famoso advogado de Kansas City despertou o interesse de David. O flerte se iniciou durante os coquetéis, ganhou força quando se sentaram juntos no jantar, e floresceu completamente na pista de dança. Pouco depois, ambos desapareceram por quase uma hora e meia, e Katie fora deixada sozinha no salão, suportando não apenas a piedade dos conhecidos, como também a fúria incontida do marido traído.

Ao voltarem para o apartamento, Katie estava prestes a explodir. David ouviu seu desabafo indignado e choroso enquanto flexionava as mãos nervosamente. Outros quatro meses iriam se passar antes que Katie descobrisse o que tal gesto convulsivo de fato significava. Quando terminou, ela esperava que ele negasse ter feito qualquer coisa de errado, ou então que se desculpasse pelo seu comportamento. Em vez disto, David se levantou, lhe dirigiu um olhar de desprezo e foi para a cama.

A retaliação teve início no dia seguinte. Seu castigo foi aplicado com a crueldade refinada de um homem que, na superfície, parecia estar apenas tolerando uma presença indesejada em sua vida, mas que na verdade se comprazia em torturá-la mentalmente.

Nenhuma falha, fosse real ou imaginária, em seu rosto, em sua aparência, em sua postura ou personalidade, passava despercebida. "Saias pregueadas deixam seus quadris ainda mais largos", comentava ele, com indiferença. Katie protestava, dizendo que não tinha quadris largos, mas começou a frequentar uma academia de ginástica por via das dúvidas. "Se você cortasse o cabelo curto, seu queixo não pareceria tão comprido." Katie jurava que seu queixo não era "comprido", mas cortou o cabelo. "Se você corrigisse a postura, não rebolaria tanto quando anda." Katie corrigiu a postura, se perguntando se ainda estaria "rebolando".

Os olhos de David jamais paravam, a seguindo por toda parte, até que Katie se tornou tão insegura que não conseguia mais atravessar uma sala sem bater em uma mesa ou trombar em uma cadeira. O que também não passava despercebido. Nem a comida que ela deixava queimar, ou as roupas que esquecia de levar à lavanderia, ou a poeira que deixava acumular nas estantes. "Algumas mulheres são capazes de cuidar da casa e ter uma carreira", David comentara certa noite, enquanto ela polia os móveis. "É óbvio que você não é uma delas. Terá que desistir do trabalho."

Em retrospecto, Katie não podia acreditar na facilidade com que ele a manipulara. Por duas semanas consecutivas, David havia "trabalhado até mais tarde". Quando estava em casa, a ignorava completamente. E, quando se dignava a falar com ela, era com frio desprezo ou sarcasmo cordial. Katie tentava de todas as maneiras evitar discussões, mas David encarava seus esforços com um gélido desprezo. Em apenas duas semanas, conseguira reduzi-la a uma criatura lamentável, tensa e chorosa, fazendo-a acreditar que era desajeitada, estúpida e inepta. Mas na época Katie tinha somente 21 anos, recém-saída da faculdade, enquanto David era nove anos mais velho, sofisticado e autoritário.

A ideia de abandonar seu emprego a deixara em pânico.

— Eu adoro o meu trabalho — dissera ela, as lágrimas correndo pelo rosto.

— Pois achei que você "adorasse" o seu marido — havia retrucado David, com frieza. Então olhara para as mãos dela, que lustravam febrilmente a madeira da mesa. — Tenho um carinho especial por esse vaso de porcelana — tinha avisado, insolente. — Afaste-o, antes que o derrube no chão.

— Não vou derrubá-lo! — havia gritado Katie, se virando para ele com raiva e lágrimas nos olhos, e acertando o valioso vaso da mesa, que caíra e se quebrara em vários pedaços. Ela se atirou nos braços de David, se desmanchando em soluços. — Eu amo você, David. Não sei o que há de errado comigo ultimamente. Desculpe-me, por favor. Vou desistir do meu emprego e...

David estava vingado. Tudo foi esquecido. Ele a consolara com tapinhas nas costas, dizendo que, se ela o amava, era tudo o que importava e que não precisava desistir do emprego. O sol brilhava novamente em seu casamento e David era de novo o homem gentil, encantador e prestativo de sempre.

Quatro meses depois, Katie saíra do escritório mais cedo, com a intenção de surpreender David com um jantar especial para comemorar seis meses de casamento. E de fato o surpreendera. Ele estava na cama com a mulher do sócio principal da firma de advocacia onde trabalhava, recostado na cabeceira da cama, fumando um cigarro, enquanto a mulher, nua, se aninhava ao seu lado. Uma calma mortal invadira Katie, embora sentisse um nó no estômago.

— Já que é óbvio que terminaram — havia dito em voz baixa, parada na soleira da porta —, eu gostaria que saíssem daqui. Os dois.

Em transe, tinha se dirigido para a cozinha e começado a cortar os cogumelos que havia comprado para o jantar. Cortou o dedo duas vezes, alheia ao sangue. Minutos depois, a voz baixa e brutal de David sibilou em seu ouvido:

— Sua vaca, antes que esta noite termine vou lhe ensinar bons modos. Sylvia Conner é a mulher do meu chefe. Agora vá pedir desculpas a ela.

— Vá para o inferno! — disse Katie, em uma voz sufocada pela dor e a humilhação.

As mãos de David agarraram com crueldade seu cabelo, puxando a cabeça para trás.

— Estou avisando, faça o que mandei ou vai se arrepender depois que ela for embora.

Lágrimas de angústia encheram os olhos de Katie, mas ela o encarou sem pestanejar.

— Não.

Soltando-a, David foi para a sala.

— Sylvia — ela o ouviu dizer —, Katie lamenta muito tê-la aborrecido e amanhã vai lhe pedir desculpas pessoalmente pela falta de educação. Venha, vou acompanhá-la até o carro.

Quando os dois saíram do apartamento, Katie se encaminhara para o quarto que compartilhava com David e tirou as malas do armário. Estava abrindo as gavetas e pegando as roupas quando o ouviu entrar.

— Sabe de uma coisa, querida? — disse ele, em um tom suave, parado na porta. — Quatro meses atrás, achei que houvesse aprendido a nunca mais me contrariar. Tentei ensiná-la da maneira mais fácil, mas, pelo visto, não funcionou. Receio que desta vez a lição tenha que ser um pouco mais memorável.

Katie erguera os olhos e o vira abrir o cinto e o tirar calmamente das presilhas da calça. Até suas cordas vocais congelaram de terror.

— Se você se atrever a me tocar — disse, com a voz sufocada —, vou acusá-lo de agressão.

David a perseguia lentamente pelo quarto, observando com prazer malicioso Katie recuar.

— Não vai não. Você vai chorar muito, pedir desculpas e dizer que me ama.

E ele estava certo. Meia hora depois, Katie ainda gritava "eu amo você", o rosto escondido no travesseiro, quando a porta do apartamento se fechou atrás dele.

Ela não fazia ideia de quanto tempo se passara antes que se obrigasse a sair da cama, vestisse um casaco, pegasse a bolsa e saísse do apartamento. Não se lembrava de ter dirigido para a casa dos pais naquela noite, e nunca mais voltou ao apartamento.

David havia ligado para ela noite e dia, tentando convencê-la a voltar, e também a ameaçando. Estava profundamente arrependido; estivera sob muita pressão no trabalho, com o fechamento de um caso; aquilo nunca mais tornaria a acontecer.

Quando Katie o reencontrara, estava acompanhada de seu advogado, em uma audiência de divórcio.

Katie ergueu o olhar quando Ramon entrou em uma estreita trilha de terra. Logo adiante, a distância, viu o brilho de luzes contra a encosta. Devia ser a casa de Gabriella, pensou. Olhou para as colinas que rodeavam o vale, salpicadas de luzes de outras casas, algumas mais altas, outras mais baixas, outras ainda mais distantes. O reluzir das luzes dava a impressão de que as colinas a recebiam com alegria, como um porto seguro na noite escura. Katie tentou saborear a vista, se concentrar no presente e no futuro, mas o passado se recusava a deixá-la em paz. Agarrava-se a ela, a alertando.

David não a enganara completamente; fora ela quem *se deixara* enganar. Mesmo uma virgem ingênua de 21 anos, ela pressentira que, na verdade, ele não era o homem encantador que parecia ser. Seu subconsciente registrara a raiva controlada naqueles olhos quando um garçom não o atendia depressa o bastante; a flexão nervosa das mãos no volante quando outro motorista lhe dava passagem; havia visto o interesse velado em sua expressão quando olhava para outras mulheres. Katie suspeitara de que David não era o homem que queria fazê-la acreditar ser, mas estava apaixonada e se casara com ele mesmo assim.

Agora, estava prestes a se casar com Ramon e não conseguia afastar a terrível suspeita de que ele também não era o homem que parecia ser. Ramon era como um quebra-cabeça cujas peças não se encaixavam. E ele parecera tão hesitante, tão pouco esclarecedor quando ela lhe fizera perguntas sobre ele e seu passado. Se não tinha nada a esconder, por que se mostrava tão relutante em falar sobre si mesmo?

O coração de Katie respondeu com uma tempestade de argumentos. Apenas porque Ramon não gostava de falar sobre si mesmo não significava que lhe escondia alguma característica sinistra de sua personalidade. David adorava falar sobre si e, portanto, neste aspecto os dois homens eram bem diferentes.

Eram diferentes em todos os aspectos, disse a si mesma com firmeza. Ou não?

Ela só precisava de mais tempo para se acostumar com a ideia de voltar a se casar, concluiu. Tudo acontecera tão depressa que, agora, ela estava entrando em pânico. Nas próximas duas semanas, aquele medo irracional acabaria desaparecendo. Ou não?

A casa de Gabriella estava bem à vista quando Ramon parou abruptamente na frente de Katie, bloqueando a passagem.

— Por quê? — perguntou ele, em um tom tenso, frustrado. — Por que você está com tanto medo?

— Eu eu não estou com medo — negou ela, assustada.

— Está sim — insistiu ele.

Katie ergueu os olhos para aquele rosto iluminado pelo luar. Apesar do tom ríspido, havia suavidade em seus olhos e uma força tranquila em seu semblante. David jamais fora suave ou forte. Havia sido violento e covarde.

— Acho que é porque tudo está acontecendo muito rápido — respondeu, parcialmente sincera.

Ele franziu a testa.

— É apenas isso que a preocupa?

Katie hesitou. Não poderia explicar a ele a causa de seus temores. Nem mesmo ela os compreendia por inteiro, ao menos naquele momento.

— Há tanto a ser feito, em tão pouco tempo — disse, mudando de assunto.

Ramon suspirou de alívio enquanto a tomava em seus braços, o puxando contra o peito.

— Katie, minha intenção sempre foi me casar com você daqui a duas semanas. Seus pais virão para a cerimônia, e vou cuidar de todos os detalhes. Tudo o que você precisa fazer nesse meio-tempo, é conversar com o padre Gregório.

A voz aveludada, a respiração em seu cabelo, o perfume almiscarado e másculo daquele corpo, tudo contribuía para enfeitiçar Katie.

— Conversar com o padre Gregório sobre a cerimônia? — perguntou ela, inclinando a cabeça para encará-lo conforme ele a enlaçava.

— Não, para convencê-lo de que você é a mulher certa para mim — corrigiu Ramon.

— Sério? — perguntou Katie em um sussurro, a atenção atraída pelos lábios sensuais que se aproximavam dos seus.

O desejo começou a correr em suas veias, sufocando todas as dúvidas e temores.

— Sério? A seu respeito? Sabe que sim — murmurou ele, os lábios tão próximos que o hálito quente se mesclava ao dela.

— Quero saber se está falando sério sobre eu ter que convencer o padre Gregório de que serei uma boa esposa para você — disse ela, a boca quase colada à dele.

— Sim — sussurrou Ramon. — Agora, me convença.

Um leve sorriso curvou os lábios de Katie enquanto lhe enlaçava a nuca, puxando-o para si.

— Você é do tipo difícil de convencer? — brincou ela.

A voz de Ramon soou rouca de paixão:

— Vou tentar ser.

Com a outra mão, Katie lhe acariciou o peito, provocante, fazendo os músculos enrijecerem e Ramon ofegar.

— Quanto tempo acha que vou levar para convencê-lo? — murmurou, sedutora.

— Uns três segundos — respondeu ele, a beijando com ardor.

Capítulo 12

KATIE ROLOU NA cama e abriu os olhos, despertando do sono profundo com uma estranha sensação de irrealidade. O quarto onde dormira estava ensolarado e imaculadamente limpo, mobiliado apenas com uma velha cômoda de bordo e uma mesinha cuja madeira brilhava de tão encerada.

— Bom-dia. — A voz doce de Gabriella a saudou da porta.

A memória de Katie rapidamente retomou o foco enquanto Gabriella cruzava o quarto e deixava uma xícara de café fumegante na mesa de cabeceira. Com 24 anos, Gabriella tinha uma beleza deslumbrante. As maçãs do rosto definidas e os luminosos olhos castanhos eram o sonho de qualquer fotógrafo de moda. Na noite anterior, ela confidenciara a Katie que havia sido convidada para um ensaio por um famoso fotógrafo que a vira no vilarejo, mas o marido, Eduardo, havia sido contra. Aquilo, pensou Katie, irritada, era exatamente o que se esperaria daquele homem atraente, mas taciturno, que ela conhecera na noite anterior.

Katie agradeceu pelo café e Gabriella sorriu.

— Ramon veio vê-la logo cedo, antes de ir para o trabalho. Mas quando soube que você estava dormindo, me pediu para não a incomodar — explicou Gabriella. — Me pediu para avisar que virá ver você no fim da tarde, quando retornar.

— De Mayaguez — acrescentou Katie, apenas para continuar a conversa.

— Não, de San Juan — corrigiu Gabriella. Uma expressão de horror quase cômica lhe cruzou o rosto. — Ou talvez seja de Mayaguez. Desculpe, acho que não me lembro.

— Não importa — assegurou Katie, intrigada com a evidente agitação da garota.

Gabriella se mostrou aliviada.

— Ramon deixou bastante dinheiro para você. Disse que poderíamos começar as compras ainda hoje, se estiver disposta.

Katie assentiu e olhou para o relógio ao lado da cama, surpresa em ver que já eram dez horas. No dia seguinte, estaria acordada quando Ramon fosse vê-la antes de sair para trabalhar na decadente fazenda em Mayaguez.

* * *

COMO UMA MORTALHA, O SILÊNCIO envolvia os sete homens sentados ao redor da mesa da sala de reuniões, na sede da Galverra International, em San Juan — um silêncio quebrado apenas pelo tiquetaquear do imponente relógio em estilo barroco, marcando os últimos suspiros de uma corporação que, um dia, fora um dos conglomerados mais lucrativos do mundo.

De seu lugar na cabeceira da longa mesa, Ramon passou os olhos pelos cinco homens à sua esquerda, que formavam o conselho de diretores da Galverra International. Cada um deles havia sido cuidadosamente escolhido pelo seu pai, e possuía as três qualidades que Simon Galverra exigia dos subordinados: inteligência, ambição e covardia. Por vinte anos Simon havia lhes sugado a inteligência, explorado sua ambição e se aproveitado, impiedosamente, de sua incapacidade de contradizê-lo ou de desafiá-lo.

— Eu perguntei — repetia Ramon, em um tom frio e impassível — se algum de vocês pode sugerir uma alternativa viável para o pedido de falência da companhia.

Dois diretores pigarrearam, inquietos, outro pegou a garrafa de água no centro da mesa.

Os olhares de esguelha e o silêncio prolongado acenderam a raiva que Ramon mantinha sob frágil controle.

— Nenhuma sugestão? — perguntou, em um sedoso tom de ameaça. — Neste caso, alguém que não tenha perdido a capacidade de falar pode me explicar por que não fui informado das desastrosas decisões do meu pai, ou do seu comportamento excêntrico nos últimos dez meses?

Passando o dedo pela parte interna do colarinho, um dos homens respondeu:

— O seu pai nos disse que você não deveria ser incomodado com os problemas da empresa. Ele nos deu ordens específicas quanto a isso, não é, Charles? — perguntou ele, pedindo confirmação ao francês sentado ao seu lado. — Disse a todos nós que "Ramon supervisionará as operações na França e na Bélgica durante seis meses, depois vai participar da Conferência Mundial de Negócios, na Suíça. Quando sair de lá, estará ocupado com as negociações com o pessoal do Cairo. Não deve ser incomodado com as decisões menores que tomamos aqui". Foi exatamente isso o que ele disse, não foi?

Cinco cabeças assentiram em uníssono.

Ramon olhou para todos eles enquanto girava lentamente um lápis entre os dedos.

— Então — concluiu, em um tom perigosamente calmo — nenhum de vocês pensou em "me incomodar". Nem mesmo quando ele vendeu uma frota de petroleiros e uma companhia aérea pela metade do valor. Nem quando ele decidiu doar a nossa participação nos lucros de mineração na América do Sul para o governo local, como um "presente"?

— Era era o seu dinheiro, Ramon, e do seu pai. — O homem na cabeceira oposta da mesa estendeu as mãos em um gesto de impotência. — Todos nós, juntos, possuímos apenas uma pequena porcentagem das ações da corporação. O restante das ações pertence à sua família. Sabíamos que o que ele estava fazendo não era o melhor para a corporação, mas a sua família é a *proprietária* da corporação. E o seu pai disse que queria que o conglomerado tivesse maiores deduções de impostos.

A raiva fervilhava dentro de Ramon, corria por suas veias. Sem perceber, quebrou o lápis ao meio.

— Deduções de impostos? — disparou, furioso.

— S-sim — gaguejou outro homem. — Você sabe, uma redução de impostos para a corporação.

A mão de Ramon acertou a mesa com a força de uma explosão enquanto ele se levantava.

— Estão tentando me dizer que acharam racional ele se desfazer dos bens da corporação apenas para não ter que pagar os impostos sobre os mesmos? — Um músculo saltou na mandíbula contraída quando lhes enviou um derradeiro olhar fulminante. — Tenho certeza de que compreenderão que a companhia não poderá reembolsá-los pelas despesas de viagem para esta reunião. — Fez uma pausa, maldosamente apreciando as expressões perplexas. — Nem tampouco vou aprovar o pagamento anual de seus serviços como "diretores" no último ano. A reunião está encerrada!

Imprudente, um dos diretores escolheu aquele momento para se mostrar assertivo:

— Hã, Ramon, consta dos estatutos da companhia que os diretores devem receber a soma anual de...

— Pois me processe! — rosnou Ramon.

Girando nos calcanhares, marchou porta afora, na direção do seu escritório, seguido pelo homem que estivera sentado à sua direita, observando em silêncio os procedimentos.

— Sirva-se de uma bebida, Miguel — disse Ramon entre dentes, enquanto tirava o paletó. Afrouxando a gravata, se aproximou das janelas.

Miguel Villegas lançou um olhar para o elegante armário das bebidas, encostado em uma das paredes revestidas de madeira, depois foi se sentar em uma das quatro poltronas de veludo dourado diante da enorme escrivaninha. Os olhos pensativos se anuviaram com uma simpatia mal disfarçada quando os voltou para Ramon, que continuava parado junto à janela, de costas para ele, um dos braços apoiado na moldura, o punho cerrado.

Após vários minutos de tensão, os dedos se abriram e o braço relaxou. Em um gesto cansado, de resignação, Ramon flexionou os ombros largos, depois passou a mão pela nuca, massageando os músculos rígidos.

— Pensei que eu tivesse aceitado a derrota semanas atrás — disse, com um suspiro amargurado, enquanto se virava. — Ao que parece, isso não aconteceu.

Foi na direção da escrivaninha e se sentou na cadeira maciça de espaldar alto, olhando para o filho mais velho de Rafael Villegas. Sem qualquer expressão no rosto, disse:

— Devo concluir que a sua investigação não descobriu nada encorajador?

— Ramon — Miguel quase implorou —, sou um contador local; essa era uma tarefa para os auditores da corporação. Você não pode se basear nas minhas descobertas.

Ramon não se deixou abater pela evasiva de Miguel.

— Meus auditores estão vindo de Nova York esta manhã, mas eu não lhes darei acesso aos registros pessoais do meu pai como dei a você. O que foi que descobriu?

— Exatamente o que você esperava. — Miguel suspirou. — Seu pai vendeu todas as empresas lucrativas da corporação e manteve apenas aquelas que atualmente operam com prejuízo. Quando não soube o que fazer com o produto das vendas, doou milhões de dólares para todas as instituições de caridade possíveis. — Retirou vários maços de papel da pasta de couro e, relutante, passou-os a Ramon por cima da mesa. — O mais frustrante, na minha opinião, são as torres de escritórios que você está construindo em Chicago e St. Louis. Você tem 20 milhões de dólares investidos em cada uma delas. Se ao menos os bancos lhe emprestassem a quantia que falta para concluí-las, você poderia vendê-las, receber de volta o investimento e ainda obter um lucro considerável.

— Os bancos não vão cooperar — argumentou Ramon, tenso. — Já tive uma reunião com os seus representantes em Chicago e St. Louis.

— Mas por quê? — explodiu Miguel, abandonando toda a pretensão de parecer um contador impessoal. Sua expressão refletia amargura quando olhou para o semblante impassível daquele homem a quem amava como um irmão. — Eles emprestaram o dinheiro para a construção até agora, por que não emprestariam o que falta?

— Porque perderam a confiança no meu julgamento e na minha capacidade — respondeu Ramon, analisando os números dos relatórios que Miguel lhe entregara. — Não acreditam que eu seja capaz de terminar a construção dos edifícios e pagar o empréstimo. Do seu ponto de vista, enquanto meu pai estava vivo recebiam um milhão de dólares de juros todo mês. Ele morreu, eu assumi o controle da corporação e, de repente, estamos quase quatro meses atrasados com os pagamentos.

— Mas é por culpa do seu pai que a corporação não tem fluxo de caixa para fazer os pagamentos! — retrucou Miguel, entre dentes.

— Se explicar isso aos banqueiros, eles vão se ater à opinião inicial e salientar que, embora meu pai fosse o presidente do conselho, eu ainda era o CEO e deveria ter tomado providências para impedi-lo de cometer tais erros.

— Erros! — exclamou Miguel. — Não foram erros! Ele planejou tudo de forma que não restasse nada para você. Queria que todos pensassem que, quando morresse, as empresas afundariam com ele.

O olhar de Ramon se tornou implacável e frio.

— Ele tinha um tumor cerebral; não era responsável pelos próprios atos.

Miguel enrijeceu na cadeira, o rosto de traços hispânicos sombrio e sisudo.

— Ele era um miserável filho da mãe, um egoísta tirânico, e você sabe disto! Todos sabiam! Ele se ressentia do seu sucesso e odiava a sua fama. Aquele tumor serviu apenas para que ele finalmente perdesse o controle da inveja que sentia de você. — Vendo a fúria crescente na expressão de Ramon, Miguel baixou a voz: — Sei que não quer ouvir isso, mas é a verdade. Você assumiu a corporação e, em poucos anos, conseguiu erguer um império financeiro internacional, obtendo um lucro trezentas vezes maior do que o do seu pai. Você fez isso, não ele. Era de você que os jornais e revistas falavam, a quem se referiam como "o empresário mais dinâmico do mundo". Foi você que convidaram para comandar a Conferência Mundial de Negócios em Genebra. Eu estava almoçando em um hotel, sentado a uma mesa perto da de seu pai, no dia em que ele soube do convite. Ele não ficou orgulhoso, e sim furioso! Estava tentando convencer os homens que o acompanhavam de que você havia sido convidado apenas porque ele mesmo não tinha tempo para uma viagem à Suíça.

— Já basta! — disparou Ramon, incisivo, o rosto pálido de dor e raiva. — Ainda assim ele era meu pai, e agora está morto. Quase não havia amor entre nós; não destrua os poucos sentimentos que ainda me restaram. — Em um silêncio pesado, Ramon se concentrou nos papéis sobre a mesa. Quando passou os olhos pela última coluna de números, ergueu a cabeça. — O que é este ativo de 3 milhões de dólares que você relacionou no final?

— Não se trata realmente de um crédito — respondeu Miguel, desolado. — Foi algo que encontrei entre os documentos pessoais de seu pai, na casa em Mayaguez. Pelo que entendi, é um empréstimo que ele fez a Sidney Green, de St. Louis, há nove anos. Sidney Green ainda lhe deve o dinheiro, mas você não pode processá-lo, nem tomar qualquer medida legal para reaver a quantia, pois, segundo a lei, você tem apenas sete anos para entrar com um processo. E esse prazo já se esgotou.

— O empréstimo foi pago — disse Ramon, dando de ombros.

— Segundo os registros que encontrei, não.

— Se você continuar procurando, acabará descobrindo que foi pago, mas não perca mais tempo com isso. Já tem muito o que fazer.

Houve uma rápida batida na porta, e logo em seguida a elegante secretária de Simon Galverra entrou na sala.

— Os auditores de Nova York já chegaram. Também estão aqui dois repórteres de jornais locais pedindo para marcar uma entrevista, e há um telefonema urgente de Zurique.

— Mande os auditores para a sala de reuniões e diga aos repórteres que darei uma entrevista no mês que vem. Isso os manterá fora do caminho. Vou retornar a ligação de Zurique mais tarde.

Assentindo, a secretária fez meia-volta e saiu, a saia se colando às pernas torneadas.

Miguel observou a saída de Elise, arqueando a sobrancelha com admiração.

— Pelo menos seu pai tinha bom gosto para secretárias. Elise é muito bonita — comentou, em um tom impessoal de apreciação estética.

Ramon abriu uma das gavetas da entalhada escrivaninha de madeira maciça e nada respondeu enquanto retirava três pesadas pastas com etiquetas de "Confidencial".

— Por falar em mulheres bonitas — prosseguiu Miguel, com indiferença calculada, ao mesmo tempo que juntava seus papéis, se preparando para sair. — Quando é que vou conhecer a filha do dono do supermercado?

Apertando o botão do intercomunicador ao seu lado, Ramon passou as instruções para Elise:

— Chame Davidson e Ramirez, e, quando chegarem, mande-os para a sala de reuniões com os auditores. — Com a atenção ainda voltada para as pastas em sua mesa, perguntou a Miguel: — Sobre quem está falando? Que filha do dono do supermercado?

Miguel revirou os olhos, bem-humorado.

— Aquela que você trouxe dos Estados Unidos. Eduardo disse que é razoavelmente atraente. Sabendo o quanto ele detesta as americanas, isto significa que deve ser extraordinariamente bonita. Disse também que ela é filha do dono de um supermerçado e...

— Dono de um...? — Por um instante Ramon se mostrou irritado e confuso, mas logo a implacável linha do maxilar foi relaxando lentamente. Os olhos, que até então exibiam um brilho frio e hostil, se suavizaram, e os lábios se curvaram em um sorriso inexplicável. — Katie — sussurrou.

— Ele estava se referindo a Katie. — Ele se recostou na cadeira e fechou os olhos. — Como pude esquecer que Katie está aqui? — Reparando no olhar intrigado do amigo, explicou, bem-humorado: — Katie é filha de um rico e bem-sucedido proprietário de uma enorme rede de supermercados. Ela veio comigo dos Estados Unidos e vai ficar hospedada na casa de Gabriella e Eduardo por duas semanas, até o nosso casamento.

Enquanto Ramon explicava rapidamente como estava enganando Katie e o porquê, Miguel foi se sentando devagar na poltrona que acabara de desocupar. Balançou a cabeça, atônito.

— *Dios mio,* e eu aqui pensando que ela era a sua amante...

— Eduardo sabe que ela não é. Mas como desconfia de todas as americanas, prefere pensar que acabarei mudando de ideia quanto ao casamento. Quando conhecer Katie, vai gostar dela. Enquanto isso, em respeito a mim, vai tratá-la como uma hóspede em sua casa e não lhe contará nada sobre o meu passado.

— Mas a sua volta é a grande notícia da cidade. Mais cedo ou mais tarde a sua Katie acabará ouvindo algum rumor no vilarejo.

— Tenho certeza que sim, mas ela não vai compreender nem uma palavra. Katie não fala espanhol.

Levantando-se de novo da poltrona, Miguel lhe lançou um olhar preocupado.

— E quanto ao restante de minha família... todos falam inglês... e os mais jovens podem entregar você, mesmo sem intenção.

— Somente seus pais, Gabriella e o marido são fluentes em inglês. Desde ontem, seus irmãos e irmãs só falam espanhol.

— Ramon, depois disso, nada do que você disser ou fizer vai me surpreender.

— Quero que você seja o meu padrinho.

Miguel sorriu, solene.

— Isso não me surpreende. Sempre tive esperança de ser o seu padrinho de casamento, da mesma forma que você foi o meu. — Estendeu a mão sobre a escrivaninha. — Parabéns, meu amigo. — O firme aperto de mãos transmitiu seu contentamento, bem como a tristeza pela situação financeira de Ramon. — Vou retomar a análise dos arquivos de seu pai.

O intercomunicador tocou e a voz da secretária anunciou que os dois advogados da corporação, a quem Ramon a instruíra para chamar, já estavam à espera na sala de reuniões.

Ainda sentado à escrivaninha, Ramon observou Miguel cruzar o grosso carpete dourado. Quando a porta se fechou, ele deixou os olhos vagarem pelo escritório como se o visse pela última vez, inconscientemente memorizando todos os detalhes do elegante esplendor.

A paisagem de Renoir, que comprara de um colecionador por uma quantia exorbitante, estava pendurada sob uma luminária, as cores formando um contraste vibrante contra a parede revestida de madeira. Ramon entregara todos os seus bens pessoais como garantia de empréstimos para a corporação antes de descobrir a extensão do estrago feito pelo pai. Assim como tudo o mais que possuía, o Renoir logo seria leiloado. Esperava apenas que quem quer que desse o lance mais alto fosse capaz de apreciá-lo tanto quanto ele.

Recostando a cabeça na cadeira, fechou os olhos por um instante. Em instantes entraria na sala de reuniões para liberar os auditores e instruir seus advogados a fim de que entrassem com as ações legais que acenariam aos tribunais e ao mundo empresarial que a Galverra International estava incapacitada. Falida.

Nos últimos quatro meses, lutara para salvá-la, tentando lhe infundir uma sobrevida com os próprios recursos, fazendo de tudo para manter a corporação funcionando. E havia fracassado. Agora, tudo o que podia fazer era se certificar de que teria uma morte rápida e digna.

Ramon passara noites em claro, temendo aquele exato momento. E, agora que finalmente chegara, iria encará-lo sem a agonia sufocante que teria sentido duas semanas antes.

Porque, agora, ele tinha Katie.

Ramon entregara sua vida à corporação. A partir de hoje, entregaria o restante de seus dias a Katie. Somente a Katie.

Pela primeira vez em muitos anos, se sentiu invadido por um profundo senso de religiosidade. Era como se Deus tivesse decidido privá-lo de sua família, de suas posses, de seu status, e, quando nada mais restara a Ramon, se apiedara e lhe enviara Katie. E a presença de Katie em sua vida compensava tudo o que ele havia perdido.

Katie passou nos lábios um batom acobreado que combinava com o esmalte das unhas compridas e arredondadas. Checou o rímel e penteou o cabelo com os dedos, deixando os fios com uma aparência natural. Satisfeita com o resultado, se afastou do espelho sobre a cômoda e olhou para o relógio. Às cinco e quinze ainda era dia claro, e Ramon dissera a Gabriella que viria buscar Katie entre cinco e meia e seis, a fim de levá-la para jantar na casa de Rafael.

Num impulso, Katie decidiu sair e encontrá-lo. Depois de vestir calça branca e uma vistosa blusa de seda azul-marinho debruada de branco, saiu pela porta da frente, aliviada por poder escapar da presença opressiva de Eduardo, o crítico marido de Gabriella.

No alto, o céu azul-cobalto estava pontilhado de nuvens brancas. As colinas se erguiam à sua volta, cobertas por um tapete verde-esmeralda, salpicado de flores rosadas e vermelhas. Com um suspiro de satisfação, Katie ergueu o rosto para a brisa refrescante e atravessou o gramado da casa, na direção da estreita estrada de terra e túnel de árvores que levavam à rua principal.

Havia se sentido um tanto perdida, cercada de desconhecidos o dia todo, e sentia falta da presença reconfortante de Ramon. Eles não se viam desde a noite anterior, quando Ramon a apresentara a Gabriella e Eduardo, depois voltara para a casa de Rafael.

— Katie!

A voz familiar a fez parar. Virando a cabeça, ela avistou Ramon a uns 45 metros de distância, à esquerda. Ele cortava caminho pela colina, vindo da casa de Rafael, e era óbvio que ela havia cruzado seu caminho enquanto seguia até a estrada. Ele parou, esperando que ela se aproximasse. Com um aceno de alegria, Katie se virou e começou a subir a colina.

Ramon se obrigou a continuar onde estava, desfrutando do simples prazer de saber que ela tinha ido ao seu encontro. Seu olhar a envolveu em uma terna carícia, observando a maneira como o cabelo caía sobre os ombros, como uma brilhante cascata dourado-avermelhada. Os olhos muito azuis brilhavam, alegres, e um sorriso curvava os lábios convidativos e carnudos. Ela se movia com uma graça natural, os quadris ondulando apenas o bastante para serem delicadamente provocantes.

Ramon sentiu o coração disparar com o desejo de tomá-la nos braços e apertá-la contra si, de absorvê-la inteira. Queria cobrir aqueles lábios de beijos e murmurar muitas e muitas vezes "eu amo você, amo você, amo você". Queria confessar seus sentimentos, mas não a ponto de arriscar que a resposta de Katie — ou sua ausência — lhe provasse que não o amava. Não conseguiria suportar.

A poucos passos dele, Katie parou, imobilizada por uma estranha combinação de felicidade e timidez. A camisa azul-escura de Ramon tinha os primeiros botões abertos, revelando parte do peito bronzeado de sol e coberto de pelos; a calça escura, colada aos quadris e às coxas, seguia cada curva das longas pernas. A poderosa sensualidade rústica que ele exsudava fazia com que Katie se sentisse estranhamente frágil e vulnerável. Ela engoliu em seco, procurando algo para dizer, e finalmente conseguiu articular um inseguro "olá".

Ramon abriu os braços para ela.

— Olá, *mi amor* — murmurou com a voz rouca.

Katie hesitou, mas logo se atirou naquele abraço aconchegante. Ramon a apertou contra si como se não desejasse mais soltá-la.

— Sentiu saudades? — sussurrou ele, quando seus lábios por fim se separaram.

Katie lhe tocou a base da garganta com os lábios, aspirando o perfume másculo e quente de sua pele e o aroma apimentado da loção pós-barba.

— Sim. E você, sentiu minha falta?

— Não.

Afastando-se, Katie olhou para ele com um sorriso intrigado.

— Não sentiu?

— Não — repetiu ele, sério. — Porque, desde as dez horas desta manhã, eu a mantive comigo. Não deixei que saísse de perto de mim.

— Desde as dez horas? — Katie começou a perguntar, mas algo na voz dele a fez observá-lo com mais atenção.

Instintivamente, reconheceu as emoções devastadoras que se ocultavam nas profundezas daqueles olhos negros. Estendendo a mão, segurou-lhe o queixo com a ponta dos dedos e virou o rosto surpreso primeiro para a esquerda, depois para a direita. Mantendo a expressão leve, perguntou, em tom de brincadeira:

— Como eram os outros?

— Que outros?

— Os homens que tentaram acabar com você.

— Está dizendo que pareço ter me envolvido em uma briga? — perguntou Ramon.

Katie assentiu devagar, o sorriso se alargando.

— Com pelo menos seis homens armados e um tanque de guerra desgovernado.

— Tão ruim assim, é? — Ele sorriu, com ironia.

Katie assentiu outra vez, então ficou séria.

— Deve ser muito difícil, muito deprimente trabalhar para uma empresa que você sabe que está falindo.

O olhar atônito de Ramon revelou a Katie que sua conclusão fora correta.

— Sabe de uma coisa? — disse ele, com um atônito aceno de cabeça. — Muitas pessoas, em várias partes do mundo, já me disseram que mantenho a expressão absolutamente impassível quando quero.

— E você queria que estivesse impassível esta noite, comigo? — adivinhou Katie. — Por que não queria que eu visse o quanto está cansado e deprimido?

— Sim.

— Você tem dinheiro investido nessa companhia?

— Literalmente, todo o meu dinheiro e a maior parte da minha vida — admitiu Ramon, sorrindo diante de seu assombro. — Você é muito perspicaz, Katie. Mas não precisa se preocupar. Depois do que ficou decidido hoje, não terei que passar tantas horas do dia na empresa. Amanhã à tarde pretendo começar a ajudar os homens na reforma da nossa casa.

O jantar na casa de Rafael foi muito agradável, com brincadeiras e risos. A *señora* Villegas, esposa de Rafael, era uma mulher robusta e cheia de energia, que tratava Ramon com a mesma solicitude que dedicava ao marido e aos filhos — dois rapazes de cerca de 20 anos e uma garota de 14. Em consideração a Katie, a maior parte da conversa transcorreu em seu idioma, que os mais jovens não dominavam, mas que, aparentemente, entendiam um pouco, pois várias vezes ela os viu sorrirem com algo que Rafael ou Ramon diziam.

Depois da refeição, os homens foram para a sala, enquanto as mulheres tiravam os pratos da mesa e lavavam a louça. Quando terminaram, elas se juntaram a eles para um café. Como se estivesse à sua espera, Ramon ergueu o olhar e estendeu a mão para Katie. Ela a pegou e, com os dedos nos seus, ele a puxou para si, fazendo-a se sentar ao seu lado. Katie ficou ouvindo Rafael falar com Ramon, sugerindo melhorias para a fazenda, mas durante todo o tempo estava vividamente consciente da sensação daquela coxa musculosa contra a sua. Ramon estendera o braço no encosto do sofá e lhe acariciava o ombro com a mão, o polegar se movendo de maneira inconsciente em sua nuca, sob o cabelo pesado. Mas não havia nada de inconsciente no que ele fazia... Ramon deliberadamente a mantinha ciente de sua proximidade. Ou se mantinha ciente, se perguntou ela. Katie se lembrou do que ele lhe dissera antes, sobre tê-la mantido o tempo todo ao seu lado, insinuando que havia precisado dela para enfrentar os problemas do dia. E será que a mantinha fisicamente próxima agora, tocando-a daquela maneira, porque precisava dela para enfrentar a noite também?

Katie olhou disfarçadamente para o elegante perfil e, com uma pontada de solidariedade, reconheceu os sinais de preocupação em suas feições. Com um gesto delicado, fingiu um bocejo por trás dos dedos, e Ramon a olhou no mesmo instante.

— Você está cansada?

— Um pouco — mentiu ela.

Em três minutos, Ramon concluiu a conversa com Rafael e, se desculpando com a família, praticamente a arrastou porta afora.

— Está com disposição para a caminhada ou prefere que eu a leve de carro?

— Estou disposta a qualquer coisa — respondeu Katie, com um sorriso. — Mas você parece cansado e distraído, por isso inventei uma desculpa para tirá-lo de lá.

Ramon não se deu o trabalho de negar.

— Obrigado, Katie — agradeceu, com suavidade.

Gabriella e o marido já haviam se recolhido, mas deixaram a porta destrancada. Katie parou para acender um abajur enquanto Ramon seguia direto para o sofá. Quando ela foi se sentar ao seu lado, ele a puxou pelo braço, para o seu colo. Com determinação, ela se desvencilhou dele, deu a volta e se postou a suas costas.

Com mãos delicadas, ela começou a massagear os largos ombros tensos de Ramon. Katie se sentia estranha de vê-lo assim. Havia uma intimidade tranquila entre eles que jamais estivera presente antes; Ramon sempre parecia liberar uma energia sensual que mantinha seus sentidos em constante excitação. Mas naquela noite a energia era de tranquilo magnetismo.

— Como está se sentindo? — perguntou ela, lhe massageando a base da nuca.

— Melhor do que você pode imaginar — respondeu ele, inclinando a cabeça para facilitar o acesso à sua nuca. — Onde aprendeu a fazer isso? — indagou minutos depois, conforme Katie dava leves batidinhas com a lateral das mãos em suas costas e ombros.

As mãos dela congelaram no ar.

— Não me lembro — mentiu.

Algo na voz dela fez com que Ramon se virasse abruptamente. Viu a expressão assustada em seus olhos, a segurou pelos braços e a fez voltar para a frente, sentando-a em seu colo.

— Agora, vou fazer com que você se sinta melhor — disse ele, enquanto abria os botões da blusa e, insinuando as mãos para dentro do sutiã de renda, lhe desnudava os seios.

Antes que Katie pudesse recuperar a razão, os lábios de Ramon estavam em seus seios, nublando seus pensamentos, mergulhando-a em um estado de ardente desejo. Com um braço em volta de seus ombros e outro em sua cintura, Ramon a deitou no sofá, o corpo quase cobrindo o seu.

— Ele está morto — lembrou-a com ferocidade. — E não quero nenhum fantasma entre nós. — Apesar do tom ríspido, seu beijo estava repleto de ternura. — Esqueça-o, Katie — implorou. — Por favor.

Katie o enlaçou pelo pescoço, arqueando o corpo contra o dele e, imediatamente, esqueceu o mundo inteiro.

Capítulo 13

NO DIA SEGUINTE, Miguel passou direto pela secretária, abriu a porta do escritório de Ramon e depois a fechou com firmeza atrás de si.

— Me fale sobre o seu bom amigo Sidney Green de St. Louis — disse ele, com uma ênfase sarcástica na palavra *amigo*.

Ramon, recostado em sua cadeira, imerso na leitura de alguns documentos legais, olhou distraidamente para Miguel.

— Ele não é meu amigo. Apenas conhecia um amigo meu. — Voltando a atenção para os documentos, Ramon acrescentou: — Ele me abordou durante um coquetel na casa de um amigo, há nove anos, e descreveu uma nova fórmula de tinta que havia inventado. Disse que, utilizando essa fórmula, seria capaz de produzir tintas mais duradouras e com melhor cobertura do que qualquer outra no mercado. No dia seguinte ele me levou uma análise dessa tinta, realizada por um laboratório independente, e provou a autenticidade das alegações. — Fez uma pausa, antes de continuar: — Sidney precisava de três milhões de dólares para dar início à fabricação e comercialização do produto, e providenciei para que a Galverra International lhe emprestasse o dinheiro. Também o coloquei em contato com vários proprietários de companhias parceiras que utilizavam tinta na manufatura de seus produtos. Você poderá encontrar todas as informações arquivadas em algum lugar por aí. Foi só isso.

— Parte das informações estava no arquivo, e o restante obtive com o tesoureiro da companhia, esta manhã — disse Miguel. — Não foi tão simples quanto pensa. Seu pai mandou investigarem Green, descobriu que era um químico modesto e decidiu que, como tal, jamais teria a perspicácia para comercializar seu produto, e assim os três milhões de dólares seriam desperdiçados. Sendo o pai "bondoso e amoroso" que era, ele decidiu lhe ensinar uma lição. Instruiu o tesoureiro para retirar três milhões de dólares da sua conta particular e entregar o dinheiro a Green, como se você estivesse lhe fazendo um empréstimo pessoal. Um ano depois, quando o empréstimo deveria ser pago, Green escreveu e pediu uma prorrogação do prazo. De acordo com o tesoureiro, você estava no Japão na época, e ele levou a carta para seu pai. Seu pai lhe disse para ignorar a carta e não fazer nenhuma tentativa de receber o pagamento, pois era um problema seu.

Ramon suspirou, irritado.

— Ainda assim, o empréstimo foi pago — disse ele. — Eu lembro o meu pai dizendo que havia sido.

— Não dou a mínima para o que aquele demônio lhe disse. Não foi pago. Confirmei com o próprio Sidney Green.

Ramon ergueu a cabeça no mesmo instante, cerrando os dentes com raiva.

— Você falou com ele?!

— Bem, sim, liguei para ele. Você me disse para não perder mais tempo procurando nos arquivos, Ramon — argumentou Miguel, se encolhendo diante do olhar furioso do amigo.

— Diabo! Eu não lhe dei autorização para fazer isso, Miguel! — explodiu Ramon. Recostou-se na cadeira e fechou os olhos por um segundo, obviamente lutando para controlar a raiva. Quando voltou a falar, a voz soou mais calma: — Mesmo quando eu me encontrava em St. Louis, não quis ligar para ele. Green sabia que eu estava com problemas e, se quisesse ajudar, teria entrado em contato. Ele vai interpretar seu telefonema sobre um antigo empréstimo como uma lamentável manobra de minha parte para tentar lhe tirar dinheiro. Ele era um bastardo arrogante nove anos atrás, quando não tinha nada além da roupa do corpo. Posso imaginar como deve estar agora, sendo um empresário de sucesso.

— Ele continua um bastardo arrogante — confirmou Miguel. — E nunca pagou um centavo do empréstimo. Quando expliquei que estava tentando localizar os recibos de reembolso do dinheiro que você lhe emprestou, ele disse que já é tarde demais para você tentar reaver a quantia nos tribunais.

Ramon ouviu a informação com uma expressão de cínico divertimento.

— E ele está certo, é claro. Era responsabilidade minha providenciar para que o empréstimo fosse pago, e, quando não foi, tomar as providências legais cabíveis dentro do prazo-limite.

— Pelo amor de Deus, Ramon! Você entregou 3 milhões de dólares ao sujeito e ele está se recusando a pagar, mesmo depois de ter enriquecido! Como pode ficar sentado aí, desse jeito?

Ramon deu de ombros, irônico.

— Não "entreguei" o dinheiro a ele, eu o emprestei. E não fiz isso levado por bondade ou caridade, mas sim porque senti que havia mercado para o produto de qualidade superior que ele podia fabricar, e porque esperava obter lucros com isso. Foi um investimento comercial, e é responsabilidade do investidor cuidar do seu dinheiro. Infelizmente, não sabia que eu era o investidor, e presumi que os auditores da companhia estivessem cuidando do assunto. A recusa de Green de fazer o pagamento agora, quando não é mais obrigado, não é uma questão pessoal. Ele está simplesmente cuidando dos próprios interesses. São apenas negócios.

— É roubo! — exclamou Miguel, revoltado.

— Não, Miguel, para ele é somente um bom negócio — argumentou Ramon, o encarando com uma certa ironia. — Aposto que, depois de lhe dizer que não iria pagar o empréstimo, ele me enviou lembranças e disse que "lamenta muito" a minha atual situação financeira.

— Acertou em cheio! Disse também que, se você fosse tão esperto quanto todos afirmam, teria exigido o pagamento há anos. E que se você, ou qualquer pessoa que o represente, tentar contatá-lo de novo para receber o dinheiro, ele orientará seus advogados para que entrem com um processo contra você por assédio. Depois desligou na minha cara.

Todo o humor desapareceu da expressão de Ramon enquanto ele deixava a caneta na mesa.

— Ele fez o quê? — perguntou com implacável suavidade.

— Ele... falou todas essas coisas, depois desligou na minha cara — repetiu Miguel.

— Agora isso sim foi um mau negócio — disse Ramon em um tom insinuante, ameaçador.

Tornou a se recostar na cadeira e mergulhou em um silêncio, pensativo, os lábios curvados em um sorriso irônico. Então, de repente, se inclinou sobre a mesa e apertou o botão do intercomunicador. Quando Elise atendeu, Ramon lhe passou sete números de telefone, em sete diferentes cidades do mundo.

— Se bem me recordo dos termos do empréstimo — falou para Miguel —, a taxa de juros sobre os três milhões de dólares seria aquela cobrada no dia do pagamento.

— Certo — disse Miguel. — Se ele tivesse pago o empréstimo depois de um ano, a taxa de juros na época seria de oito por cento, e ele estaria lhe devendo cerca de 3.240.000 dólares.

— A taxa de juros de hoje é de dezessete por cento, e ele me deve o dinheiro há nove anos.

— Tecnicamente, ele lhe deve mais de doze milhões de dólares — confirmou Miguel —, mas isso não importa. Será impossível reaver o dinheiro.

— Não tenho a menor intenção de tentar — declarou Ramon, afável. Seus olhos se voltaram para o telefone sobre a mesa, esperando que a primeira das ligações internacionais fosse completada.

— Então o que pretende fazer?

Ramon arqueou a sobrancelha, bem-humorado.

— Vou ensinar uma lição ao nosso amigo Green, algo que ele deveria ter aprendido há muito tempo. É uma variação do velho ditado.

— Que velho ditado?

— Aquele que diz que quando se está subindo a escada do sucesso não se deve pisar nas mãos de ninguém, pois pode precisar delas para ajudá-lo na descida.

— E qual é a variação que você vai lhe ensinar? — perguntou Miguel, os olhos começando a brilhar de antecipação.

— Nunca faça inimigos desnecessários — respondeu Ramon. — E esta lição vai custar a ele doze milhões de dólares.

Quando as ligações começaram a ser completadas, Ramon colocou o telefone no viva-voz para que Miguel pudesse ouvi-las. Várias conversas aconteceram em francês, e Miguel se esforçava para acompanhá-las, prejudicado pelo conhecimento rudimentar da língua que Ramon falava com fluência. Depois das quatro primeiras ligações, Miguel já havia compreendido o suficiente para se sentir absolutamente desconcertado.

Todos os homens com quem Ramon conversou eram grandes industriais cujas empresas usavam, ou já tinham usado, a tinta fabricada pela companhia de Green. Cada um deles tratou Ramon com afável cordialidade e ouviu com surpresa quando ele explicou brevemente o que tentava fazer. Quando cada um dos telefonemas chegava ao fim, Miguel também se sentia um tanto surpreso ao ouvi-los perguntar se haveria algo que pudessem fazer para ajudar em sua "situação problemática", e todas as vezes Ramon recusava gentilmente.

— Ramon! — desabafou Miguel, quando o quarto telefonema foi encerrado, às quatro e meia da tarde. — Cada um desses homens poderia resgatá-lo do desastre financeiro em que você se encontra, e todos lhe ofereceram ajuda.

Ramon balançou a cabeça.

— Trata-se apenas de uma formalidade, Miguel. Eles oferecem ajuda, mas está subentendido que vou recusar a oferta. São negócios, *bons* negócios. Está vendo? — acrescentou, com um leve sorriso. — Todos já aprendemos a lição que o Sr. Green está prestes a aprender.

Miguel não conseguiu reprimir uma risada.

— Se entendi esses telefonemas corretamente, amanhã os jornais de Paris vão relatar que a maior fábrica de automóveis do país, que utiliza as tintas fabricadas por Green, teve um problema de desgaste nos testes de pintura dos veículos e decidiu procurar outro fornecedor.

Ramon foi até o armário onde estavam as bebidas e serviu uísque em dois copos.

— Não é tão prejudicial a Green quanto você pode estar pensando. Meu amigo em Paris já havia comentado que tinha decidido contra o uso das tintas de Green porque eram caras demais; fui eu que recomendei Green a ele, há nove anos. O problema com o desgaste da pintura ocorreu porque foi aplicada incorretamente pelo pessoal da fábrica, mas é claro que ele não tem intenção de mencionar isto à imprensa.

Ramon se aproximou de Miguel e lhe entregou o copo.

— O fabricante de máquinas agrícolas na Alemanha vai esperar um dia, depois do anúncio da imprensa francesa, antes de ligar para Green e ameaçar cancelar os pedidos devido ao que ficou sabendo por intermédio dos jornais.

Ramon enfiou as mãos nos bolsos e sorriu para Miguel, com um cigarro preso entre os dentes.

— Infelizmente para Green, suas tintas já não têm mais uma qualidade superior. Outros fabricantes norte-americanos já começaram a produzir tintas tão boas ou até melhores. Meu amigo em Tóquio vai reagir ao noticiário de Paris com uma declaração à imprensa local de que jamais utilizou as tintas de Green e que, portanto, não tem nenhum problema de descoloração em seus automóveis. Na quinta-feira, Demétrios Vasiladis vai ligar para Green, de Atenas, e cancelar todos os pedidos de tintas navais para os seus estaleiros.

Ramon bebeu um gole do uísque, foi se sentar à escrivaninha e começou a guardar na pasta os documentos que pretendia analisar ainda naquela noite, depois que visse Katie.

Intrigado, Miguel se inclinou para a frente na cadeira.

— E o que vai acontecer depois? — perguntou.

Ramon o encarou como se o assunto tivesse perdido todo o interesse.

— Quem sabe? Espero que os outros fabricantes de tintas dos Estados Unidos, que fazem um produto de igual qualidade, aceitem o desafio e façam o possível para destruir Green por meio da imprensa. Dependendo de quanto forem eficientes, a publicidade negativa provavelmente fará cair a cotação das ações de Green na Bolsa de Valores.

Capítulo 14

NA MANHÃ DE QUINTA-FEIRA, Miguel estava revendo a declaração de bens que havia preparado com Ramon quando Elise entrou no escritório sem a habitual batida na porta.

— Desculpe — pediu ela, o rosto pálido e impassível. — Há um homem muito grosseiro ao telefone. Já lhe disse duas vezes que o senhor não pode ser interrompido, mas assim que desligo ele torna a ligar e começa a gritar comigo novamente.

— O que ele quer? — perguntou Ramon, impaciente.

A secretária engoliu em seco, apreensiva.

— Ele deseja falar com o "bastardo que está tentando jogar sua tinta pelo ralo", segundo as suas próprias palavras. Essa pessoa é o senhor?

Os lábios de Ramon se curvaram.

— Creio que sim. Pode passar a ligação.

Ansioso, Miguel se inclinou para a frente. Ramon apertou o botão do viva-voz, relaxou na cadeira e continuou a analisar calmamente os documentos financeiros.

A voz de Sidney Garcia explodiu na sala:

— Galverra, seu desgraçado! Está perdendo o seu tempo, ouviu bem? Não importa o que faça, não vou pagar nem um centavo daqueles 3 milhões. Entendeu bem? Não importa o que você faça! — Não houve resposta, então ele gritou: — Diga alguma coisa, maldição!

— Admiro a sua coragem — falou Ramon, lentamente.

— Esta é a sua maneira de me dizer que planeja outras táticas de guerrilha? Está me ameaçando, Galverra?

— Eu jamais cometeria a indelicadeza de "ameaçá-lo", Sid — retrucou Ramon em um tom grave, preocupado.

— Diabo, você está me ameaçando! Quem pensa que é?

— Acho que sou o "desgraçado" que vai lhe custar doze milhões de dólares — respondeu Ramon e, com isto, estendeu a mão e desligou o telefone.

* * *

KATIE ASSINOU RAPIDAMENTE O RECIBO do cartão no valor da metade do preço dos móveis que acabara de comprar, depois pagou o restante com parte do dinheiro que Ramon lhe deixara. O vendedor lhe lançou um olhar intrigado quando ela pediu dois recibos, um para cada metade do valor da compra. Katie o ignorou com firmeza, mas Gabriella ruborizou e desviou o rosto.

Lá fora a temperatura estava deliciosamente acolhedora, e turistas passeavam pelas ruas ensolaradas da parte antiga de San Juan. O carro estava estacionado junto à calçada. Era um velho, mas confiável veículo que pertencia ao marido de Gabriella, que tinha permitido que elas o usassem nas expedições de compras.

— Estamos nos saindo muito bem. — Katie suspirou enquanto abria o vidro da janela, a fim de permitir que a brisa refrescasse o interior abafado. Já era quinta-feira, o quarto dia de sua frenética, mas bem-sucedida orgia de compras, e ela se sentia feliz e exausta. — Só gostaria de me livrar da sensação de que estou esquecendo alguma coisa — acrescentou, olhando por cima do ombro para os dois abajures e a mesa de canto que atulhavam o banco traseiro. — E estou.

O belo rosto de Gabriella tinha uma expressão preocupada quando girou a chave na ignição e lançou um breve sorriso para Katie.

— Você está se esquecendo de contar a Ramon a verdade sobre quanto tudo isso está custando. — Manobrou o carro, entrando no fluxo de veículos do Centro da cidade. — Katie, ele vai ficar muito zangado quando descobrir o que você fez.

— Ele não vai descobrir — assegurou Katie, alegremente. — Eu não vou contar nada, e você prometeu fazer o mesmo.

— É claro que não vou contar! — exclamou Gabriella, com um ar ofendido. — Mas o padre Gregório já fez vários sermões sobre a necessidade de sinceridade entre marido e...

— Ah, não! — Katie gemeu em voz alta. — Foi isso que esqueci. — Recostou-se no assento e fechou os olhos. — Hoje é quinta-feira, e às duas da tarde teria que encontrar o padre Gregório. Ramon organizou tudo na terça-feira, e me avisou hoje cedo, mas eu esqueci completamente!

— Gostaria de ir falar com o padre agora? — ofereceu Gabriella uma hora mais tarde, quando o carro chocalhava ruidosamente pelas ruas do vilarejo. — São apenas quatro horas. O padre Gregório ainda deve estar na igreja.

Katie balançou a cabeça rapidamente. Estivera o dia todo pensando no piquenique que ela e Ramon fariam no chalé naquela noite. Ficara de levar a comida, pois ele estaria ali trabalhando com os outros homens. Quando estes saíssem, ela e Ramon teriam algumas horas sozinhos — as primeiras em quatro dias, desde que haviam chegado.

Quando pararam em frente à casa de Gabriella, Katie deslizou para o banco do motorista, acenou em despedida e manobrou o velho carro na direção do vilarejo, onde poderia parar no armazém-geral, a fim de comprar comida e uma garrafa de vinho para o piquenique.

Para Katie, a atmosfera daqueles quatro dias parecia estranha e irreal. Ramon estivera trabalhando na fazenda em Mayaguez de manhã, e nas reformas do chalé à tarde, de forma que ela o via apenas à noite. Ela passava os dias fazendo compras e decidindo esquemas de cores para a casa, tendo somente a própria opinião do gosto de Ramon para guiá-la. Katie se sentia como se estivesse de férias, pagando a estadia redecorando a casa dele, em vez de organizar o próprio lar. Talvez fosse porque Ramon estava tão ocupado e ela o via tão pouco, e, quando se encontravam, havia sempre outras pessoas em volta.

Rafael e os filhos também trabalhavam na reforma, e todas as noites, durante o jantar, os quatro homens pareciam exaustos, embora satisfeitos. Apesar de Ramon lhe dedicar toda a sua atenção à noite, mantendo-a por perto quando se sentavam na atmosfera amigável da sala da casa de Rafael, rodeados pelo restante da família, o "momento e lugar para compartilharmos um ao outro" ainda não se apresentara.

Todas as noites Ramon a acompanhava de volta para a casa de Gabriella, onde se sentava no sofá da sala às escuras e a puxava para junto de si.

Durante o dia, Katie mal podia passar perto do sofá sem que sentisse o rosto afogueado. Por três noites seguidas, Ramon a despira quase totalmente, a deixando em um estado de excitação insuportável, então havia tornado a vesti-la, a acompanhado até o quarto e se despedido com um último beijo apaixonado. E, a cada noite, Katie ser arrastava para baixo dos lençóis de sua cama temporária, invadida por um desejo doloroso e não saciado que, imaginava, era precisamente o que Ramon pretendia que sentisse. Ainda assim não havia dúvidas em sua mente de que ele sempre partia muito mais excitado do que ela, portanto não fazia sentido continuarem se torturando daquela maneira.

Na noite anterior, em um torvelinho de confusão e desejo, Katie havia decidido resolver a questão e se oferecera para pegar o cobertor em sua cama, a fim de que pudessem sair ao ar livre, onde teriam privacidade, sem perigo de serem interrompidos.

Ramon a fitara com os olhos ardentes de desejo, o rosto carregado de paixão. Mas com relutância havia balançado a cabeça.

— A chuva vai nos interromper, Katie — avisara ele. — Vai chover a qualquer minuto.

Mal ele acabara de falar, um relâmpago riscou o céu escuro, iluminando toda a sala. Porém não choveu.

Aquela noite, sem dúvida, seria o "momento e o lugar certos" pelos quais estiveram esperando, decidiu Katie, ardendo de antecipação. Parou o carro na frente do armazém e desceu. Puxando as pesadas portas, entrou no prédio antigo lotado, piscando para acostumar os olhos à pouca luz.

Além de funcionar como agência de correio local, o armazém vendia de tudo, desde farinha e enlatados até roupas de banho e móveis baratos. Pilhas de mercadorias cobriam o piso de madeira, com apenas um estreito corredor de passagem. Os balcões também estavam repletos, bem como as prateleiras que tomavam as paredes. Sem a ajuda de alguém que trabalhasse ali, Katie e Gabriella levariam semanas para encontrar tudo de que precisavam.

A jovem a quem Gabriella já apresentara Katie como *novia* de Ramon a avistou e foi atendê-la com um largo sorriso. Com a sua ajuda, na segunda-

-feira, Katie descobrira toalhas de banho felpudas — brancas, vermelhas e pretas — escondidas sob uma pilha de calças de brim. Katie havia comprado as únicas seis e encomendara mais uma dúzia, de tamanhos diversos. Era evidente que a garota imaginava que Katie voltara para ver se o restante das toalhas havia chegado, pois pegou uma, abriu-a sobre o balcão e balançou a cabeça em negativa, comunicando-se por mímica, já que não falava inglês.

Katie sorriu e apontou para as prateleiras de mantimentos, intercaladas por pás e ancinhos, e foi pegar o que precisava. Escolheu algumas frutas frescas, pão e alguns tipos de frios, e voltou para o balcão, a fim de pagar as compras. Depois de somar os itens, a jovem balconista lhe entregou duas notas, uma para cada metade da compra. Parecia tão orgulhosa por ter se lembrado de que Katie sempre pedia dois recibos que esta nem se deu o trabalho de tentar explicar que aquilo não seria necessário para alimentos.

A cena que a recebeu quando o carro deixou para trás a alameda ladeada de flamboyants que levava ao chalé apanhou Katie totalmente desprevenida. No gramado em frente à casa estavam estacionados velhas caminhonetes, dois cavalos e um caminhão carregado de entulho, que obviamente havia sido removido da casa e seria transportado para outro lugar. Dois homens substituíam as telhas, e outros dois lixavam a pintura antiga do batente das janelas. As venezianas tinham sido consertadas e estavam abertas, deixando à mostra as vidraças cristalinas. Aquela era a primeira vez desde domingo que Katie via a casa, e estava ansiosa para verificar os progressos da reforma. Conferindo a própria aparência no retrovisor, retocou o batom e ajeitou os fios revoltos.

Saiu do carro, alisando as pernas do jeans e arrumando a blusa quadriculada para dentro do cós da calça. O *staccato* das marteladas no interior da casa cessou abruptamente. Os homens no telhado pararam e olharam para baixo enquanto Katie atravessava a calçada, agora totalmente recuperada e revestida de tijolos novos. Ela consultou o relógio, eram seis em ponto, e concluiu que os homens estavam encerrando o expediente.

A porta da frente, que Ramon derrubara no domingo, havia sido recolocada nas dobradiças, e toda a pintura descascada fora lixada até a madeira voltar à cor natural. Katie se afastou para o lado quando oito homens passaram pela porta, carregando as caixas de ferramentas. Rafael e os dois filhos seguiam atrás deles. Havia um exército trabalhando ali, pensou Katie, animada.

— Ramon está na cozinha com o encanador — avisou Rafael, com um de seus afáveis sorrisos paternais. Os dois filhos também sorriam ao passar por ela.

As paredes da sala, feitas de tábuas, haviam sido lixadas, bem como o piso. Katie levou um instante para entender por que a casa parecia tão alegre e ensolarada. Então percebeu que todas as janelas estavam limpas e algumas delas abertas, deixando a brisa agradável se mesclar ao odor pungente de madeira recém-serrada. Um homem de certa idade, carregando um enorme cano em cada mão, saiu da cozinha e a cumprimentou com um toque no chapéu, antes de atravessar a sala e sair. O encanador, adivinhou Katie.

Com um último olhar de admiração para as melhorias à sua volta, Katie foi para a cozinha. Como todas as outras superfícies de madeira, os armários tinham sido raspados e lixados, e o horrível piso de linóleo descascado fora arrancado. O clangor de metal lhe chamou a atenção, e ela se virou para onde se encontrava a pia. Um par de pernas longas e musculosas estava estendido no chão, o tronco a que pertenciam oculto sob o armário. Katie sorriu, reconhecendo as pernas e os quadris estreitos sem nem mesmo ver a cabeça, cuja visão estava bloqueada pelo encanamento.

Ramon não percebera que o encanador havia saído, a voz familiar disparando uma ordem rápida em espanhol. Katie hesitou, insegura, mas, se sentindo como uma criança que prega uma peça num adulto, pegou a chave inglesa que estava no balcão e a passou para ele. Quase riu alto quando a ferramenta lhe foi devolvida com um gesto impaciente, e a mesma ordem repetida com irritação, desta vez acompanhada de uma batida impaciente na cuba de aço inoxidável.

Com um palpite do que ele queria, Katie se inclinou e abriu as duas torneiras. O jato de água provocou uma torrente de imprecações que emergiu de sob a pia junto com Ramon, água escorrendo pelo rosto, cabelo e peito nu. Pegando a toalha no chão, ele se levantou em um único movimento ágil e furioso, enxugando o rosto, enquanto Katie se apressava em fechar as torneiras. Com um misto de temor e fascinação, ficou ouvindo os impropérios em espanhol que vinham de trás do tecido, depois deu um pulo de susto quando Ramon largou a toalha e a fuzilou com o olhar.

A expressão de Ramon era de puro choque.

— Eu... eu queria fazer uma surpresa — explicou Katie, mordendo o lábio para controlar o riso.

A água escorria do cabelo crespo, das sobrancelhas e cílios, se espalhando nos pelos escuros do peito. Os ombros de Katie começaram a tremer.

Uma faísca iluminou os olhos de Ramon.

— Pois acho que uma "surpresa" merece outra — disse ele. Estendeu a mão direita e abriu a torneira de água fria.

Antes que Katie pudesse fazer mais que gritar em protesto, sua cabeça estava sendo forçada para baixo da torneira, a centímetros do jato de água.

— Não se atreva! — guinchou ela, rindo. A água estava mais forte, e sua cabeça mais próxima da torneira. — Pare com isso! — pediu, a voz ecoando na pia de metal. — A água está molhando o chão!

Ramon a soltou e fechou a torneira.

— Os canos estão vazando — explicou ele, despreocupado. Arqueou a sobrancelha e acrescentou, ameaçador: — Terei que pensar numa "surpresa" melhor para você.

Katie riu, ignorando a ameaça.

— Pensei que sua especialidade fosse carpintaria — provocou, pousando as mãos nos quadris.

— Não — corrigiu ele. — Eu disse que entendia de carpintaria tanto quanto você de cortinas.

Katie sufocou uma risada e conseguiu esboçar uma expressão de falsa indignação.

— Minhas cortinas estão bem melhores que o seu encanamento. — *Porque Gabriella e a Sra. Villegas são as costureiras* — acrescentou em pensamento.

— Ah, acha mesmo? — zombou ele. — Então vá até o banheiro.

Katie ficou surpresa quando Ramon não a seguiu e, em vez disto, pegou a toalha e a camisa limpa penduradas em um prego. Ela parou na porta do banheiro, se preparando mentalmente para o cenário desolador que havia visto no domingo. Quando abriu a porta, hesitante, seus olhos se arregalaram.

Todas as peças tinham sido trocadas. Agora havia uma bancada moderna para a pia e um enorme boxe com portas de correr para o chuveiro. Katie puxou uma das portas para testá-la e viu que deslizava com suavidade. No entanto, a ducha estava pingando e Katie balançou a cabeça, se divertindo com a ausência de preocupação de Ramon em relação a vazamentos. Com cuidado para não escorregar no piso de fibra de vidro, entrou no boxe e estendeu a mão para fechar melhor a torneira. Sua boca se abriu em um grito silencioso quando um jato de água fria a atingiu em cheio no rosto. Às cegas, Katie se virou para sair do boxe, mas acabou escorregando e caiu de quatro, bem embaixo da ducha vigorosa.

Engatinhou para fora do boxe, as roupas coladas ao corpo, a água escorrendo do cabelo e do rosto. Desajeitada, tentou se levantar enquanto afastava os fios molhados dos olhos. Ramon estava parado na porta, lutando para manter a expressão séria.

— Nem ouse rir — avisou ela em voz baixa.

— Quer um sabonete? — ofereceu ele, solícito. — Ou talvez uma toalha? — acrescentou com toda a seriedade, entregando a ela a toalha em suas mãos. Puxou da cintura a camisa que acabara de vestir e começou a desabotoá-la, enquanto continuava falando: — Permite que lhe ofereça a roupa do corpo, então?

Katie, à beira do riso, estava prestes a lhe dar uma resposta atravessada, quando ele acrescentou:

— É estranho, não acha, como uma "surpresa" leva a outra?

Uma onda de indignação a invadiu ao perceber que ele fizera tudo aquilo de propósito. Tremendo, arrancou a camisa da mão dele e bateu a porta naquela cara sorridente! Ele devia tê-la observado entrar no boxe, então abrira o registro, pensou, furiosa, enquanto tirava a calça jeans ensopada. Então era assim que um macho latino reagia quando vítima de uma brincadeira inocente! Aquele era o tipo de retaliação que seus egos monstruosos exigiam! Escancarou a porta do banheiro, vestida apenas com a calcinha molhada e a camisa de Ramon, e marchou para fora da casa vazia.

Ramon se encontrava no gramado da frente, calmamente estendendo sob uma árvore a manta que trouxera no carro. Quanta arrogância! Ele achava mesmo que ela iria tolerar aquele tipo de tratamento; de fato esperava que ficasse ali para um aconchegante piquenique no campo!

Ramon se ajoelhou na manta e olhou para ela, a expressão impassível.

— Nunca mais bata uma porta na minha cara — disse ele, em tom calmo.

Depois, como se aquilo colocasse um ponto final no episódio, sua expressão se tornou calorosa. Fervilhando por dentro, Katie cruzou os braços, se recostou na soleira da porta, cruzou um delicado tornozelo sobre o outro e deixou que ele a devorasse com o olhar. Porque olhar era tudo o que ele faria. Dali a dois segundos, ela iria pegar a manta, enrolá-la na cintura e voltaria para a casa de Gabriella!

O olhar de Ramon deslizou pela cascata de cabelo avermelhado, que caía em ondas úmidas pelos ombros, seguiu pela curva dos seios sob a camisa molhada e fez uma pausa na bainha, que lhe batia no meio das coxas, depois seguiu pelas pernas longas e bem torneadas.

— Já viu o bastante? — perguntou Kate, sem esconder a hostilidade. — Está satisfeito?

Ramon ergueu a cabeça, os olhos lhe perscrutando o rosto, como se não pudessem desvendar o humor de Katie.

— É apenas em me "satisfazer" que você pensa, Katie?

Ignorando a insinuação sexual, Katie se endireitou e marchou até a manta onde ele estava ajoelhado.

— Vou embora — avisou ela, olhando-o com uma altivez impassível.

— Não precisa buscar mais roupas. As suas logo estarão secas e, além disso, eu já a vi usando bem menos.

— Não vou buscar outras roupas. Não tenho a menor intenção de ficar aqui para um piquenique, depois que você me molhou de propósito, apenas para se vingar.

Ramon se levantou devagar, a encarando, e Katie manteve os olhos fixos no peito bronzeado de sol.

— Preciso da manta para enrolar na cintura, para voltar à casa de Gabriella. Você está em cima dela.

— Estou mesmo — disse ele, com suavidade, saindo de cima da manta.

Katie a pegou rapidamente, a enrolou na cintura e foi na direção do carro, ciente de que Ramon se recostara tranquilamente em uma árvore, observando cada movimento seu. Sentou-se ao volante e, num gesto automático, estendeu a mão para a chave que deixara na ignição. Mas não estava mais ali. Nem precisava procurá-la, pois sabia quem a pegara.

Katie lançou um olhar fulminante para Ramon, através da janela do carro, e ele enfiou a mão no bolso, tirou a chave e a exibiu na palma da mão aberta.

— Vai precisar disto.

Katie saiu do carro e marchou até ele, com o máximo de dignidade que a manta enrolada na cintura lhe permitia. Desconfiada, estudou o rosto do noivo quando se aproximou.

— Me dê a chave — disse, estendendo a mão.

— Pode pegar — rebateu ele, indiferente.

— Jura que não vai me tocar?

— Nem sonharia com isso — respondeu ele, com exasperante calma. — Mas não vejo motivos para impedir que você me toque. — Em um misto de surpresa e raiva, Katie o viu guardar a chave no bolso da frente da calça jeans, depois cruzar os braços. — Fique à vontade para pegar a chave.

— Está se divertindo com isso, Ramon? — sibilou, furiosa.

— É a minha intenção.

Katie estava com tanta raiva que seria capaz de nocauteá-lo e lhe arrancar a maldita chave à força. Ela foi até ele, enfiou a mão no seu bolso, ignorando a intimidade do gesto, e puxou a chave para fora.

— Obrigada — agradeceu, sarcástica.

— O prazer foi meu — devolveu ele, sugestivo.

Ela girou nos calcanhares e deu um passo, mas a manta se soltou e caiu no chão, com a ajuda do pé de Ramon, firmemente plantado numa das pontas da coberta. Com os punhos cerrados de ódio, Katie se virou de novo para ele.

— Como pode pensar que eu faria uma coisa como aquela de propósito? — perguntou ele, calmamente.

Katie estudou o rosto tranquilo e inalterado, e aos poucos a raiva foi desaparecendo, a deixando exaurida.

— Você não fez?

— O que acha?

Ela mordeu o lábio, se sentindo absolutamente ridícula e absurdamente insuportável.

— Eu acho que não — admitiu, constrangida, baixando a cabeça para os pés descalços.

A voz de Ramon soou impregnada de bom humor:

— E agora, o que vai fazer?

Os olhos azuis de Katie tinham um brilho caloroso de riso e arrependimento quando encontraram os dele.

— Vou provar o quanto lamento ter pensado mal de você satisfazendo suas vontades pelo restante da noite!

— Entendo... — disse ele, com um sorriso. — Nesse caso, o que devo fazer?

— Apenas fique aqui, enquanto arrumo a manta, depois vou lhe servir vinho e sanduíches.

Com divertida satisfação, Ramon deixou que ela lhe preparasse três sanduíches de rosbife, mantivesse seu copo de vinho cheio e lhe cortasse fatias de queijo sempre que ele pedia.

— Vou ficar mal acostumado — brincou, quando Katie insistiu em não apenas descascar a maçã, mas também em cortá-la e lhe dar os pedaços na boca.

Katie olhou para ele sob a luz do crepúsculo, os sentidos aguçados pela proximidade. Ramon estava estendido na manta, as mãos cruzadas sob a cabeça, parecendo um felino ágil e poderoso, ciente de que a presa está ao alcance e encurralada.

— Katie — murmurou ele, em um tom sensual. — Sabe o que eu queria agora?

A mão dela congelou no ato de levar o copo de vinho aos lábios, o pulso acelerado.

— O quê? — perguntou.

— Uma de suas massagens — anunciou ele, virando de bruços e deixando as costas à mostra.

Katie deixou o copo de lado e se ajoelhou perto dele. Os ombros largos e musculosos, que se estreitavam na direção dos quadris, pareciam revestidos de cetim, macios e quentes sob seus dedos. Ela continuou massageando até que as mãos ficassem cansadas, depois se sentou e tornou a pegar a taça de vinho.

— Katie? — chamou Ramon novamente, virando a cabeça para o outro lado.

— Humm?

— Eu fiz de propósito.

Rápida como um raio, Katie atirou o vinho nas costas de Ramon, se levantou de um pulo e disparou na direção da casa. Ele a agarrou pela cintura no instante em que ela cruzava a sala escura, o corpo tomado pelo riso enquanto ela tentava se desvencilhar.

— Seu estúpido! — ofegou, em um misto de raiva e riso. — Você é o homem mais traiçoeiro, mais arrogante...

— E mais inocente que você conhece. — Ele riu. — Eu lhe dou a minha palavra.

— Eu poderia matá-lo! — Ela riu também, enquanto se contorcia, tentando inutilmente se soltar.

— Se você continuar rebolando, vou precisar de um banho frio.

Katie estacou, ciente da ereção pressionando a curva de seu quadril, enquanto uma onda de desejo intenso a invadia. Os lábios de Ramon roçaram em sua orelha, deslizando sensuais pela curva de seu pescoço, provando e explorando cada centímetro de pele. As mãos lhe acariciavam os seios com a mesma possessividade que sempre a deixava trêmula.

— Seus mamilos estão intumescidos — murmurou, em um tom vibrante, enquanto os dedos acariciavam os bicos sensíveis. — E seus seios inchados, prontos para encher as minhas mãos. Vire-se, *cariño* — murmurou. — Quero senti-los contra o meu peito.

Trêmula de desejo, Katie se virou nos braços dele. Ramon olhou para a curva suave de seus seios, depois a encarou. Hipnotizada, Katie viu aqueles lábios se aproximando dos seus, as mãos deslizando até sua nuca e mergulhando nos fios sedosos.

No instante em que seus lábios se tocaram, tudo o mais deixou de existir. A língua de Ramon lhe invadiu a boca, ávida, com uma urgência que a deixou em chamas. A mão livre deslizava em suas costas, moldando o corpo submisso contra a rigidez escaldante daquelas coxas, mantendo-a colada a ele enquanto a beijava até que perdesse a razão. Então se afastou.

— Vamos até lá fora, Katie — pediu ele com voz rouca, e, quando ela assentiu, gemeu baixinho, tomando-lhe os lábios úmidos e macios em mais um beijo devastador.

Um ofuscante facho de luz explodiu por trás dos olhos fechados de Katie, no mesmo instante em que uma voz indagava:

— Posso perguntar quem celebrou o casamento que precipitou essa lua de mel, Ramon?

Katie abriu os olhos de imediato e se deparou com um homem com uma peculiar escolha de roupas, parado na sala que, agora, estava iluminada. Depois olhou para Ramon, cuja cabeça estava inclinada para trás, os olhos fechados e a expressão um misto de incredulidade, irritação e riso. Suspirando, ele por fim abriu os olhos e virou a cabeça para o intruso.

— Padre Gregório, eu...

Katie sentiu os joelhos dobrarem.

Ramon a segurou com mais força, desviando os olhos para o seu rosto pálido e o olhar transtornado.

— Katie, você está bem? — perguntou, ansioso.

— Tenho certeza de que a Srta. Connelly não está nada bem — disse o padre. — Não há dúvida de que ela deseja se retirar e se vestir.

Uma contrariedade constrangida emprestou cor ao rosto pálido de Katie.

— Minhas roupas estão ensopadas — comentou ela.

Infelizmente naquele instante percebeu que, com os braços de Ramon em torno de si, a camisa subira até a cintura, deixando a calcinha de renda à mostra. Mais que depressa, ajeitou a camisa e se afastou de Ramon.

— Nesse caso, talvez você queira usar aquela manta que vi lá fora para se cobrir. Aliás, é para isso que ela serve.

Ramon falou alguma coisa em um rápido espanhol e se adiantou para impedir a saída de Katie, mas ela se desviou e correu para fora. Ela se sentia humilhada, envergonhada e furiosa consigo mesma por se comportar como uma desobediente garota de quinze anos. Aquele homem odioso e dominador era o padre cuja aprovação ela teria que conquistar, antes que ele concordasse em realizar o casamento, pensou com raiva. Nunca, nunca em toda a vida desprezara alguém daquela maneira! Em dez segundos, ele a fizera se sentir suja e vulgar. Logo ela, praticamente uma virgem pelos padrões atuais!

Ramon conversava com o padre em um tom calmo quando Katie voltou ao chalé enrolada na manta. Ele lhe estendeu o braço e a puxou para perto de si, reconfortando-a, mas suas primeiras palavras carregadas de reprovação:

— Por que não foi à reunião com o padre Gregório, Katie?

Ela empinou o queixo, na defensiva, enquanto encarava o padre. O cabelo branco formava um halo em torno da cabeça calva. As grossas sobrancelhas brancas se arqueavam nas extremidades, o que lhe conferia um ar satânico, totalmente apropriado a um velho demônio, pensou Katie. Ainda assim, seu olhos vacilaram ao encontrar os dele, muito azuis.

— Eu esqueci.

Katie sentiu o olhar incisivo de Ramon sobre si.

— Nesse caso — disse o padre Gregório, num tom frio e indiferente —, talvez você queira marcar outra hora. Às quatro da tarde, amanhã.

Katie aceitou a sugestão com um murmúrio nada gracioso:

— Está bem.

— Vou levá-lo de volta ao vilarejo, padre — ofereceu Ramon.

Katie queria que um buraco se abrisse na sala quando, depois de assentir, o padre lhe lançou um olhar significativo por sobre o aro de metal dos óculos.

— Tenho certeza de que a Srta. Connelly deseja voltar para a casa de Gabriella agora mesmo. Está ficando tarde.

Sem esperar pela resposta de Ramon, ela se virou abruptamente e foi para o banheiro, fechando a porta com firmeza. Sufocada pela humilhação, vestiu as roupas úmidas e penteou o cabelo com os dedos.

Ao abrir a porta, deu de cara com Ramon, parado na soleira da porta, os braços apoiados no batente, emoldurando-a. A leve expressão de divertimento acirrou suas emoções, já à flor da pele.

— Katie, ele acha que está protegendo a sua virtude das minhas intenções devassas.

Katie, que se encontrava à beira das lágrimas, fixou os olhos na covinha do queixo de Ramon.

— Ele não acredita, nem por um minuto, que eu tenha qualquer virtude! Agora vamos embora, por favor. Preciso sair daqui. Eu estou muito cansada.

Enquanto seguia na direção do carro, onde o padre Gregório os esperava, seus sapatos ensopados produziam um ruído engraçado, e o jeans úmido se colava a suas pernas. Aquela prova irrefutável de que suas roupas realmente estavam molhadas levou um leve sorriso de aprovação aos lábios do padre, mas Katie se limitou a lhe lançar um olhar gélido antes de entrar no veículo. A caminho do vilarejo, ele fez duas tentativas de puxar conversa, mas Katie logo o desencorajou, respondendo com monossílabos.

Após deixar o padre no vilarejo, foram para a casa de Gabriella. Quinze minutos depois, quando Katie saiu do quarto após ter trocado de roupa, Ramon estava na sala, conversando com Eduardo, o marido de Gabriella. No instante em que a viu, Ramon se desculpou e pediu que Katie o acompanhasse até lá fora. Os efeitos negativos de seu encontro com o padre Gregório já haviam quase se evaporado, mas ela ainda se sentia vagamente insegura em relação ao humor de Ramon.

Em um silêncio pesado, caminharam até o pequeno e limpo quintal dos fundos. Na extremidade oposta, Katie parou, se recostando no tronco de uma árvore. Ramon estendeu os braços e os apoiou em cada lado, aprisionando-a. Katie viu a determinação em seus traços e a fria especulação no olhar intenso.

— Por que não foi falar com o padre Gregório hoje à tarde, Katie?

Apanhada de surpresa, ela gaguejou:

— Eu eu já disse, Ramon. Esqueci.

— Eu a lembrei ainda pela manhã, quando vim vê-la antes do trabalho. Como pôde esquecer poucas horas depois?

— Mas esqueci — retrucou ela, na defensiva. — Estava ocupada demais fazendo o que tenho feito há quatro dias, tentando comprar tudo o que é necessário para a sua casa.

— Por que você sempre se refere à casa como sendo "minha", em vez de "nossa"? — insistiu ele, incansável.

— Por que você está me perguntando essas coisas do nada?

— Porque, quando me faço as mesmas perguntas, não gosto das respostas.

Recuando um passo, ele tirou cigarro e isqueiro do bolso. Protegendo a chama com a mão, acendeu-o enquanto observava o desconforto de Katie através da fumaça aromática.

— O padre Gregório é o único obstáculo possível ao nosso casamento daqui a dez dias, não é?

Katie sentiu que ele a atacava verbalmente, a encurralando.

— Sim, suponho que sim.

— Me diga uma coisa, Katie — começou Ramon, com uma curiosidade casual. — Você pretende comparecer à reunião com ele amanhã?

Ela afastou o cabelo do rosto com um gesto agitado.

— Sim, é claro. Mas é bom que você saiba desde já que ele não gosta de mim. E eu acho que ele não passa de um tirano enxerido.

Ramon descartou o comentário com um dar de ombros.

— Creio que é o costume, mesmo nos Estados Unidos, que um padre se assegure de que o casal de noivos seja razoavelmente compatível e tenha uma boa chance de fazer um casamento bem-sucedido. É só isso que ele deseja.

— Mas ele não terá essa opinião a nosso respeito! Ele já se decidiu pelo contrário!

— Não, Katie, isso não é verdade — afirmou Ramon, implacável, se aproximando e fazendo com que Katie inconscientemente encostasse no tronco áspero da árvore. O olhar de ônix estudou seu rosto, avaliando a resposta para a próxima pergunta que ainda faria: — Você *quer* que ele decida que não somos compatíveis?

— Não! — sussurrou Katie.

— Me fale sobre o seu primeiro casamento — ordenou Ramon, abruptamente.

— Não! — Katie enrijeceu, furiosa. — Jamais me peça para falar sobre isso, pois não o farei. Tento não pensar no assunto.

— Se as suas feridas realmente estivessem curadas — continuou Ramon —, você seria capaz de falar sobre o assunto sem sofrer.

— Falar sobre o assunto?! — explodiu Katie, em um misto de raiva e perplexidade. — Falar sobre o assunto?

A violência da própria reação a deixou muda por um instante. Respirando fundo, recuperou o controle das emoções. Com um sorriso de desculpas para Ramon, que a observava com uma expressão intrigada, ela disse:

— Apenas não quero que o horror do passado estrague o presente, e é isto que aconteceria. Será que não entende?

A sombra relutante de um sorriso tocou o rosto de Ramon quando olhou para a suave perfeição dos traços de Katie.

— Eu entendo — respondeu, com um leve suspiro de resignação. As mãos deslizaram pelos braços dela, numa carícia delicada, e ele a puxou para si. — Entendo que você tem um sorriso lindo, e que parece muito cansada.

Katie lhe enlaçou o pescoço. Sabia que Ramon não ficara satisfeito com sua explicação, e estava mais do que grata por ele não insistir no assunto.

— Estou *mesmo* um pouco cansada. Acho que vou me deitar.

— E quando está deitada na cama, em que você pensa, Katie? — perguntou ele, a voz provocante e rouca.

Os olhos de Katie faiscaram em resposta.

— Nas cores que vou usar na cozinha — mentiu.

— Ah, é mesmo? — sussurrou ele, com suavidade.

Katie assentiu, com um leve sorriso nos lábios.

— E você, no que pensa?

— No preço de atacado dos abacaxis.

— Mentiroso — murmurou ela, os olhos fixos nos lábios sensuais que se aproximavam dos seus.

— Amarelo — disse ele, de encontro à sua boca.

— Está falando dos abacaxis? — perguntou Katie, distraída.

— Não, da cozinha.

— Eu estava pensando em verde — comentou ela, o coração disparando com a expectativa.

Ramon se afastou abruptamente, a expressão amigável e pensativa.

— Talvez tenha razão. Verde é uma cor agradável, relaxante. — Ele a fez se virar, mandando-a na direção da casa com um leve tapinha na bunda. — Pense nisso esta noite.

Katie deu alguns passos, surpresa, depois deu meia-volta e encarou Ramon com evidente desapontamento.

Ramon esboçou um sorriso lento, preguiçoso, arqueando a sobrancelha.

— Por acaso queria algo mais? Alguma coisa melhor para pensar na cama, talvez?

Katie sentiu o magnetismo sexual que emanava dele como se fosse uma força primitiva contra a qual seria impossível lutar. A voz aveludada parecia envolvê-la, tocá-la:

— Venha aqui, Katie, e eu lhe darei algo em que pensar.

Seu corpo inteiro se aqueceu quando ela mergulhou naquele abraço apertado. O turbilhão emocional da última hora, as loucas flutuações de humor — desejo, humilhação, raiva e até prazer — transformaram Katie em uma amálgama de emoções no instante em que Ramon a tomou nos braços.

Levada por uma necessidade desesperada de assegurar a ele — e a si mesma — de que tudo ficaria bem, Katie o beijou com uma urgência descontrolada, com uma paixão tão intensa que provocou um tremor no corpo de Ramon e fez com que seus braços a apertassem convulsivamente.

Ramon afastou os lábios dos dela, beijando-lhe o rosto, a testa, os olhos. E, antes que procurasse de novo sua boca, para um último beijo devastador, Katie pensou tê-lo ouvido murmurar:

— Katie, eu amo você.

Capítulo 15

KATIE E GABRIELLA passaram a manhã e quase toda a tarde visitando as lojas dos vilarejos vizinhos. Katie gostava imensamente de Gabriella; além de uma companhia maravilhosa, era uma "compradora" incansável. Às vezes parecia mais entusiasmada do que a própria Katie. Mas, enfim, compras intermináveis, com centenas de detalhes em tão pouco tempo, não eram exatamente o que Katie chamaria de diversão.

Enquanto Katie pagava os lençóis e colchas que acabara de comprar, Gabriella se afastou discretamente dos procedimentos que envolviam o pedido de duas notas, cada uma com o valor correspondente à metade da compra, e depois o pagamento, com partes iguais do dinheiro de Ramon e do seu próprio.

— Creio que Ramon vai gostar das cores que escolhi para o quarto, não acha? — perguntou Katie alegremente, enquanto entravam no carro.

— Com certeza — respondeu Gabriella, se virando no assento para encarar Katie com um sorriso. O grosso cabelo preto estava lindamente bagunçado pelo vento, os olhos brilhantes. — Tudo o que você compra é para agradá-lo, e não para você mesma. Eu teria escolhido a colcha com babados.

Katie, que estava dirigindo, checou o retrovisor antes de sair da vaga e entrar no tráfego lento. Depois, disparou um olhar irônico para Gabriella.

— Não consigo visualizar Ramon em um quarto em tons pastel, cercado de babados.

— Eduardo é tão másculo quanto Ramon e não faria objeção se eu me decidisse por uma decoração mais feminina em nosso quarto.

Katie tinha que admitir que o que Gabriella dizia era verdade; Eduardo provavelmente se renderia aos caprichos da esposa com um daqueles sorrisos vagos e bem-humorados que sempre lhe lançava. Naqueles últimos quatro dias, Katie havia revisto a opinião que fazia de Eduardo. Na verdade, ele não encarava o mundo com aquela expressão severa e desaprovadora — apenas Katie. Sempre se mostrara correto e gentil, mas no instante em que ela entrava num cômodo, toda a amabilidade desaparecia daquele rosto.

Talvez Katie não se sentisse tão desconfortável se Eduardo fosse um homem pequeno e retraído, ou então grande e bronco. Mas, na realidade, Eduardo era um homem esplêndido, que desde o início fizera com que ela se sentisse em desvantagem. Aos 35 anos, era extremamente atraente, com uma beleza hispânica. Era um pouco mais baixo que Ramon, mas com o mesmo físico poderoso e a mesma atitude de confiante supremacia masculina, que provocava em Katie sentimentos contraditórios de irritação e admiração. Não se parecia com Ramon, fosse na aparência ou no comportamento, mas quando os dois homens estavam juntos, havia uma camaradagem entre eles que fazia com que Katie tivesse certeza de que ela, e apenas ela, falhara em atingir os misteriosos padrões de Eduardo. Ele tratava a esposa com uma afeição indulgente; Ramon, com uma estranha combinação de amizade e admiração, e Katie, com nada além de cortesia.

— Gabriella, será que fiz algo que ofendeu Eduardo? — perguntou Katie, quase esperando que a amiga se apressasse em negar qualquer coisa incomum na atitude do marido.

— Não liga para ele — respondeu Gabriella, com impressionante sinceridade. — Eduardo não confia nas americanas, sobretudo ricas como você. Ele acha que são mimadas e irresponsáveis, entre outras coisas.

Katie presumiu que as "outras coisas" provavelmente incluíam promiscuidade.

— E por que ele acha que sou rica? — perguntou, cautelosa.

Gabriella abriu um sorriso de desculpas.

— Sua bagagem. Eduardo trabalhava na recepção de um hotel de luxo em San Juan, na época de estudante. Disse que as suas malas custam mais caro do que todos os móveis da nossa sala de estar.

Antes que Katie pudesse se recobrar da surpresa, Gabriella voltou a falar, em um tom sério:

— Eduardo gosta muito de Ramon, por vários motivos, e tem medo de que você não se acostume à vida de esposa de fazendeiro. Ele acha que, pelo fato de ser americana e rica, lhe falta coragem e que você vai partir quando descobrir que a vida aqui, às vezes, é muito difícil; que, quando as safras forem ruins e os preços caírem, você vai jogar seu dinheiro na cara de Ramon.

Katie ruborizou, inquieta, e Gabriella assentiu, sagaz.

— É por isso que Eduardo nunca deve descobrir que você está pagando uma parte de tudo o que compra. Ele a condenará por ter desobedecido a Ramon, e vai pensar que está fazendo isso porque o que o dinheiro de Ramon pode comprar não é bom o bastante para você. Não sei por que está fazendo isso, Katie, mas não acredito que seja esse o motivo. Algum dia você vai me dizer, se desejar, mas até lá Eduardo não pode descobrir. Ele contaria a Ramon imediatamente.

— Nenhum dos dois vai descobrir nada, a não ser que você diga alguma coisa — assegurou Katie, com um sorriso.

— Você sabe que não vou abrir a boca. — Gabriella ergueu os olhos para o sol. — Você quer ir ao leilão naquela casa de Mayaguez? Estamos bem perto.

Katie concordou de imediato e, três horas depois, era a orgulhosa proprietária de um aparelho de jantar, um sofá e duas poltronas. A casa pertencera a um rico solteirão que, antes de morrer, desenvolvera um gosto apurado para móveis de boa qualidade, com ótimo acabamento e sólido conforto. As poltronas tinham espaldar alto, revestidas com um belo tecido creme, e duas banquetas combinando. O sofá também era confortável, com braços largos e almofadas grossas e macias.

— Ramon vai adorar — disse Katie, enquanto pagava o leiloeiro e providenciava para que os móveis fossem entregues no chalé.

— E você, Katie, vai adorar? — perguntou Gabriella, ansiosa. — Você também vai morar naquela casa, e até agora não comprou nada apenas porque era do seu gosto.

— Óbvio que comprei — argumentou Katie.

Às três e cinquenta, Gabriella parou o carro na frente da casinha do padre Gregório; ficava no lado leste da praça, bem em frente à igreja, e era facilmente identificada por sua pintura branca e venezianas verde-escuras. Katie pegou a bolsa, enviou um sorrisinho nervoso para Gabriella e saiu do carro.

— Tem certeza de que não quer que eu espere? — perguntou Gabriella.

— Tenho. Sua casa não fica longe daqui e terei tempo de sobra para me arrumar, antes de encontrar Ramon no chalé.

Relutante, Katie se encaminhou para a porta da frente. Parou a fim de ajeitar a saia do vestido verde-claro e passar a mão, trêmula, pelo cabelo arruivado, preso em um coque, com alguns fios soltos junto às orelhas. Parecia, tinha esperança, muito sóbria e formal. Mas se sentia uma pilha de nervos.

Uma senhora de idade atendeu à porta e a fez entrar na casa. Seguindo-a pelo vestíbulo mal iluminado, Katie se sentia uma condenada rumo ao cadafalso, embora o motivo de estar tão abalada a intrigasse.

O padre Gregório se levantou assim que ela entrou no pequeno escritório. Era mais magro e mais baixo do que ela havia imaginado na noite anterior, o que lhe provocou um alívio absurdo, já que não iriam se enfrentar fisicamente. Katie se sentou na cadeira que lhe foi indicada, em frente à escrivaninha, e ele também se sentou.

Por um instante, apenas se entreolharam com uma cordial desconfiança, mas logo ele disse:

— Gostaria de tomar um café?

— Não, obrigada — respondeu Katie, com um forçado sorriso cordial. — Não posso ficar muito tempo.

Dissera a coisa errada, pensou logo em seguida, ao ver as grossas sobrancelhas brancas do padre formarem uma linha sobre seu nariz.

— Sem dúvida você tem coisas mais importantes a fazer — disse ele, ríspido.

— Não para mim. — Ela se apressou em explicar, tentando uma trégua. — Nem para Ramon.

Para seu imenso alívio, o padre aceitou a oferta de paz. Os lábios finos relaxaram em algo que parecia quase um sorriso enquanto assentia com a cabeça branca.

— Ramon está com muita pressa de ver tudo terminado e deve a manter extremamente ocupada. — Estendendo a mão sobre a mesa, pegou alguns papéis e a caneta. — Vamos começar preenchendo estes formulários. Seu nome completo e idade, por favor?

Katie respondeu.

— Estado civil? — Antes que Katie pudesse responder, ele a olhou com tristeza e disse: — Ramon mencionou que seu primeiro marido morreu. Deve ter sido uma tragédia, ficar viúva na flor do casamento.

A hipocrisia nunca fora um dos defeitos de Katie. Educadamente, mas com firmeza, ela respondeu:

— Fiquei viúva "na flor" do divórcio e, se houve alguma tragédia, foi o meu casamento com ele.

Os olhos do padre se estreitaram por trás dos óculos.

— Como foi que disse?

— Estávamos divorciados quando ele morreu.

— Por que motivo?

— Incompatibilidade de gênios.

— Não perguntei os motivos legais, mas sim os *seus* motivos.

A indiscrição do padre acendeu a faísca da revolta no peito de Katie, e ela respirou fundo, tentando se acalmar.

— Eu me divorciei porque o desprezava.

— Por quê?

— Prefiro não falar no assunto.

— Entendo. — O padre Gregório afastou os papéis para o lado, largou a caneta, e Katie sentiu que a frágil trégua começava a se desfazer. — Nesse caso, talvez não faça objeções em falar sobre Ramon e você. Há quanto tempo se conhecem?

— Há apenas duas semanas.

— Que resposta incomum... — comentou ele. — Onde se conheceram?

— Nos Estados Unidos.

— Srta. Connelly — disse ele, em um tom gélido —, a senhorita consideraria uma invasão de privacidade se eu lhe pedisse para ser um pouco mais específica?

Os olhos dela faiscaram, belicosos.

— De forma alguma, padre. Conheci Ramon em um bar... ou uma *cantina*, como dizem aqui.

O padre ficou perplexo.

— Ramon a conheceu em uma *cantina*?

— Na verdade, do lado de fora.

— Como?

— Eu me encontrava do lado de fora, no estacionamento. Estava com um problema, e Ramon me socorreu.

O padre relaxou na cadeira e assentiu, com aprovação.

— É claro. Você estava com um problema no carro, e ele a ajudou.

Como se tivesse feito um juramento de "dizer a verdade, nada mais que a verdade", Katie o corrigiu:

— Para ser mais exata, eu estava tentando escapar de um homem que bem que queria me beijar à força, no estacionamento. Ramon lhe deu um soco. Acho que estava um pouco embriagado.

Por trás dos óculos de aros finos, os olhos do padre pareciam duas pedras de gelo.

— *Señorita* — disse ele, com desprezo —, está tentando me dizer que Ramon Galverra se envolveu numa briga de bêbados, no estacionamento de uma *cantina*, por causa de uma mulher desconhecida, você, no caso?

— É claro que não! Ramon não estava bêbado e, certamente, aquilo não foi uma briga. Ele bateu em Rob apenas uma vez, e o nocauteou.

— E depois, o que aconteceu? — indagou o padre, impaciente.

Infelizmente o senso de humor de Katie escolheu aquele momento para se manifestar.

— Depois, nós enfiamos Rob no carro dele, e Ramon e eu fomos embora no meu.

— Encantador.

Um sorriso sincero iluminou a expressão de Katie.

— Na verdade, não foi tão terrível quanto parece.

— Acho difícil de acreditar.

O sorriso de Katie desapareceu. Os olhos azuis faiscaram com um brilho intenso, rebelde.

— Acredite no que quiser, padre.

— É no que *você* deseja que eu acredite que me deixa atônito, *señorita* — argumentou ele, se levantando de repente.

Katie também se levantou, as emoções tão confusas diante da abrupta e inesperada conclusão da entrevista que mal sabia se deveria se sentir aliviada ou preocupada.

— O que o senhor quis dizer com isso? — perguntou, intrigada.

— Pense um pouco a respeito, então voltaremos a conversar na segunda-feira, às nove da manhã.

* * *

Uma hora mais tarde, Katie já havia trocado o vestido por calça comprida e blusa de linha branca. Sentia-se irritada, confusa e culpada enquanto caminhava colina acima, na trilha entre a casa de Gabriella e o chalé onde Ramon estava trabalhando.

Parou por um instante, se virando para admirar as colinas cobertas de flores silvestres. De onde se encontrava podia avistar o telhado da casa de Gabriella, a casa de Rafael e, naturalmente, o vilarejo. O chalé de Ramon ficava tão mais elevado do que as casas vizinhas, dois terraços acima, para ser mais exata, que Katie decidiu se sentar um pouco e descansar. Puxou as pernas contra o peito, passando o braço ao redor delas, e encostou o queixo nos joelhos.

"É no que *você* deseja que eu acredite que me deixa atônito", dissera o velho padre. Ele soara como se ela estivesse *tentando* lhe passar uma má impressão, pensou Katie, irritada, quando, na verdade, havia passado o dia inteiro nas compras de vestido e saltos altos para que pudesse comparecer à reunião vestida com todo o respeito!

Havia simplesmente lhe contado a verdade sobre como conhecera Ramon, e se isto ofendesse sua antiquada moralidade, bem, não era culpa dela. Se ele não quisesse ouvir as respostas, não deveria fazer tantas perguntas, pensou Katie, com raiva.

Quanto mais pensava no assunto, menos culpada se sentia pela atmosfera de hostilidade daquele primeiro encontro com o padre Gregório. Na verdade, estava se sentindo justamente indignada com tudo aquilo, até que as palavras de Ramon irromperam em sua mente: "Como pôde esquecer o encontro com o padre Gregório, se eu mesmo a lembrei poucas horas antes? O padre Gregório é o único obstáculo possível ao nosso casamento daqui a dez dias. Quer que ele decida que não somos compatíveis, Katie?"

A incerteza esfriou a sua raiva instantaneamente. Como pudera ter esquecido o encontro marcado? Seu primeiro casamento havia exigido meses de preparação e incontáveis compromissos com costureiros, floristas, fotógrafos, serviços de bufê, além de dezenas de pessoas. Nem uma vez ela "esquecera" uma hora marcada com qualquer um deles.

Será que, em seu subconsciente, quisera esquecer o encontro com o padre, no dia anterior?, se perguntou com uma pontinha de culpa. E será que, deliberadamente, tentara causar uma má impressão a ele naquela tarde? A pergunta a fez se encolher por dentro. Não, pensou, não tentara lhe causar nenhuma impressão, fosse boa ou má. Porém, *de fato* havia lhe passado uma imagem distorcida e pouco lisonjeira de seu primeiro encontro com Ramon no Canyon Inn, sem nem mesmo tentar corrigi-la.

Quando o padre tentara extrair informações sobre seu divórcio, ela praticamente dissera que aquilo não era de sua conta. Com a honestidade que lhe era inata, Katie tinha que admitir que sim, era da conta do padre. Por outro lado, se sentia no direito de se ressentir de qualquer pessoa — qualquer pessoa *mesmo* — que tentasse obrigá-la a falar sobre David. Ainda assim, poderia ter se mostrado menos hostil, poderia ter dito ao padre que o motivo de seu divórcio havia sido o adultério e a brutalidade de David. Então, se ele tentasse estender o assunto, poderia ter explicado que, para ela, era impossível discutir os detalhes e que preferia esquecê-los.

Era isso que deveria ter feito. Mas, ao contrário, se mostrara pouco disposta a cooperar, indiferente e friamente antagônica. Na verdade, não se lembrava de algum dia ter se comportado de maneira tão indelicada com alguém. Como resultado, hostilizara a única pessoa capaz de dificultar a realização do casamento no prazo de dez dias. Que coisa mais tola e impensada para fazer.

Katie pegou uma flor que caíra ao seu lado e começou a arrancar as pétalas vermelhas, distraída. As palavras de Gabriella ecoavam em sua mente: "Você não comprou nada apenas porque era do seu gosto." Na ocasião, Katie descartara tal comentário, achando que não fosse verdadeiro. Mas agora, ao refletir melhor, se deu conta de que, inconscientemente, havia evitado escolher qualquer coisa que pudesse imprimir a sua personalidade, ou a sua feminilidade, na casa de Ramon. Porque isso a obrigaria a se casar com ele e morar ali.

Quanto mais a data do casamento se aproximava, mais assustada e hesitante se sentia. Não havia sentido em negar, mas o fato de admitir tampouco ajudava. Quando partira de St. Louis com Ramon, ela estivera certa de que fazia a coisa certa. Agora não tinha mais certeza de nada. Não podia compreender esse medo ou essa incerteza; não conseguia nem mesmo entender algumas das coisas que fazia! Para alguém que se orgulhava do próprio raciocínio lógico, ela de repente passara a se comportar como uma perfeita neurótica. Não havia nenhuma desculpa para o seu comportamento, pensou, irritada.

Ou talvez houvesse. Da última vez em que se comprometera com um homem, com o casamento, seu mundo havia desabado. Poucas pessoas conheciam melhor que ela a experiência agonizante, humilhante que um mau casamento poderia ser. Talvez não valesse a pena correr o risco. Talvez ela jamais devesse ter considerado a ideia de se casar outra vez e... não! Absolutamente não!

Não permitiria que as cicatrizes emocionais que David lhe deixara arruinassem a sua vida e destruíssem a chance de ter um casamento feliz e duradouro. Não daria essa satisfação a David Caldwell — vivo ou morto!

Katie se levantou e sacudiu a calça. No segundo platô, se virou novamente e olhou para o vilarejo abaixo. Sorriu de leve, pensando que a vista parecia tirada das páginas de um folheto de turismo: as casinhas brancas aninhadas entre as colinas verdes, com a igreja no centro. A igreja onde se casaria dali a dez dias.

Katie sentiu um nó no estômago e poderia ter chorado de desespero. Parecia dividida ao meio. A razão a puxava para um lado, e o coração, para outro. O medo lhe comprimia o peito, o desejo pulsava em suas veias e o amor por Ramon ardia como um fogo constante e crescente no centro de tudo.

E ela realmente o amava. Ela o amava muito.

Ainda não havia admitido essa verdade para si mesma, e agora a constatação lhe provocava um fluxo de prazer e pânico. Agora que reconhecia seus sentimentos, por que simplesmente não aceitava o amor por aquele homem carinhoso, bonito, apaixonado, e o seguia aonde quer que a levasse? Seguia o amor aonde quer que a levasse, pensou Katie com amargura. Já o fizera antes, e o sentimento a tinha guiado até um pesadelo interminável. Mordendo o lábio, se virou e recomeçou a caminhada.

Por que do nada não parava de pensar em David e em seu primeiro casamento?, se perguntou, em desespero. A única semelhança entre David e Ramon, além da cor do cabelo e a altura, era que ambos eram muito inteligentes. David fora um advogado talentoso e ambicioso, um homem sofisticado, cosmopolita. Enquanto Ramon...

Ramon era um enigma, um quebra-cabeça: um homem culto, educado e inteligente, com um intenso interesse por questões mundiais. Um homem capaz de se relacionar facilmente com os sofisticados amigos de seus pais — um homem que, ainda assim, escolhera ser um simples fazendeiro. Um homem que escolhera ser fazendeiro, mas que não nutria sentimentos profundos, nem orgulho verdadeiro pelas próprias terras. Ele nunca se oferecera para lhe mostrar a fazenda, embora ela tivesse pedido para vê-la. E, quando Ramon conversava com Rafael acerca das melhorias que tinham que ser feitas, falava com determinação resoluta — mas nunca com um entusiasmo genuíno.

Katie ficara tão surpresa com aquela atitude que, dias antes, havia lhe perguntado se ele já desejara fazer outra coisa que não fosse cuidar da fazenda. E Ramon respondera apenas com um breve e pouco informativo "sim".

— Então por que não faz? — insistira ela.

— Porque a fazenda está aqui — havia respondido, sem nada explicar. — Porque é nossa. Porque encontrei mais paz e alegria aqui com você do que em qualquer outro lugar.

Paz?, pensou ela, em desespero. E se Ramon realmente estava feliz, nem sempre demonstrava. Na verdade, houve vezes, naquela última semana, que Katie olhara para ele e captara uma sombra de tristeza em seu rosto, uma raiva contida naqueles olhos. No instante em que ele percebia que estava sendo observado, a expressão desaparecia, sendo substituída por um sorriso — um de seus sorrisos calorosos, íntimos.

O que ele estaria escondendo? Alguma tristeza profunda? Ou algo muito pior? Seria um traço de crueldade, como de David, ou...

Ela balançou a cabeça. Ramon não era como David. De maneira alguma. Parou um instante, quebrando um galho de um pequeno flamboyant. Estava coberto de flores amarelas, e ela aspirou o perfume, tentando afastar as incertezas que a perseguiam para onde fosse.

Ao chegar ao topo da colina, ouviu o barulho de martelos e serras vindo do chalé. Quatro pintores trabalhavam no lado de fora, aplicando uma camada de tinta branca nos batentes de madeira, enquanto outro pintava as venezianas de preto.

Com uma injeção de ânimo, Katie comparou o estado em que a casa se encontrava no domingo, quando a vira pela primeira vez, e como estava agora. Em cinco dias, com a ajuda de um exército de carpinteiros, Ramon já conseguira transformá-la na casinha pitoresca que devia lembrar das visitas ao avô.

— Jardineiras — disse ela, em voz alta.

Inclinou a cabeça para o lado, tentando visualizar as jardineiras repletas de flores sob as janelas dos dois lados da porta da frente. Era exatamente o que faltava, concluiu. Faria com que a casa parecesse um chalé de contos de fada, em um cenário de contos de fada, em uma ilha de contos de fada. Mas sua vida ali também faria parte da história?

Encontrou Ramon descendo de uma escada no lado extremo da casa, onde ele também estivera pintando as paredes. Ao ouvi-la chamá-lo com um "olá", ele se virou, surpreso. Um sorriso lento, devastador, iluminou os traços bronzeados de sol. Ele se mostrou tão feliz em vê-la que, de repente, Katie também foi invadida por uma felicidade absurda.

— Eu lhe trouxe uma coisa — brincou ela, mostrando o florido galho de flamboyant que trazia escondido às costas.

— Flores? — disse, com exagerada polidez, enquanto aceitava o galho. — Para mim?

Embora o tom fosse de brincadeira, Katie captou um lampejo de calor naqueles olhos. Assentiu, com um sorriso provocante.

— Sim, e amanhã lhe trarei bombons.

— E depois de amanhã?

— Bem, joias são o item seguinte na lista. Algo de bom gosto e muito caro, mas pequeno. Nada ostensivo, que possa alertá-lo para as minhas verdadeiras intenções.

Ele sorriu.

— E depois?

— Tranque as portas e proteja a sua virtude, pois será o dia da recompensa. — Ela riu.

Ramon estava sem camisa, o peito brilhava como bronze e exalava um perfume de sabonete e suor que Katie achou estranhamente estimulante quando ele a abraçou.

— Para você — disse ele, enquanto os lábios se aproximavam lentamente dos dela — serei uma conquista fácil. Minha virtude em troca das flores, apenas.

— Que homem fácil! — ela brincou, ofegante.

Os olhos dele se anuviaram de desejo.

— Me beije, Katie.

Capítulo 16

KATIE ERGUEU A CABEÇA no instante em que ouviu o padre Gregório dizer o seu nome, seguido pelo de Ramon, no altar da igreja. Ele estava lendo os proclamas, concluiu. Todas as pessoas presentes na igreja lotada se viraram de uma só vez na direção do último banco, onde ela e Ramon estavam sentados, na companhia de Gabriella, o marido e a família de Rafael.

Os moradores do vilarejo certamente sabiam quem era Ramon Galverra Vicente, pensou Katie, o que não era de admirar, já que ele havia nascido ali. Mas o que de fato a surpreendeu foi a atitude peculiar das pessoas em relação a ele. Desde o instante em que Ramon entrara na igreja com ela, todos os observavam com franca curiosidade. Alguns sorriam ou o cumprimentavam em silêncio, mas também havia curiosidade em suas expressões, mesclada com incerteza e até espanto.

Mas, naturalmente, o comportamento distante de Ramon havia desencorajado qualquer pessoa que desejasse se aproximar para uma conversa amigável. Com um sorriso educado, embora frio e altivo, ele se limitara a passar os olhos pelos curiosos fiéis, depois se sentara ao lado de Katie e os ignorara completamente.

Katie se ajeitou no desconfortável banco de madeira, a atenção voltada para o sermão do padre Gregório, do qual não compreendia nem uma palavra. Estava começando a imaginar se o destino conspirava para evitar que ela e Ramon ficassem sozinhos, pelo menos por um período de tempo razoável. Nos últimos sete dias, não houvera nenhuma ocasião em que pudessem "compartilhar um ao outro", como ele havia prometido.

Na sexta-feira, quando ainda se encontrava nos braços de Ramon, recebendo beijos de gratidão pelo "buquê" que lhe dera, nuvens negras tomaram o céu, bloqueando a luz do sol. O que começara como um leve chuvisco logo se transformou em tempestade. E eles acabaram passando uma noite agradável, apesar de frustrante, jogando cartas com Gabriella e Eduardo.

No sábado, o sol voltara a brilhar, e os homens passaram o dia trabalhando na casa. Agora que a eletricidade fora ligada, continuavam a reforma mesmo depois que escurecia, o que eliminava o chalé como local de encontro. No fim da tarde de sábado, Eduardo, marido de Gabriella, havia sugerido a Ramon que levasse Katie para conhecer a baía bioluminescente.

Katie se espantara que Eduardo, dentre todas as pessoas, sugerisse um passeio romântico, bem como oferecesse o carro para a viagem até a costa sudoeste da ilha. Não podia imaginá-lo bancando o cupido, quando sabia que não a aprovava. O mistério foi solucionado no instante que Ramon a consultou e ela concordou animadamente com o passeio.

— Então está resolvido — dissera Eduardo. — Gabriella e eu ficaremos muito contentes com a companhia de vocês.

Aquilo, definitivamente, evitaria que ela e Ramon ficassem sozinhos na casa, enquanto Gabriella e Eduardo fossem para a baía. Sob a expressão de leve surpresa, Katie pudera ver que Ramon estava bastante aborrecido com o amigo.

Apesar disso, a tarde havia sido um sucesso. No início da viagem de 80 quilômetros pelas bem conservadas estradas costeiras, Ramon permaneceu em um silêncio, pensativo, sentado ao lado de Katie no banco traseiro. Percebendo que Eduardo era o motivo daquele mau humor, Katie lhe ofereceu o seu sorriso mais luminoso e, em poucos segundos, Ramon sorria de volta, enquanto tentava responder as intermináveis perguntas sobre a paisagem.

A baía bioluminescente fora uma experiência mágica para Katie. As mesmas nuvens escuras que haviam trazido chuva e mantido os turistas afastados também obscureceram a lua. Com Gabriella e Eduardo na proa do barco a motor que alugaram, e Katie e Ramon na popa, ela às vezes erguia o rosto para que ele lhe desse um beijo furtivo, outras, se virava para admirar as brilhantes luzes esverdeadas que dançavam na rasteira do barco. Por sugestão de Ramon, ela se inclinou sobre a lateral do barco e mergulhou a mão na água. Quando a retirou, uma camada do mesmo brilho esverdeado havia se colado ao braço. Até mesmo os peixes que saltavam da água deixavam uma chuva de luz em seu rastro.

Aos poucos Ramon foi relaxando no barco, parecendo um nativo indulgente que se divertia com três turistas. E, se havia algo que o divertisse mais do que observar a diversão de Katie, era frustrar as tentativas de Eduardo de namorar com a esposa na parte de trás do barco. A cada vez que Eduardo sugeria que mudassem de lugar, Ramon declinava, dizendo: "Estamos perfeitamente confortáveis aqui, Eduardo."

Ao final do passeio, era Eduardo quem parecia aborrecido, e Ramon sorria com satisfação.

O ribombar dos trovões ecoava pela igreja sombria, seguido pelo lampejo dos relâmpagos, que iluminava os vitrais. Katie esboçou um leve sorriso de resignação, aceitando que aparentemente o tempo os obrigaria a ficar em casa mais um dia, outro dia e outra noite em que ela e Ramon não conseguiriam ficar a sós.

* * *

— ESTÁ UM DIA PERFEITO para as compras — anunciou Gabriella às oito e meia da manhã seguinte, entrando no quarto de Katie com a habitual xícara de café. — E o sol está brilhando! — acrescentou alegremente, se sentando na beirada da cama.

Bebeu um gole do próprio café, observando Katie, que se arrumava para o encontro com o padre Gregório.

— Acha que estou respeitável o bastante? — perguntou Katie, ajeitando a corrente dourada na cintura do vestido branco de gola chinesa.

— Está perfeita — respondeu Gabriella, sorrindo. — E linda como sempre!

Katie revirou os olhos e riu, aceitando o elogio. Antes de sair, prometeu a Gabriella que voltaria assim que terminasse a entrevista com o padre.

Quinze minutos depois, Katie não estava mais rindo. Pregada à cadeira, se sentia ruborizar sob o exame frio e minucioso do padre Gregório.

— Eu perguntei — repetiu ele, ameaçador — se Ramon sabe que você está usando o seu dinheiro, os seus cartões de crédito, para pagar as coisas que compra para a casa.

— Não — admitiu Katie, apreensiva. — Como o senhor ficou sabendo?

— Chegaremos a isso num instante — respondeu ele, em um tom baixo, irritado. — Primeiro, quero saber se você está ciente de que Ramon voltou a este vilarejo depois de uma ausência de muitos anos. Que ele partiu daqui há muito tempo, em busca de algo melhor.

— Sim... para trabalhar em uma empresa que faliu.

Sua afirmativa fez com que o padre ficasse ainda mais zangado.

— Então entende que Ramon voltou para cá a fim de recomeçar a vida da estaca zero?

Ela assentiu, sentindo como se um machado estivesse prestes a cair sobre sua cabeça.

— Você tem alguma ideia, *señorita,* de quanta força e coragem são necessárias para um homem voltar ao lugar onde nasceu, não como um sucesso, mas como um fracasso? Será que percebe o quanto fere o seu orgulho encarar as pessoas que acreditavam que ele havia alcançado o sucesso, e que agora testemunham a sua derrota?

— Não acho que Ramon se sente derrotado nem desonrado — protestou Katie.

O padre bateu a mão com força na mesa.

— Não, ele não está desonrado, mas vai ficar, graças a você! Graças a você, todos os moradores deste vilarejo vão dizer que a rica *novia* americana de Ramon teve que pagar pelas toalhas em que ele enxuga as mãos!

— Ninguém sabe que tenho usado o meu dinheiro para pagar metade das compras! — explodiu Katie. — Exceto o senhor e ninguém mais — se corrigiu rapidamente, protegendo Gabriella.

— Ninguém, exceto você, eu — ironizou ele — e Gabriella Alvarez, é claro. E metade do vilarejo que, neste exato minuto, está "fofocando" com a outra metade! Será que estou sendo claro?

Sentindo-se terrível, Katie assentiu.

— É óbvio que Gabriella manteve segredo de Eduardo, do contrário ele já teria contado a Ramon. Você a obrigou a enganar o próprio marido em seu benefício!

Apreensiva, Katie o observou tentar controlar a fúria.

— Srta. Connelly, haverá a mais remota, a mais longínqua possibilidade de ter imaginado que Ramon não iria se opor ao que está fazendo?

Mais do que qualquer coisa, Katie desejava se agarrar àquela desculpa, mas seu orgulho a impedia de se acovardar.

— Não, eu mencionei a Ramon que gostaria de dividir todas as despesas, e ele não apreciou a ideia. — Viu os olhos do padre se estreitarem. — Tudo bem, ele foi completamente contra.

— Então — insistiu ele, em um tom desagradável —, Ramon lhe disse que não queria dividir os gastos, mas mesmo assim você o fez. Só que às escondidas, não é? Você o desobedeceu:

Katie perdeu a paciência:

— Não use a palavra *desobedecer* comigo, padre. Não sou um cachorrinho treinado. Além disso, quero lembrá-lo de que, se gastei boa parte do *meu* dinheiro "às escondidas", foi para ajudar Ramon, o que pode ser considerado caridade. E não é nenhum crime.

— Caridade! — exclamou o padre, furioso. — É assim que você o vê? Como um caso de caridade, objeto de piedade?

— Não! É claro que não! — Katie arregalou os olhos, com horror genuíno.

— Se você está pagando metade de tudo que compra, então está gastando o dobro do que ele pode gastar. Será que é tão mimada que precisa ter tudo o que deseja na hora, no mesmo instante?

Comparada ao padre, Katie pensou que a Inquisição espanhola devia ter sido brincadeira de criança. Não podia evitar a pergunta e, certamente, não poderia dizer que pagara pela metade de tudo para que não se sentisse obrigada a casar com Ramon.

— Estou esperando uma resposta.

— Eu gostaria de lhe dar uma — disse ela, com tristeza. — Mas não posso. Não agi assim pelos motivos que o senhor pensa. É muito difícil explicar.

— É ainda mais difícil entender. Na verdade, não entendo *você*, Srta. Connelly. Gabriella é sua amiga e, no entanto, você não hesita em envolvê-la em suas intrigas. Está morando sob o teto de Eduardo, mas não sente nenhum remorso em retribuir tal hospitalidade forçando Gabriella a enganá-lo. Quer se casar com Ramon, e ainda assim o desobedece, o engana e desonra. Como pode agir assim com alguém que ama?

O rosto de Katie empalideceu e, reparando em sua expressão contrita, o padre balançou a cabeça, frustrado. Quando voltou a falar, foi em um tom mais gentil:

— *Señorita*, apesar de tudo, não posso acreditar que seja uma pessoa egoísta e sem coração. Deve ter algum bom motivo para fazer o que fez. Diga-me o que é, para que eu possa entender.

Sufocada com a própria tristeza, Katie se limitou a encará-lo.

— Diga-me! — insistiu ele, a expressão entre raivosa e exasperada. — Diga que você ama Ramon, que não imaginava que o vilarejo iria comentar o que fez. Eu acreditaria nisso, e até a ajudaria a se explicar para Ramon. Apenas admita, e poderemos concluir os detalhes para o seu casamento agora mesmo.

O estômago de Katie doía, mas o rosto pálido estava impassível.

— Não lhe devo explicação alguma, padre. Tampouco vou discutir os meus sentimentos por Ramon com o senhor.

As grossas sobrancelhas brancas se uniram em uma linha furiosa. Recostando-se na cadeira, ele a fuzilou com o olhar.

— Você não quer falar sobre os seus sentimentos pelo Ramon porque não sente nada por ele. É isso?

— Não foi o que eu disse! — negou Katie, mas suas mãos se contorciam convulsivamente no colo, traindo a sua agitação interior.

— Será que pode afirmar que o ama?

Katie se sentia dilacerada por emoções conflitantes que não conseguia compreender nem controlar. Tentou formular as palavras que o padre esperava ouvir, dar-lhe a certeza a que ele tinha direito, mas não podia. Tudo o que conseguiu foi encará-lo em frio silêncio.

Os ombros do padre Gregório desabaram. Quando falou, o terrível desespero em sua voz trouxe lágrimas aos olhos de Katie:

— Entendo — disse ele, em voz baixa. — Sentindo-se como se sente, que tipo de esposa você seria para Ramon?

— Uma boa esposa! — respondeu ela, enfática.

A intensidade das suas emoções deixou o padre ainda mais confuso. Ele voltou a encará-la como se realmente quisesse compreendê-la. Os olhos perscrutaram o rosto pálido, estudando os olhos azuis e descobrindo algo na intensa agonia, que despertou uma inesperada doçura em sua voz.

— Pois muito bem — disse ele, mais calmo. — Vou aceitar isso.

Essa afirmação surpreendente provocou um efeito igualmente surpreendente em Katie, que começou a tremer dos pés à cabeça, em uma inexplicável mistura de alívio e medo.

— Se me disser que está disposta a cumprir suas obrigações como esposa de Ramon, vou acreditar. Está disposta a colocar os desejos de seu marido na frente dos seus, a honrá-lo e respeitar a sua...

— Autoridade? — completou Katie, tensa. — Não esqueça de acrescentar "obedecer" à lista, padre — concluiu, enquanto se levantava, revoltada. — Não era isso que ia perguntar?

O padre também se levantou.

— E se fosse? — indagou ele, com fria curiosidade. — O que você responderia?

— Exatamente o que qualquer mulher com o mínimo de inteligência, com o mínimo de caráter diria diante de uma sugestão tão ultrajante! Eu *não* vou prometer obediência a homem algum! Animais e crianças obedecem, não mulheres.

— Já terminou, *señorita*?

Katie engoliu em seco e assentiu com firmeza.

— Então permita-me dizer que eu não ia mencionar a palavra "obedecer". Estava prestes a perguntar se você estaria disposta a respeitar os desejos de Ramon, e não a sua autoridade. E, para sua informação, o mesmo comprometimento seria exigido de Ramon.

Katie fechou os olhos por um instante, tentando ocultar a vergonha.

— Desculpe, padre — disse ela, baixinho. — Pensei que...

— Não precisa se desculpar. — O padre suspirou, cansado. Virou-se e olhou pela janela, que se abria para a praça e para a igreja. — Você não precisa mais voltar aqui — acrescentou, se voltando para ela. — Depois comunico a minha decisão a Ramon.

— Que é? — Katie conseguiu perguntar.

Ele cerrou os dentes, balançando a cabeça.

— Quero pensar um pouco sobre tudo isso, antes de me decidir.

Katie passou as mãos pelo cabelo.

— Padre Gregório, o senhor não pode impedir o nosso casamento. Se não celebrar a cerimônia, outro padre o fará.

Ele endireitou as costas, enrijecendo. Aproximando-se dela, a encarou com um misto de irritação e divertimento.

— Obrigado por me lembrar das minhas limitações, *señorita*. Ficaria bastante desapontado se você não encontrasse uma nova maneira de me hostilizar antes de partir, a fim de que eu tivesse a pior opinião a seu respeito.

Katie o encarou com uma raiva frustrada.

— O senhor é o homem mais arrogante, mais hipócrita...! — Respirou fundo, tentando se controlar. — Pouco me importa a sua opinião a meu respeito.

O padre Gregório inclinou a cabeça, em uma saudação exagerada.

— Mais uma vez, obrigado.

* * *

KATIE ARRANCOU UM PUNHADO DE grama e o atirou para longe, irritada. Estava sentada numa pedra, recostada no tronco de uma árvore, olhando cegamente os quilômetros de colinas e vales que se estendiam à sua frente. O sol começava a se pôr, em pinceladas vermelhas e douradas, mas a beleza da paisagem não era suficiente para lhe acalmar os nervos, depois do encontro daquela manhã com o padre Gregório. Como não haviam sido as seis horas que passara fazendo compras com Gabriella. A alguns metros de distância, os homens que trabalhavam no chalé começavam a deixar as ferramentas de lado para jantar em suas casas. Depois retornariam para terminar as tarefas restantes.

Katie se perguntou onde Ramon teria passado o dia todo, mas estava frustrada e irritada demais consigo mesma, e com o padre, para se preocupar com a resposta. Como aquele homem se atrevia a questionar seus motivos e suas emoções?, pensou, olhando furiosamente para as montanhas.

— Só espero — falou uma voz profunda, divertida, atrás dela — que você não esteja pensando em mim com essa expressão em seu rosto.

Katie virou a cabeça, surpresa, fazendo com que o cabelo sedoso se derramasse pelos ombros. Ramon estava parado a poucos passos, os ombros largos bloqueando o crepúsculo dourado. Parecia ter passado o dia no escritório da fábrica de conservas; havia apenas tirado o paletó, desabotoado o colarinho e dobrado as mangas da camisa branca até os cotovelos. A testa estava franzida pela curiosidade, e os olhos lhe perscrutavam o rosto.

Katie abriu um sorriso forçado.

— Na verdade eu estava...

— Planejando um assassinato? — brincou ele.

— Algo assim.

— A vítima é alguém que eu conheço?

— Padre Gregório — admitiu ela, se levantando.

Sem desviar os olhos, Ramon enfiou as mãos nos bolsos. O movimento fez com que a camisa se colasse ao peito musculoso, e Katie sentiu o pulso acelerar em resposta àquela poderosa masculinidade. No entanto, as palavras seguintes desviaram sua atenção para o problema em questão:

— Eu o encontrei no vilarejo, há alguns minutos. Ele não quer realizar o nosso casamento, Katie.

Katie sentiu um desapontamento profundo ao saber que o desprezo do padre Gregório por ela realmente chegava àquele ponto. Seu rosto se inflamou de indignação.

— Ele disse o motivo?

Inesperadamente, Ramon sorriu; um daqueles sorrisos súbitos e devastadores que sempre a deixavam sem fôlego.

— O padre Gregório parece pensar que lhe faltam determinados atributos que ele acha necessários a uma boa esposa.

— Tais como? — exigiu ela, belicosa.

— Submissão, docilidade e respeito à autoridade.

Katie estava dividida entre o antagonismo e a culpa.

— E o que você disse a ele?

— Disse que queria uma esposa, não um cachorrinho de estimação.

— E...?

Os olhos negros de Ramon faiscaram, risonhos.

— Na opinião do padre, eu me daria melhor com um cachorrinho de estimação.

— Ah, é claro! — exclamou Katie, com veemência. — Bem, se quer a minha opinião, aquele velho tirano intrometido demonstra uma preocupação exagerada com o seu bem-estar!

— Na verdade, ele está preocupado com o *seu* bem-estar — retrucou Ramon, calmamente. — Ele receia que, com pouco tempo de casados, eu possa me sentir tentado a esganá-la.

Katie lhe deu as costas, tentando esconder a mágoa e a confusão.

— A opinião dele é tão importante assim para você? — perguntou.

Ramon pousou as mãos nos seus ombros e, com delicada firmeza, a puxou para si.

— Você sabe que não. Mas qualquer atraso em nosso casamento é importante para mim. Se o padre Gregório não mudar de ideia, terei que encontrar um padre em San Juan que celebre o casamento, e os proclamas terão que ser lidos novamente. Quero me casar com você no domingo, Katie, e o padre Gregório é o único que pode tornar isso possível. Sabe disso. Tudo o mais está pronto e acertado. Os trabalhos no chalé devem terminar esta noite, seus pais marcaram o voo para sábado, e reservei uma suíte para os dois no Caribe Hilton.

Katie sentia o hálito quente de Ramon no cabelo, a sensação íntima do corpo musculoso pressionado contra suas costas e pernas enquanto Ramon continuava:

— O padre Gregório acabou de partir para a ilha Vieques. Quando voltar, na quinta-feira, quero que vá conversar com ele e o faça mudar de opinião.

A resistência de Katie começou a ruir quando ele a virou em seus braços e lhe cobriu os lábios com os dele.

— Fará isso por mim? — murmurou Ramon ao se afastar.

Ela manteve o olhar fixo nos lábios carnudos e sensuais. Ergueu os olhos, fitando os dele, intensos, hipnóticos, e todas as suas defesas caíram por terra. Ele a desejava tanto, Katie podia sentir a rigidez da ereção contra os quadris. E ela também o desejava.

— Sim — sussurrou ela.

Ramon a abraçou impetuosamente enquanto lhe tomava os lábios em um beijo faminto. Quando Katie entreabriu a boca para a língua de Ramon, ele gemeu de prazer e o som despertou uma espécie de resposta primitiva. Sem pudor, ela se entregou com igual paixão, querendo proporcionar o mesmo prazer que ele lhe dava. Beijou-o com a mesma sensualidade com que era beijada, as mãos deslizando pelas costas musculosas, o corpo arqueado contra o dele.

Ofegou, desapontada, quando Ramon terminou o beijo e ergueu a cabeça. Ainda trêmula de desejo, ela abriu os olhos turvos.

À luz do crepúsculo, seus olhos se encontraram.

— Eu amo você, Katie — confessou ele.

Ela abriu a boca para falar, mas não conseguiu. Sentia um nó no estômago. Tentou dizer "Também amo você", mas as palavras que havia gritado vezes sem conta para David, naquela noite terrível anos antes, agora estavam presas na garganta, paralisando suas cordas vocais. Com um gemido baixo e angustiado, enlaçou o pescoço de Ramon e começou a beijá-lo com frenético desespero, enquanto cada músculo daquele corpo enrijecia para rejeitá-la.

A dor trespassou o peito de Ramon como um punhal. Ela não o amava. Maldição! Não o amava.

— Eu não consigo, Ramon — disse ela, chorando copiosamente e se agarrando a ele, o corpo colado ao dele. — Não consigo dizer as palavras que quer ouvir. Não posso.

Ele a encarou, a odiando e odiando a si mesmo por amá-la tanto. Afastando-se, fez menção de se desvencilhar, mas Katie balançou a cabeça em desespero, segurando-o com mais força, pressionando-se ainda mais contra ele. As lágrimas escorriam dos olhos azuis, pontos brilhantes nos longos cílios, e molhavam seu rosto.

— Não pare de me amar — implorou ela. — Não deixe de me amar somente porque ainda não posso dizer as palavras. Por favor, Ramon!

— Katie! — exclamou ele, ríspido.

Os lábios dela tremeram diante da fria rejeição que sentiu em sua voz, e Ramon a agarrou pelos ombros com a intenção de se soltar, de afastá-la com firmeza.

E Katie sabia disso.

— Não, por favor — murmurou ela, e sua voz falhou.

Assim como o autocontrole de Ramon. Com um gemido, ele a puxou para um abraço apaixonado, a consumindo em um beijo. Katie se dissolvia contra ele, o fogo de sua reação inflamando as chamas dentro dele.

— Katie — sussurrou Ramon dolorosamente, a beijando com uma paixão que nunca demonstrara antes. — Katie... Katie... Katie...

Ela o amava, ele sabia! Podia sentir. Talvez ela não conseguisse pronunciar as palavras, mas seu corpo lhe dizia que o amava. Nenhuma mulher seria capaz de se entregar a um homem daquela maneira, a não ser que também já tivesse lhe dado o coração.

Ramon a fez se deitar na relva, sempre mantendo os lábios presos aos dela, as mãos a acariciando por inteiro. Katie o deixava em brasa, e Ramon abriu os botões da camisa, tirando-a em seguida, permitindo que ela o tocasse.

Depois, ele lhe tirou a blusa e o sutiã, se deliciando com a sensação dos seios nus em suas mãos. Inclinando-se sobre ela, voltou a beijá-la profundamente, a invasão daquela língua uma forma atrevida de lhe dizer o que desejava fazer com ela. E Katie recebeu com prazer o gesto possessivo.

O corpo dele parecia arder em brasa quando a deitou sobre si, os olhos devorando a visão daqueles seios muito brancos contra os pelos escuros do peito.

— Estou louco por você — sussurrou roucamente. — Meu desejo é tão intenso que chega a doer. — Segurou-a pelo pescoço, puxando a boca de encontro à sua, e acrescentou, com a voz embargada: — Sacie a minha fome, Katie.

E ela o fez. Beijou-o com corpo e alma, arrancando-lhe um gemido de prazer, enquanto se movia sinuosamente contra a rígida ereção. Ramon a apertou ainda mais contra si, querendo absorver seu corpo, permitindo que ela o levasse às agonias do desejo antes de se virar de lado, levando-a consigo.

Katie abriu os olhos. Ramon respirava ofegante, o rosto tenso e nublado de paixão. Começou a se inclinar para beijá-la, e soltou um suspiro enrouquecido.

— Antes que tudo acabe, você ainda vai me levar à loucura.

Katie esperava que ele terminasse o que havia começado. Mas, em vez disto, Ramon deitou de costas na relva e se estendeu ao lado dela, aninhando sua cabeça na curva do ombro, mantendo-a bem perto de si, enquanto observava o céu estrelado. Katie ficou imóvel, atônita. Não podia imaginar por que Ramon havia parado de repente, a não ser que, de alguma forma, achasse que ela não queria continuar. Mas ela queria! Como ele podia pensar o contrário, quando todo o seu corpo ansiava pelo dele, quando desejava, mais que tudo, lhe dar prazer? Girou para o lado, determinada a resolver aquela situação.

— Se eu o enlouqueço, a culpa é toda sua — argumentou ela, e, antes que Ramon pudesse responder, passou a língua em sua orelha, em uma carícia sedutora.

Ramon estendeu a mão, a segurando pela cintura, a acariciando. Estremeceu de prazer quando Katie enfiou a língua na curva de sua orelha, a explorando sensualmente.

— Katie, para com isso — pediu ele, num gemido rouco. — Ou vou fazer o mesmo com você.

Sem se abalar, ela prosseguiu com a provocante exploração.

— Você já fez — sussurrou em seu ouvido. — E eu adorei.

— Eu também estou adorando, e é por isso que quero que pare.

Katie reuniu toda a sua coragem e se apoiou no cotovelo. Por um instante, admirou a medalha que pendia da corrente de prata, quase oculta entre os pelos do peito. Em seguida, ergueu os olhos grandes e inquisidores.

— Ramon — começou ela, acompanhando a corrente com a ponta dos dedos, inconsciente do efeito que o gesto provocava nele. — Será que já lhe ocorreu que não precisamos parar?

Ramon lhe segurou a mão, evitando que a trilha de carícias seguisse até a cintura.

— Sim, isso já me ocorreu — murmurou. — Mais ou menos umas duzentas vezes nos últimos dez minutos.

— Então por que paramos?

Ele virou a cabeça e olhou para as minúsculas estrelas faiscando no céu noturno.

— Porque daqui a pouco os homens vão voltar do jantar.

Era verdade, mas não o motivo pelo qual ele se continha. Se tivesse absoluta certeza de que Katie o amava, ele simplesmente a levaria para qualquer outro lugar onde pudessem ter privacidade. Se tivesse certeza, teria feito amor com ela desde o dia que chegaram a Porto Rico. Se Katie o amasse, então a união física de seus corpos iria fortalecer e aprofundar esse amor.

Porém, se tudo o que ela sentia por ele fosse aquele intenso desejo físico, se fosse o único motivo pelo qual estava disposta a se casar, então o fato de satisfazer aquele desejo antes que estivessem realmente casados iria aliviar a pressão que a levava na direção do altar. O que ele não se arriscaria a fazer. Sobretudo, pensou com amarga autocrítica, quando por nove dias estivera estimulando aquela paixão, a levando a um estado quase febril, sem qualquer intenção de saciar seu desejo e lhe proporcionar alívio. Deliberadamente, Ramon estimulava o apetite sexual de Katie, sem jamais lhe saciar a fome. Para isso, primeiro ela teria que se casar.

Desde o primeiro instante em que a tomara nos braços, ainda em St. Louis, uma extraordinária atração física havia surgido entre eles. Ramon a reconhecera de imediato e, desde então, a vinha explorando. Envergonhava-se do que estava fazendo com ela. Katie confiava nele, e ele usava seu próprio desejo como uma arma para forçá-la a se casar. Mas a arma era uma faca de dois gumes, pois ele também se torturava quando a beijava e acariciava até quase à loucura, para depois recuar. Todas as vezes que a abraçava, era um tormento experimentar a doçura, o calor e a disposição de ser possuída de Katie, e então não a possuir.

Que tipo de homem era para arquitetar aquele tipo de chantagem sexual?, perguntou-se Ramon com desprezo. A resposta era tão humilhante quanto a pergunta: era um homem apaixonado por uma mulher que, aparentemente, não o amava. No mesmo instante, sua mente rejeitou tal pensamento. Katie o amava, sim! Ele sentia o gosto do amor naqueles lábios. Por Deus, antes que estivessem casados, ela iria admitir a verdade! Estava disposto a tudo para que ela confessasse.

Do contrário...

Fechando os olhos, Ramon respirou fundo. Se aquilo não acontecesse, teria que deixá-la partir. Seu orgulho e autoestima jamais permitiriam que vivesse ao lado dela, que a amasse daquela maneira, sabendo que não era correspondido. Não poderia suportar a vergonha, ou o sofrimento, de um amor não correspondido.

Ao seu lado, Katie se aconchegou um pouco mais, o arrancando dos pensamentos.

— Está na hora de irmos embora — disse ele, relutante, se sentando. — Gabriella e Eduardo estão nos esperando para o jantar. Vão começar a se perguntar onde estamos.

Katie abriu um sorriso irônico enquanto vestia a blusa e penteava o cabelo com os dedos.

— Gabriella sabe onde estamos. E Eduardo vai presumir que o levei para algum lugar para tentar seduzi-lo. No que se refere a mim, Eduardo sempre pensa o pior.

Ramon a encarou com uma expressão bem-humorada.

— Eduardo não está preocupado com a possibilidade de você roubar a minha virgindade, Katie. Já a perdi há muito tempo. Se bem me lembro, na mesma noite em que ele perdeu a dele.

Katie empinou o queixo, em um gesto de desinteressada dignidade, mas sua voz continha uma ponta de ciúme, que Ramon adorou, pois era exatamente esta a reação que havia esperado.

— Quantos anos você tinha? — perguntou.

— Isso não é da sua conta! — Ele riu.

Capítulo 17

— Mais uma vez, obrigada! — agradeceu Katie alegremente, dois dias depois.

Limpou a mancha de sujeira do rosto e acenou para Rafael, sua esposa e filhos, que passaram os dois dias anteriores ajudando na limpeza do chalé, pendurando cortinas e arrumando os móveis. Ficou observando a velha caminhonete de Rafael seguir aos solavancos pela estradinha de terra, depois se virou para Gabriella, que se levantava da cadeira com um suspiro de cansaço. Estavam trabalhando na casa desde o amanhecer, e já era final de tarde.

— Acha que Ramon vai gostar da surpresa? — perguntou Katie, o rosto refletindo a mesma expressão de feliz exaustão que via no de Gabriella.

— Se ele vai gostar da surpresa? — repetiu Gabriella, os olhos brilhantes de contentamento. — Dois dias atrás, os marceneiros ainda estavam aqui dentro e não havia nenhum móvel. Quando ele entrar aqui esta noite, verá cada peça de mobília no lugar, a cama arrumada e até as velas acesas na mesa da cozinha. Ramon nem vai acreditar nos próprios olhos! — Ela previu.

— Espero que esteja certa — disse Katie, com uma pontinha de orgulho. — Eu disse a ele que esta casa poderia ficar muito bonita, mas ele não acreditou.

— Bonita? — ecoou Gabriella, balançando a cabeça, enquanto pegava a bolsa e se encaminhava para a porta da frente. — A casa está linda. Você tem um talento enorme para decoração, Katie.

Olhando para ela, Katie pensou nos incontáveis quilômetros que haviam percorrido juntas, nas excursões frenéticas de compras, nas horas exaustivas que passaram visitando uma loja após a outra. Durante todo o tempo, Gabriella se mostrara animada e prestativa.

— E você, Gabriella — sussurrou ela, invadida por uma profunda onda de gratidão e afeição —, tem um grande talento para a amizade.

Um sorriso iluminou o semblante de Gabriella.

— É estranho, não acha? Nossa amizade. Nós nos conhecemos há apenas onze dias, mas você já é quase como uma irmã para mim.

As duas mulheres, que haviam compartilhado uma garrafa de vinho enquanto trabalhavam, sorriram uma para a outra, os rostos corados de alegria. Depois, Gabriella deu meia-volta e saiu.

Katie pegou os copos de vinho vazios e olhou o relógio de pulso; eram cinco horas. Na noite anterior, ela fizera Ramon prometer que voltaria direto do trabalho para casa, o que significava que ele deveria chegar a qualquer momento da próxima meia hora. Foi para a cozinha, lavou os copos e os deixou na nova bancada de fórmica perto da pia, para que estivessem à mão quando Ramon chegasse.

Cantarolando, abriu um dos armários e pegou outra garrafa de vinho tinto e o saca-rolhas. Na verdade, já bebera bastante. *Um pouco mais que o bastante,* pensou. Estava se sentindo aquecida e um tanto alegre demais. Mas, lembrou a si mesma com animação, o fato de a casa estar pronta era um bom motivo para comemorar.

Deu uma olhada na cozinha. Estava aconchegante e acolhedora, exatamente como ela dissera a Ramon que ficaria, concluiu com orgulho. Acima dos lambris, as paredes foram forradas com um alegre papel de parede verde e branco. Uma delas exibia uma coleção de cestas confeccionadas pelos habitantes locais, de todos os tipos e tamanhos, que Katie comprara por menos da metade do preço que custariam nos Estados Unidos. Todos os armários haviam sido pintados de branco e com detalhes do papel de parede.

Saiu da cozinha e ficou vagando de um cômodo a outro. No quarto, parou e alisou desnecessariamente a colcha da cama. Feita à mão, era um mosaico de quadrados estampados, costurados uns nos outros, em tons que iam do marrom ao amarelo-claro. As cortinas que pendiam das grandes janelas foram feitas em um tecido dourado, harmonizando e complementando a cor escura da cômoda, da cabeceira da cama e do espesso tapete que cobria parcialmente o piso de carvalho. Ajeitou as dobras das cortinas, para que caíssem graciosas nas laterais das janelas. O quarto estava perfeito, concluiu.

E masculino.

Katie afastou o pensamento indesejado e foi para a sala. Havia gasto cerca de 3 mil dólares do próprio dinheiro, mas valera a pena, pensou com orgulho. O sofá confortável que comprara no leilão estava posicionado no lado oposto das poltronas forradas com tecido creme. Um tapete, também de cor clara, se estendia no piso de madeira. A mesa de centro, com as laterais entalhadas e detalhes em bronze, havia sido sua maior extravagância, mas, quando a vira, não conseguira resistir. Ou a maior extravagância fora o abajur de bronze, que agora estava colocado na mesa entre as duas poltronas? Não conseguia se lembrar; porém, de qualquer forma, não importava. A sala, com as cortinas creme nas janelas amplas, estava perfeita, convidativa e elegante.

E masculina, sussurrou uma vozinha.

Katie a ignorou e foi para o banheiro lavar o rosto e escovar o cabelo. Seus olhos brilhavam de expectativa quando se olhou no espelho sobre a nova bancada. Ou seria por causa do vinho?, especulou. Deu de ombros e olhou em volta. Teria exagerado no toque de modernidade do banheiro? Como as peças eram todas brancas, ela decidira usar papel de parede branco também, com arrojados detalhes em preto. Achou que havia encontrado uma boa solução, pois se Ramon enjoasse das toalhas vermelhas e pretas, poderia substituí-las por jogos de outras cores, dando ao banheiro uma aparência completamente diferente. Enxugou as mãos na toalha de rosto vermelha, depois a dobrou com cuidado, deixando-a sobre a preta, na pia. O restante das toalhas que ela havia encomendado chegaria no dia seguinte, pensou. Iria buscá-las depois que falasse com o padre Gregório.

Lançou um último olhar crítico para o banheiro, inclinando a cabeça para o lado. Talvez estivesse um pouco mais moderno que o restante da casa, mas certamente tinha uma atmosfera vibrante.

E masculina.

Katie finalmente admitiu — mas, se fosse verdade, então era certo que Ramon ficaria satisfeito. Afinal, ele era muito másculo. Seguiu para a mesa de centro na sala e arrumou de novo as flores amarelas que pusera no vaso.

O Rolls-Royce cor de vinho parou por um instante, a poucos metros da estrada de terra que levava ao chalé. Ramon olhou com impaciência para o dossel de flamboyants, pensando se diria ou não a Garcia que o deixasse na frente da casa. Estava ansioso para ver Katie, e não queria perder tempo caminhando quase 3 quilômetros pela trilha. Por outro lado, se Katie soubesse que o motorista o levava e trazia do trabalho naquele carro, todos os dias, certamente faria perguntas. Perguntas que ele teria que se recusar a responder, ou responder com evasivas. Levado pela necessidade, ele a enganara, mas não mentiria para ela.

— Espere por mim no lugar de sempre amanhã cedo — disse a Garcia.

Ramon abriu a porta do carro e saiu, sem esperar que o motorista respondesse. Sabia que no dia seguinte, às sete e meia, Garcia estaria à espera na curva logo após a estrada de terra, a quase um quilômetro da praça do vilarejo. Nenhuma pergunta havia sido feita, e nenhuma explicação era esperada. Embora Garcia não recebesse salário, ainda insistia em trabalhar para Ramon.

— Estamos juntos há tanto tempo — comentara Garcia no aeroporto, no dia em que Katie havia chegado a Porto Rico. Com uma expressão de grande dignidade, acrescentara: — Até que este carro seja vendido, vou continuar trabalhando para o senhor, como sempre fiz.

Caminhando pela trilha de terra batida, Ramon pensou em Garcia com um misto de afeição e tristeza. Se pedisse a ele para manter o carro ligado na frente de um banco, enquanto o assaltava, Garcia obedeceria sem hesitar. Sua recompensa por vinte anos de dedicação e lealdade acabaria sendo o desemprego — e uma carta de recomendação. Ramon desejava poder lhe dar mais que isso. Ele merecia mais.

Ao passar pela soleira da porta, Ramon parou de repente; todos os problemas e preocupações do dia desapareceram, esquecidos. Katie estava ali, em sua casa, esperando por ele. Os raios de sol filtrados pelas vidraças a banhavam com uma luz dourada, enquanto ela se inclinava sobre o vaso no centro da mesa, ajeitando o buquê de vibrantes flores do campo.

Uma profunda sensação de felicidade o invadiu, espalhando calor pelas suas veias. Como era estranho o fato de ele já ter sido considerado um dos homens mais "ricos" do mundo e, ainda assim, jamais ter experimentado algo semelhante, aquela sensação de chegar ao lar. Ele já havia "chegado em casa", sendo recebido por amantes e criados em mansões, coberturas e villas de frente para o mar. Porém nunca sentira aquela maravilhosa atmosfera de paz à sua espera — porque nunca tivera um lar de verdade. Katie era o seu lar.

Muitas pessoas o invejaram no passado e agora sentiam pena dele por ter perdido toda a sua fortuna. Que incrível estupidez! Agora ele tinha Katie, e ela era a sua riqueza. Aquele belo anjo, com cabelo ruivo e olhos sorridentes, lhe daria filhos e iria compartilhar seus dias e noites. Ela era tudo o que faltava em sua vida. Ela era felicidade.

Em voz baixa e quase sem ênfase, ele falou:

— Eu amo você, Katie.

Ela fez um giro, um largo sorriso lhe iluminando o rosto.

— Então? — perguntou, radiante. — O que acha? — Os braços estendidos indicavam toda a sala enquanto olhava para ele em expectativa.

Ramon sabia que ela o escutara e sentiu um peso no peito quando não recebeu a resposta que desejava, mas deixou passar.

— Acho que você está linda — respondeu, o olhar deslizando desde o rosto até a blusa curta e justa de veludo verde que ela vestia, até o short combinando, que revelava as pernas compridas e torneadas.

Katie revirou os olhos, exasperada.

— Eu não, a casa! — exclamou. — O que acha dos móveis, de tudo?

Pela primeira vez, Ramon olhou para algo além dela. E ficou perplexo com o que viu.

— Como conseguiu comprar tudo isso com o dinheiro que lhe dei? Eu não pretendia comprar tudo de uma vez, mas sim lhe dar mais dinheiro quando você dissesse que estava na hora de escolher os móveis.

A expressão de Katie mudou.

— Você não gostou?

— Se gostei? — Ele sorriu. — Ainda nem vi tudo. Mas como foi que...?

— Para de pensar no dinheiro. Sei pechinchar — argumentou Katie, passando a mão pelo braço de Ramon e o guiando de um cômodo para outro.

A reação de Ramon a deixou intrigada. Embora tivesse certeza de que ele gostara de tudo, e que estava satisfeito com suas escolhas, pois os elogios eram sinceros, algo o incomodava.

Katie não precisou esperar muito para descobrir o que era. A cozinha foi o último cômodo para onde o levou e, quando Ramon acabou de inspecioná-la, foi até a bancada onde ela deixara o vinho. Katie o observou, admirando a maneira habilidosa e ágil como ele manejava o saca-rolhas.

— Bem? — disse ela, ansiosa. — Agora que viu a casa toda, o que acha?

— Acho que está muito bonita — respondeu ele, servindo o vinho nos dois copos. Entregou um a ela, acrescentando: — Você planeja morar aqui?

A pergunta a pegou de surpresa e Katie demorou alguns segundos para responder:

— Sim, é claro.

— Por quanto tempo? — indagou ele, impassível.

O vinho que ela já havia bebido a deixava confusa.

— Por que está me fazendo essas perguntas?

— Porque há dois quartos nesta casa — explicou, a observando com atenção. — O segundo quarto, como tenho certeza que você sabe, seria destinado às crianças. Ainda assim, você se esmerou em decorá-lo com uma bela mesa para mim, uma estante e uma poltrona confortável. Não *duas* poltronas, apenas uma. Sua intenção é que o cômodo seja usado somente por mim, não por nós dois, nem pelos nossos filhos. O seu apartamento estava cheio de plantas, mas não existe nem um vaso nesta casa. O seu quarto era extremamente feminino, mas este...

— Plantas? — Katie piscou, as emoções oscilando entre inquietação e contentamento. — Nem mesmo pensei em plantas! Já sei, vou lhe dar plantas como presente de casamento! — decidiu prontamente.

— E você pretende me dar filhos? — perguntou ele, o rosto impassível.

— Não como presente de casamento — brincou ela. — Imagine o que as pessoas vão pensar!

O olhar de Ramon se desviou do rosto corado de Katie para a garrafa de vinho vazia ao lado da que acabara de abrir.

— Quanto dessa garrafa você bebeu?

— Um pouco mais da metade — declarou ela, com certo orgulho. — Gabriella bebeu o restante.

Ramon teve ímpetos de sacudi-la. Em vez disto, se aproximou das janelas no canto da cozinha e, tomando um longo gole do vinho, observou a paisagem lá fora.

— Por que quer se casar comigo, Katie?

Ela percebeu a tensão naqueles ombros, o perfil inflexível, e tentou desesperadamente manter o clima leve.

— Porque você é um homem atraente, alto e misterioso! — brincou.

O breve sorriso que ele lhe enviou não refletia nenhum humor.

— E por que mais, Katie?

— Ah, pelos motivos pelos quais as pessoas se casam hoje em dia — gracejou ela. — Gostamos dos mesmos filmes, nós...

— Já chega de brincadeiras! — exclamou ele. — Perguntei por que você quer se casar comigo.

Uma onda de pânico a invadiu; o coração batia acelerado.

— Eu — tentou falar, mas não conseguiu.

Ela sabia que Ramon queria ouvi-la dizer que o amava e que se comprometia, irrevogavelmente, a se casar com ele. Mas não podia fazer nenhuma das duas coisas. Com medo de não responder, e ao mesmo tempo incapaz de dizer algo que o deixasse satisfeito, ela se limitou a encará-lo, em uma mudez infeliz.

No silêncio carregado que desabou entre eles, Katie sentiu que Ramon se recolhia mentalmente, e quando ele finalmente falou, havia uma ríspida e amarga fatalidade em sua voz que a deixou assustada:

— Não vamos mais tocar nesse assunto — declarou ele.

Sempre em silêncio, voltaram para a casa de Gabriella. Katie tentou se refugiar no calor confortável do vinho que consumira, mas se sentia mais apreensiva a cada passo. Em vez de entrar para jantar com ela, Ramon parou na porta da frente e se despediu com um leve beijo de boa-noite em sua testa.

Havia um tom sombrio no gesto, pensou Katie. Era como se estivesse dizendo adeus, em vez de boa-noite.

— Você vai passar aqui amanhã, antes do trabalho? — perguntou ela, hesitante.

Ramon parou no degrau da escada e se virou para ela, a expressão impassível.

— Não vou trabalhar amanhã.

— Então podemos nos encontrar depois que eu conversar com o padre Gregório? Vou à sacristia logo cedo, depois pretendo passar pelo chalé para arrumar algumas coisas que não ficaram prontas.

— Sim, encontro você lá — disse ele.

— Ramon — insistiu ela, temendo deixá-lo ir daquela maneira. — Acho que você não ficou muito entusiasmado com a arrumação da casa. Você não gostou?

— Peço desculpas — disse ele, educado. — Você fez um excelente trabalho. A casa me agradou perfeitamente.

Embora ele não enfatizasse o "me", Katie reparou que evitara usar a palavra "nós". Não sabia o que dizer quando ele se mostrava tão distante e formal. Abriu a porta.

— Então boa-noite, Ramon.

Ele encarava a porta que ela acabara de fechar, sentindo a dor e a amargura o invadir. Caminhou sem destino durante horas, pensando naqueles últimos dias. Por dois dias ele havia esperado que ela admitisse que o amava. Havia brincado, fizera com que Katie risse e gemesse de paixão em seus braços, mas nem mesmo nos momentos mais ardentes ela respondera às confissões de amor de Ramon. Ela o beijava, ou sorria, o tranquilizava como se fosse um garotinho impaciente, mas nunca lhe dissera o que ele tanto desejava ouvir.

A lua estava alta no céu quando Ramon retornou ao seu quarto temporário na casa de Rafael. Ele se deitou na cama e ficou olhando para o teto. Havia pedido sinceridade a Katie, e ela estava sendo honesta: se recusava a declarar uma emoção que não sentia. Era tudo muito simples.

Deus! Como era possível que ela não o amasse, quando ele a amava tanto?

A imagem de Katie se insinuou em sua mente: subindo a colina ao seu encontro com aquele andar gracioso e o cabelo glorioso esvoaçando ao vento; o fitando, os olhos muito azuis com uma faísca de riso, ou nublados de preocupação porque ele parecia cansado.

Ramon fechou os olhos, tentando adiar o momento em que teria que tomar uma decisão, mas foi em vão. A decisão já fora tomada. Ele a enviaria para casa no dia seguinte. Não, não no seguinte, mas no outro. Precisava ficar perto dela pelo menos mais um dia, mais uma noite. Apenas mais um dia, para que pudesse observá-la andando pela casa, memorizar sua imagem em cada cômodo — para que pudesse se lembrar de tudo depois que ela se fosse. Mais uma noite, para que fizessem amor no quarto que

Katie havia decorado para ele, para unir o corpo faminto ao dela, se perder nela. Iria saciar seus sentidos com todos os prazeres que um homem pode proporcionar a uma mulher, fazer com que ela gemesse e gritasse de gozo, levando-a a um êxtase após o outro.

Um dia e uma noite para guardar todas as lembranças — lembranças que lhe trariam mais tormento do que prazer, mas não importava. Ele precisava delas.

E, depois, a mandaria embora. Ela ficaria aliviada, agora sabia. Sempre soubera. Quaisquer que tivessem sido os motivos que a levaram a concordar com o casamento, Katie jamais se comprometera inteiramente com a ideia. Do contrário, não teria decorado o futuro lar como se fosse uma garçonnière, sem acrescentar o menor traço da própria personalidade.

Capítulo 18

PADRE GREGÓRIO cumprimentou Katie com cordial reserva quando ela entrou em seu escritório, na manhã seguinte. Esperou que ela se sentasse, e ocupou o assento atrás da escrivaninha.

Katie tentou imitar sua expressão grave.

— Ramon me contou que o senhor acha que me falta docilidade, submissão e respeito à autoridade.

— Sim, foi o que eu disse. — O padre se recostou na cadeira. — Você discorda?

Katie balançou a cabeça devagar, com um leve sorriso nos lábios.

— Não, de maneira alguma. Na verdade, considero um grande elogio. — A expressão do padre não se alterou, e ela hesitou um pouco, antes de continuar: — Mas é óbvio que o senhor não vê as coisas dessa forma. O senhor disse a Ramon que esse era o motivo pelo qual não queria celebrar o nosso casamento.

— Prefere que eu conte a ele o verdadeiro motivo? Que a mulher que ele ama não retribui seus sentimentos?

Ela cerrou os punhos, afundando as unhas compridas na palma das mãos.

— Eu não disse que...

— Srta. Connelly! — interrompeu ele, a voz baixa e controlada. — Não vamos perder mais tempo andando em círculos. Você está procurando um meio de evitar esse casamento, e é isto que eu estou lhe fornecendo.

Katie ficou rígida.

— Como o senhor pode dizer uma coisa dessa?

— Porque é a verdade. Pressenti isso desde o nosso primeiro encontro. Quando lhe perguntei há quanto tempo conhecia Ramon, você disse "apenas" duas semanas. Deliberadamente me fez acreditar que é o tipo de mulher que frequenta *cantinas* na esperança de conhecer homens, homens a quem permite liberdades em lugares públicos, como estacionamentos. Mas você não é desse tipo, *señorita*, e nós dois sabemos disso.

O padre ergueu a mão em um gesto autoritário, silenciando o seu protesto.

— Já é tarde demais para explicações. Há outros motivos que me levaram a acreditar no que afirmei: eu lhe avisei que bastaria dizer que amava Ramon para que pudéssemos concluir os detalhes do casamento. Se você realmente quisesse se casar, teria dito as palavras, verdadeiras ou não, para que eu concordasse em realizar a cerimônia. E quando eu deixei claro que, em vez disso, aceitaria a sua palavra de que pretendia ser uma boa esposa para Ramon, seu rosto ficou pálido como papel. Dez segundos depois, você começou a me acusar de tentar fazê-la prometer que iria respeitá-lo e obedecer-lhe.

Katie baixou os olhos para as mãos no colo. Esfregou as palmas úmidas contra os joelhos.

— Não há nada que eu possa dizer para provar que o senhor está enganado, não é?

— Você não quer provar que eu estou enganado, *señorita*. Em seu coração, o que deseja mesmo é evitar esse casamento. — O padre tirou os óculos e massageou a ponte do nariz com uma expressão de cansaço. — Talvez você tenha medo de se comprometer ou de entregar o seu amor. Não sei. Mas sei de uma coisa: quando Ramon perceber que você é capaz de lhe dar apenas o seu corpo, e não o seu coração, ele não ficará satisfeito. Nenhum homem com o mínimo de orgulho se permitiria continuar gostando tanto de uma pessoa que não o ama. O amor de Ramon vai murchar e morrer, pois ele fará de tudo para que isso aconteça; ele próprio vai matar esse sentimento. E, quando isso acontecer, ele estará livre para encontrar outra mulher e se casar, se assim decidir. Ciente de tudo isso, eu não posso, não vou uni-lo a você pelo resto da vida com os laços eternos do sagrado matrimônio.

Os olhos de Katie ardiam com as lágrimas que ela se recusava a derramar, e um nó se formou em sua garganta quando ouviu as últimas palavras do padre:

— Seria melhor para os dois se você voltasse imediatamente para os Estados Unidos. Se lhe falta coragem e decência para tanto, então vá viver com ele em pecado, ou se case apenas em uma cerimônia civil. Não vou impedi-los. Eu lhe dei uma saída, e espero que você também dê a Ramon uma, e que não o force a se unir a você na Igreja.

Katie se levantou, rígida.

— E essa é a sua decisão final? — perguntou.

O padre pareceu demorar uma eternidade para se levantar.

— Se é como deseja colocar, sim, é a minha decisão final. Vou deixar que você se encarregue de contar a Ramon. — Os olhos azuis brilharam quase com simpatia. — Não se sinta culpada por não conseguir amá-lo, *señorita*. Ramon é um homem que atrai as mulheres. Muitas já o amaram no passado, e muitas ainda vão amá-lo no futuro e estarão mais do que dispostas a se casar com ele.

Katie mantinha a cabeça erguida, orgulhosa, mas os olhos se enchiam de lágrimas.

— Eu não me sinto culpada, mas sim furiosa! — Girando nos calcanhares, se encaminhou para a porta.

A voz do padre Gregório soou incrivelmente triste quando a chamou:

— *Señorita.*

Ela manteve o rosto baixo, sem querer lhe dar a satisfação de vê-la chorar.

— Sim?

— Deus a abençoe.

As lágrimas presas na garganta a impediram de responder. Ela abriu a porta e se foi.

Katie dirigiu até o chalé, quase cega pelas lágrimas de medo e humilhação. O padre Gregório estava certo. Ela realmente estivera procurando um meio de escapar do casamento. Não, não um meio de escapar, mas sim de ganhar mais tempo.

— Maldito seja, David! — murmurou ela, com voz embargada.

Toda aquela confusão na qual sua vida se transformara era culpa dele. Mesmo depois de morto, David continuava a persegui-la. Era por causa dele que não conseguia superar aquele pânico paralisante de que pudesse estar cometendo o mesmo erro duas vezes.

Na primeira vez, tinha se casado mesmo quando os próprios instintos a alertavam de que aquele homem não era quem parecia ser. Agora, queria se casar com outro homem, e sentia a mesma coisa. Não conseguia afastar aquela sensação.

Parou o carro na frente da casinha de contos de fada e entrou, aliviada ao ver que Ramon não estava ali. Não queria ter que explicar a expressão transtornada. E como poderia? Como poderia dizer "Há algo em você que me assusta, Ramon"?

Katie foi para a cozinha e metodicamente colocou pó na cafeteira nova que havia comprado. Depois de pronto o café, encheu uma caneca e a levou para a mesa. Com as mãos em volta da caneca quente, ficou olhando para as colinas que se estendiam em todas as direções, deixando que a paisagem magnífica acalmasse o turbilhão de emoções.

Lembrou-se da maneira como se sentia antes de se casar com David. Alguma intuição, algum instinto a avisara de que David Caldwell não era realmente o homem que fingia ser. Ela devia ter dado ouvidos a si mesma.

E, agora, queria se casar com Ramon — e todos os seus instintos lhe diziam que tampouco ele era o homem que fingia ser.

Katie massageou as têmporas com a ponta dos dedos. Nunca se sentira tão confusa e amedrontada. Não podia mais adiar a decisão. Ou ignorava seus temores instintivos e se casava com Ramon ou teria que voltar para os Estados Unidos.

A ideia de abandoná-lo quase a deixava fisicamente doente. Ela o adorava!

Amava os olhos negros, o sorriso radiante, a força nas feições definidas e a tranquila autoridade em sua expressão. Mesmo sendo um homem alto, forte e musculoso, era gentil e delicado com ela. Ao seu lado, se sentia protegida, amada, e não ameaçada nem insignificante.

Por natureza, ele era um homem dominador, viril e seguro de si, enquanto ela era obstinada e independente. Deveria se ressentir por ele querer relegá-la ao papel de mãe e esposa, mas não o fazia. A ideia de ser sua mulher a enchia de alegria, e ficava encantada ao pensar que poderia ter filhos com ele. Ficaria feliz em limpar a casa e cozinhar em troca de se aninhar naqueles braços fortes todas as noites.

Ramon queria que ela aceitasse uma espécie de servidão sexual, que entregasse seu corpo e sua alma aos seus cuidados. Em troca, ele seria seu amante, provedor e um pai para seus filhos. Envergonhada, Katie admitiu a si mesma que também era o que queria. Poderia ser um acordo machista, nada moderno, mas parecia tão certo, tão satisfatório. Pelo menos para ela.

Ficou olhando para as mãos cruzadas em seu colo. Ramon era tudo o que ela poderia desejar: um homem inteligente, sensível, sensual, que a amava.

Mas não era real.

Não era o que fingia ser. Katie não sabia por que se sentia assim, ou o que estava errado, mas a sensação não a abandonava.

* * *

RAMON ESTACIONOU O CARRO DE Rafael na frente do armazém-geral e desceu. Eduardo abriu a porta no lado do passageiro.

— Vou com você — avisou. — Gabriella me pediu para comprar leite.

— O quê? — perguntou Ramon, distraído.

— Eu disse que — Eduardo balançou a cabeça, exasperado. — Não importa. Você não ouviu nenhuma palavra do que eu disse a manhã toda. Esse casamento está afetando sua audição, meu amigo.

— Não vou me casar — revelou Ramon, mal-humorado, deixando Eduardo boquiaberto enquanto abria a pesada porta e entrava no armazém.

Em contraste com o calor do lado de fora, o interior da loja estava fresco e agradável. Ignorando o olhar perplexo de Eduardo, bem como as dez pessoas que o encaravam com ávida curiosidade, Ramon escolheu várias caixas de charutos e as levou para o balcão, onde duas jovens atendiam os fregueses. Eduardo deixou a caixa de leite ao lado dos charutos e perguntou, em voz baixa:

— Você está brincando?

Ramon o olhou de relance.

— Não, não estou brincando.

Uma linda jovem, que trocava um avental para uma senhora alta, avistou Ramon e seu rosto se iluminou. Pediu a outro funcionário, um homem de meia-idade, que cuidasse da troca e foi até onde Ramon e Eduardo esperavam na fila.

— *Señor* Galverra — disse ela, radiante, em espanhol. — Lembra-se de mim? Sou Maria Ramirez. Eu usava tranças quando era criança, e o senhor costumava puxá-las e dizer que eu ficaria linda quando crescesse.

— Então acertei — comentou ele, se esforçando para sorrir.

— Estou noiva agora, vou me casar com Juan Vega — continuou a jovem, sempre sorridente, enquanto se abaixava por trás do balcão e pegava um grande pacote, embrulhado em papel branco e amarrado com barbante. — Estas são as toalhas que a *señorita* Connelly encomendou para o senhor. Quer levá-las agora?

— Tudo bem — respondeu Ramon, com um leve aceno. Enfiou a mão no bolso da calça jeans e tirou a carteira enquanto examinava a nota. — Você cobrou apenas os charutos, Maria. Qual é o preço das toalhas?

— A *señorita* Connelly já pagou pelas toalhas com o cartão de crédito — assegurou a jovem.

Ramon tentou não se mostrar tão impaciente quanto se sentia.

— Deve haver algum engano.

— Engano? — repetiu Maria. — Acho que não, mas vou verificar.

A garota cortou o barbante e abriu o pacote. Uma pilha de toalhas felpudas e coloridas se espalhou pelo balcão. Ramon sentia que os fregueses começavam a se amontoar atrás e ao lado dele, tentando ver melhor o conteúdo do pacote.

— Aqui está o recibo do cartão de crédito, e estas são as notas de compra — disse Maria, pegando os papéis entre duas toalhas. — Não há nenhum engano. A *señorita* Connelly pagou as toalhas com o cartão de crédito, no mesmo dia que pagou as outras compras que fez, na semana passada. Veja, aqui está a nota discriminando os artigos que ela comprou, num total de quinhentos dólares. Uma torradeira, uma cafeteira, pratos, panelas, copos de diversos tamanhos, um liquidificador, utensílios de cozinha e todos estes outros itens.

Um homem idoso atrás de Ramon lhe deu um leve tapinha nas costas.

— Você é um sujeito de sorte, Ramon. Sua *novia* quer que tenha tudo o que há de melhor. Não é apenas bonita, mas também muito generosa, hein?

— Embrulhe as toalhas — ordenou Ramon a Maria, em um tom baixo e ríspido.

Maria empalideceu ao ver a expressão no rosto dele, e mais que depressa juntou as toalhas e as embrulhou.

— Aqui estão as notas da *señorita* Connelly — gaguejou ela —, uma para cada metade da quantia que ela gastou. — Desviou os olhos da expressão assassina de Ramon, lhe entregando as notas. — A *señora* Alvarez — acrescentou, se voltando apreensivamente para Eduardo ao pronunciar o nome da esposa dele — explicou que eu não precisaria fazer as notas em duplicatas dessa forma quando a *señorita* Connelly pagasse em dinheiro. Mas eu faço mesmo assim.

Empurrou o pacote na direção de Ramon como se queimasse as suas mãos, e a voz baixou para um sussurro amedrontado:

— Dessa maneira, eu nunca me esqueço.

A voz de Ramon soou gélida:

— Tenho certeza de que a Srta. Connelly apreciou muito a sua ajuda, Maria.

Apressados, todos abriram caminho quando ele marchou para fora da loja com a fúria explodindo em cada passo.

Onze aldeões observaram a porta bater com força depois que Ramon e, em seguida, Eduardo saíram. Olharam uns para os outros, os rostos refletindo uma variedade de reações que iam do susto à satisfação. Apenas uma pessoa que estava na loja ficou indiferente ao que acabara de acontecer — um turista inglês, que não entendia espanhol. Ele pigarreou educadamente com vários pacotes nos braços, mas foi ignorado.

Maria foi a primeira a falar. Olhou para as pessoas que rodeavam o balcão, os olhos castanhos muito abertos e preocupados, quando sussurrou:

— O que eu fiz de errado?

Um homem de meia-idade, que também trabalhava no armazém, a encarou com ironia.

— Maria, você acabou de "ajudar" a *señorita* Connelly um pouco mais do que ela precisava.

O velho que provocara Ramon acerca da generosidade de sua noiva deu um tapa na perna e exclamou, exultante:

— Eu disse que Galverra não sabia o que a garota estava fazendo! Eu disse! — O rosto enrugado se iluminou com um largo sorriso enquanto ele encarava os vizinhos. — Eu disse a vocês que ele não deixaria que uma mulher o sustentasse, nem se estivesse morrendo de fome! Ele devia lhe dar uma boa lição, isso sim!

— Volto depois para comprar o avental — disse a mulher do avental enquanto se encaminhava para a porta.

— Para onde vai, Rosa? — chamou a amiga atrás dela.

— À igreja, fazer uma prece.

— Pela moça americana? — perguntou uma das senhoras, rindo.

— Não, por Gabriella Alvarez.

— Essa também merece uma boa lição — declarou o velho.

* * *

QUANDO OUVIU RAMON ENTRAR, KATIE fingiu que estava arrumando os jogos americanos de palha na mesa da cozinha. Era incrível como o simples som daquela voz chamando seu nome era o suficiente para deixá-la mais animada.

— Aqui estão as toalhas que você encomendou — disse ele, deixando o pacote na mesa. — A garota da loja disse que já foram pagas. O café ainda está fresco? — perguntou, enquanto se adiantava e se servia uma caneca.

Katie sorriu por sobre o ombro e assentiu, abrindo o pacote para ver as toalhas, e depois começou a dobrá-las outra vez.

— Ainda não imagino como conseguiu comprar tudo isso com o dinheiro que lhe dei — comentou ele.

— Já falei — retrucou ela, em um tom animado. — Sou especialista em pechinchas.

— E é uma excelente mentirosa também.

Katie deu meia-volta, sentindo um arrepio de medo, que se transformou em pânico no instante em que olhou para ele. Em contraste com a calma paralisante de sua voz, o rosto de Ramon era uma máscara de fúria.

— Quanto do seu dinheiro você gastou, Katie?

Ela sentiu a boca seca.

— Muito pouco. Uns cem dólares.

Os olhos de Ramon a trespassaram como punhais.

— Eu perguntei... *quanto,* Katie — repetiu, em uma voz terrível.

— Duzentos dólares.

— Se você mentir para mim mais uma vez — ameaçou ele em um tom sedoso —, vou fazer com que o seu primeiro marido pareça um santo.

A ameaça a deixou morta de medo.

— Cerca de três mil dólares — confessou ela.

A pergunta seguinte a atingiu como um chicote.

— Por quê?

— Porque eu não queria me sentir obrigada a casar com você.

Um lampejo de dor lhe contraiu as feições, um segundo antes de todo o seu corpo enrijecer, tenso.

— Amanhã, às duas da tarde, Garcia vai levá-la ao aeroporto. Ele lhe entregará um cheque para reembolsá-la por tudo o que gastou. Não precisa se dar ao trabalho de explicar nada a Gabriella e Eduardo, pois eles já sabem que você está de partida.

Katie respirava com dificuldade, ofegante.

— Você vai mesmo me mandar embora apenas porque comprei algumas coisas para a casa?

— Não. Porque eu lhe disse para não fazer isso — corrigiu ele com desprezo.

— E é só por isso? Porque o desobedeci? — Katie se sentia como se tivesse sido atacada fisicamente. Sua mente não conseguia absorver o choque.

Ramon devia estar louco, pensou. O homem a quem conhecia jamais, jamais agiria daquela forma. Não por algo tão insignificante.

Começou a andar na direção da porta, sentindo as pernas pesadas, rígidas. Ao passar por ele, o fitou por um instante, os olhos repletos de dor e desilusão.

— Apenas por isso — murmurou, balançando a cabeça como se estivesse entorpecida. — Não! — gritou quando Ramon a agarrou e a puxou de encontro ao peito.

Os olhos de ônix faiscavam, o rosto pálido de ódio.

— Você não é nada além de um corpo ávido e um coração vazio — cuspiu ele, com malícia. — Achou mesmo que eu estivesse tão desesperado a ponto de aceitar seu corpo em um aluguel temporário e chamar isso de casamento? — Empurrou-a para longe como se não suportasse tocá-la, e marchou até a porta, onde se virou, a voz sinistra: — Se em duas semanas não descontar o cheque de Garcia, vou atear fogo em tudo o que está nesta casa!

* * *

Katie fechou a última mala e a colocou na porta do quarto, deixando-a ao lado das outras cinco. Não havia mais nada a fazer naquela noite, exceto dormir.

Sentou-se na cama do quarto de hóspedes de Gabriella e olhou em volta, atordoada. Ela queria tempo e agora tinha de sobra. Tinha o resto da vida à sua frente para se perguntar se havia jogado fora sua chance de felicidade, ou se escapara de outro pesadelo de casamento. Ergueu os olhos para o espelho, e o rosto carregado de sofrimento que a encarou de volta era o reflexo perfeito de seus sentimentos.

Gabriella estava dormindo, e Eduardo saíra logo depois do jantar. Katie estremeceu, se lembrando da atmosfera desagradável que se instalara durante a refeição. Ninguém pronunciara uma palavra. Eduardo comera mergulhado num silêncio furioso, e Gabriella, pálida como a morte, passara o tempo todo enviando a Katie leves sorrisos de solidariedade e conforto, entre disfarçadas fungadelas. Katie, que não conseguira engolir nada, havia evitado cuidadosamente o olhar fulminante de Eduardo e enviara um olhar de desculpa à pobre Gabriella. Quando acabou de jantar, Eduardo empurrara a cadeira para trás, se levantara e olhara para Katie com um ódio evidente.

— Meus parabéns — dissera ele, entre dentes. — Você conseguiu destruir um grande homem. Nem mesmo o pai dele teve tanto sucesso quando tentou, mas você conseguiu. — Girou nos calcanhares e saiu.

Katie consultou automaticamente o relógio ao lado da cama quando ouviu a porta da frente abrir e fechar. Os passos pesados de Eduardo vinham na direção do seu quarto. Mais que depressa, enxugou as lágrimas e ergueu o rosto, e deparou com Eduardo na soleira da porta. Empinou o queixo em uma débil tentativa de desafio quando ele se aproximou.

Atirando na cama um grande álbum de fotografias com capa de couro, disse, gélido:

— Este é o homem a quem você reduziu ao nível de pedinte aos olhos desta cidade.

Confusa, Katie pegou o álbum.

— Abra — cuspiu Eduardo. — Pertence a Rafael e à esposa. Eles querem que você o veja, antes de partir.

Katie engoliu em seco.

— Ramon está na casa deles? — perguntou.

— Não — respondeu Eduardo, seco.

Depois que ele saiu, Katie abriu o álbum. Mas as páginas não continham fotografias, e sim dezenas e dezenas de recortes de jornais e revistas. Ela passou os olhos pelo primeiro, e as mãos começaram a tremer violentamente, enquanto virava as páginas plastificadas. Havia uma foto de jornal de Ramon parado diante de uma dúzia de microfones, durante a Conferência Mundial de Negócios em Genebra.

— Ah, meu Deus... — murmurou ela. — Ah, meu Deus...

Os recortes pareciam voar diante dos seus olhos como uma sequência de filme: fotos de Ramon em centenas de poses diferentes lhe assaltavam os sentidos. Ramon, com a expressão grave em uma reunião com xeques árabes; recostado numa cadeira à mesa de conferências com líderes internacionais; Ramon, com a pasta em punho, embarcando em um jato com o logotipo *Galverra International* pintado na lateral.

Katie tentou ler os artigos, mas conseguiu apenas absorver algumas frases soltas:

> *"Conhecido pela genialidade como negociador, Galverra foi responsável pelas aquisições que alçaram a Galverra International ao status de império financeiro. Fluente em espanhol, francês, italiano, inglês e alemão. Formado pela Universidade de Harvard. Mestrado em administração de empresas. Um homem discreto que se ressente da intromissão da imprensa em sua vida pessoal."*

Havia instantâneos de Ramon usando smoking, jogando no cassino de Monte Carlo, enquanto uma loira maravilhosa lhe sorria com adoração; Ramon apoiado no parapeito de seu imenso iate, a brisa lhe desmanchando o cabelo.

Muitas das fotos confirmavam a relatada recusa em admitir que a imprensa se intrometesse em sua vida particular, pois eram desfocadas e obviamente tiradas de uma longa distância, com algum tipo de lente especial.

Estava tudo ali, incluindo o início do fim. Havia fotos de dois edifícios cuja construção fora interrompida, em Chicago e St. Louis, assim como artigos sobre as perdas irremediáveis da corporação no Irã.

Katie fechou o álbum e o apertou contra o peito, em um abraço protetor. Encostou o rosto na capa de couro, e seu corpo tremia com a força dos soluços.

— Ah, amor, por que você não me contou? — choramingou, em desespero.

Capítulo 19

ENQUANTO GARCIA CARREGAVA as duas últimas malas de Katie para o Rolls-Royce, ela se virou para Gabriella, que observava tudo, hesitante, da sala.

— Lamento tanto — sussurrou Gabriella, se despedindo com um abraço. — Lamento muito mesmo.

Eduardo deu um passo à frente e lhe estendeu a mão, em um gesto rígido.

— Faça uma boa viagem — disse, com mais frieza e desprezo do que nunca.

Garcia abriu a porta do carro e ela entrou. Estudou o suntuoso interior revestido de couro branco, com a aparelhagem sofisticada que tanto a divertira. Aquele era o carro de Ramon, naturalmente, concluiu Katie com uma renovada pontada de tristeza. Não era de admirar que ele ficara tão irritado quando ela demonstrara admiração pelo veículo — estava prestes a perdê-lo. Ramon estava perdendo tudo, inclusive ela.

Percebendo que Garcia ainda não fechara a porta, Katie ergueu os olhos para ele. O motorista tirou um cheque do bolso do uniforme preto e lhe entregou. Katie segurou a folha nas mãos, olhando-a com um misto de torpor e infelicidade. Era um cheque de 3.500 dólares — 500 dólares a mais do que ela gastara. Aparentemente, Ramon não acreditara nem mesmo quando ela dissera a verdade.

Katie se sentiu mal. A maior parte das coisas das quais era acusada nem mesmo tinha sido culpa sua! Se ao menos Ramon não tivesse se passado por um simples fazendeiro, ela não teria ficado tão desconfiada e temerosa de se casar com ele. Não teria se sentido na obrigação de pagar a metade de tudo o que comprara. Nada daquilo teria acontecido. Mas acontecera. Ela o havia envergonhado e humilhado, e agora ele a mandava embora.

Ele a mandava embora, pensou Katie, enquanto o carro se afastava da casa de Gabriella. O que estava acontecendo com ela, permitindo que Ramon a escorraçasse daquele jeito? Não era o momento de começar a ser obediente! Não era hora de se sentir amedrontada e intimidada, mas era assim que se sentia. Com um estremecimento de terror, se lembrou da fúria estampada na expressão de Ramon, no dia anterior, a raiva mortal em cada palavra que pronunciara cuidadosamente. Mas, acima de tudo, se lembrava da ameaça: "Minta para mim só mais uma vez e farei com que o seu primeiro marido pareça um santo!" Naquele momento, Ramon parecia enfurecido o bastante para cumprir a promessa.

Katie mordeu o lábio, tentando desesperadamente criar coragem para pedir a Garcia que a levasse até Ramon, para que pudesse se explicar. Ela *precisava* vê-lo. Com os nervos à flor da pele, disse a si mesma que Ramon jamais se comportaria como David. Ramon não sabia do que a ameaçava quando disse aquilo. De qualquer forma, não iria mentir para ele, portanto ele não teria motivos para...

De nada adiantaria, concluiu ela. Queria poder encontrá-lo, explicar tudo, mas seria incapaz de enfrentar a raiva de Ramon sozinha. Com ou sem motivos, tinha um medo irracional de violência física.

Precisava que alguém a acompanhasse quando fosse confrontá-lo. As mãos de Katie começaram a tremer, com um misto de pânico e determinação. Não havia ninguém ali para ajudá-la, e já era tarde demais. Ramon a odiava pelo que havia feito. Não, ele a *amava*. E se a amava de verdade, seria impossível deixar de amá-la com tanta facilidade.

Ele teria que escutá-la, pensou Katie fervorosamente enquanto o Rolls-Royce deslizava pelas ruas do vilarejo e parava, a fim de permitir que um grupo de turistas atravessasse a rua. Deus, alguém tinha que fazê-lo escutar!

Naquele instante, Katie viu o padre Gregório atravessar a praça, na direção da igreja, a batina esvoaçando na brisa da tarde. Ele olhou rapidamente na direção do carro, a avistou na janela e, devagar, desviou o rosto. O padre Gregório jamais a ajudaria. Ou será que sim?

O carro começou a ganhar velocidade. Katie não conseguia encontrar o botão que abria a janela de comunicação, então bateu no vidro, chamando:

— Pare! *Parese!*

Porém, o breve relance dos olhos de Garcia no retrovisor a fez perceber que ele nem sequer a ouvira. Era óbvio que Ramon lhe dera instruções de levá-la ao aeroporto e colocá-la no avião, e Garcia pretendia fazer exatamente isto. Katie tentou abrir a porta, mas estavam todas travadas.

Inspirada pelo desespero, ela cobriu a boca com as mãos e gritou:

— Pare, por favor! Eu estou enjoada!

Deu certo! Em questão de segundos Garcia parou o carro, saltou e lhe abriu a porta.

Katie se desvencilhou do atônito motorista, que pensava a estar ajudando.

— Já estou bem melhor agora! — assegurou ela, cruzando a praça depressa, na direção da igreja e do homem que havia se oferecido para ajudá-la a explicar tudo a Ramon.

Lançou um rápido olhar por cima do ombro, mas Garcia continuava parado ao lado do carro, aparentemente imaginando que ela fora atacada por algum tipo de súbito fervor religioso.

No topo da escadaria de pedra, Katie hesitou, sentindo o estômago embrulhar de medo. Depois da última conversa que tiveram, o padre Gregório nutria apenas um profundo desprezo por ela, e talvez jamais a ajudasse. Ele mesmo lhe dissera, sem rodeios, que voltasse para os Estados Unidos. Mas mesmo assim Katie se obrigou a abrir a pesada porta de carvalho e entrou na igreja sombria, iluminada apenas pela luz das velas.

Procurou no altar, e nas capelas laterais, onde as velas tremeluziam em pequenos castiçais de vidro vermelho, mas o padre não estava ali. Então o avistou, não ocupado com alguma tarefa, como ela havia esperado, mas sim sentado sozinho, na segunda fileira de bancos de madeira, na frente do altar. A cabeça branca estava abaixada, bem como os ombros, numa postura de desespero ou de devoção, ela não saberia dizer.

Katie hesitou, sentindo toda a coragem abandoná-la. O padre não iria ajudá-la. À própria maneira, o padre Gregório a desprezava tanto quanto Eduardo, e com mais e melhores motivos. Virando-se, ela começou a sair da igreja.

— *Señorita!* — A ríspida voz imperativa cortou o silêncio como um raio, fazendo com que Katie estacasse no lugar.

Devagar, ela se virou para encará-lo. Ele estava parado no centro da nave agora, mais firme e imponente do que nunca.

Ela engoliu em seco, sentindo a garganta arder, e tentou inspirar fundo.

— Padre Gregório — disse, em um tom rouco, suplicante. — Imagino o que o senhor deve estar pensando a meu respeito, e não o culpo por isso, mas foi somente ontem à noite que descobri por que seria tão humilhante para Ramon o fato de eu pagar pelas coisas que comprei, sobretudo aos olhos dos moradores do vilarejo. Ontem, Ramon descobriu o que andei fazendo, e ficou furioso. Eu... eu nunca vi alguém tão furioso em toda a minha vida. — A voz caiu para um sussurro sufocado: — Ele está me mandando de volta para casa.

Katie examinou o rosto austero, esperando encontrar algum sinal de simpatia ou compaixão, mas ele a fitava com olhos penetrantes, incisivos.

— Eu... eu não quero ir embora — gaguejou ela. Ergueu as mãos em um gesto de impotência, e, para seu supremo horror, as lágrimas começaram a cair de seus olhos. Humilhada demais para encarar o padre, tentou, em vão, enxugar a torrente de lágrimas do rosto. — Quero ficar aqui, com ele — acrescentou, com ferocidade.

— Por quê, Katherine? — A voz do padre foi um murmúrio gentil.

Ela ergueu os olhos, atônita. Ele nunca a chamara de "Katherine", e a imensa ternura contida em sua voz a deixou perplexa. Encarou-o através da cortina de lágrimas. O padre se aproximava dela com um sorriso lento iluminando todo o seu rosto.

Parou à sua frente e insistiu suavemente:

— Diga-me por quê, Katherine.

O calor e a aprovação daquele sorriso começaram a derreter o gelo da infelicidade no coração de Katie.

— Quero ficar porque quero me casar com Ramon. Não quero mais evitar o casamento — admitiu ela, com uma inocência quase infantil. Sua voz ganhou força quando continuou: — Prometo que vou fazê-lo feliz, padre. Sei que posso. E ele me faz muito feliz.

O sorriso do padre Gregório se alargou, e, para alegria e alívio de Katie, ele começou a lhe fazer as mesmas perguntas que havia tentado dias antes:

— Você será capaz de colocar os desejos de Ramon à frente dos seus?

— Sim — sussurrou ela.

— Compromete-se inteiramente com esse casamento, colocando o sucesso de Ramon como prioridade em sua vida?

Katie assentiu, enfática.

— Você vai honrar Ramon e respeitar seus desejos?

Ela tornou a assentir com vigor, e acrescentou:

— Serei a esposa mais perfeita que o senhor já conheceu.

Os lábios do padre se apertaram em uma linha fina.

— Você vai obedecê-lo, Katherine?

Ela o encarou, com recriminação.

— O senhor disse que eu não teria que fazer essa promessa.

— E se eu lhe pedisse para fazê-la?

Katie pesou brevemente as crenças de uma vida inteira com o futuro que teria pela frente. Olhou o padre nos olhos e respondeu:

— Sim, eu prometeria.

O olhar do padre se iluminou com um sorriso.

— Na verdade, eu estava apenas especulando.

Katie suspirou, aliviada.

— Ainda bem, pois duvido que eu conseguisse manter a promessa. — Novamente em tom de súplica, ela perguntou: — E agora, o senhor vai realizar o nosso casamento?

— Não.

A resposta veio em um tom tão bondoso que, por um instante, Katie achou que não entendera direito.

— Não? — repetiu. — Por quê? Por que não?

— Porque você ainda não me disse a única coisa que preciso ouvi-la dizer.

Katie sentiu o coração martelar contra o peito, e toda a cor desapareceu de seu rosto. Fechou os olhos, tentando afastar a lembrança de si mesma gritando aquelas palavras, se obrigando a repeti-las agora.

— Eu — A voz falhou. — Eu não posso. Não consigo dizer. Bem que gostaria, mas...

— Katherine! — exclamou o padre, assustado. — Venha, sente-se aqui — disse rapidamente, a levando para o banco mais próximo. Sentou-se ao lado dela, o rosto bondoso repleto de preocupação e ansiedade. — Você não precisa dizer que o ama, Katherine — apressou-se em lhe assegurar. — Isso é perfeitamente visível. Mas será que, pelo menos, poderia me contar por que acha tão difícil admitir, tão impossível pronunciar as palavras?

Muito pálida, Katie se virou para ele, magoada e indefesa, e estremeceu. Em um sussurro enrouquecido, respondeu:

— Porque fico me lembrando da última vez que disse essas palavras.

— Minha filha, seja lá o que tenha acontecido, você não pode ficar guardando tudo dentro de si. Nunca desabafou com ninguém?

— Não — respondeu ela, a voz embargada. — Ninguém. Meu pai teria tentado matar David, o meu marido. Quando meus pais retornaram da viagem à Europa, todas as marcas já haviam sumido, e Anne, a empregada, prometeu que nunca lhes contaria sobre o meu estado na noite em que voltei para a casa.

— Quer tentar me dizer o que aconteceu? — perguntou ele, com suavidade.

Katie olhou para as mãos imóveis em seu colo. Se o fato de falar pudesse finalmente exorcizar David de sua mente, de sua vida, ela estava disposta a tentar. Suas primeiras palavras foram vacilantes, hesitantes, mas logo todo o horror transbordou em uma torrente de angústia e sofrimento.

Quando terminou, Katie se recostou no banco, emocionalmente exausta, vazia — até mesmo, percebeu com um lampejo de surpresa — da dor. Ouvir-se falar em voz alta sobre David a fez compreender que não havia semelhança alguma entre ele e Ramon; nenhuma. David fora um homem egoísta, um monstro, sádico, enquanto Ramon queria amá-la, protegê-la, ampará-la. E, mesmo quando desafiara Ramon, o humilhando e o enfurecendo, ele não abusara fisicamente dela. O que acontecera no passado pertencia ao passado.

Katie olhou para o padre Gregório e se deu conta de que ele parecia agora carregar aquele fardo nos próprios ombros. Parecia extremamente cansado.

— Eu me sinto bem melhor agora — disse ela, esperando animá-lo.

O padre falou pela primeira vez desde que ela iniciara seu desabafo:

— Ramon sabe o que aconteceu com você naquela noite?

— Não. Eu não conseguia tocar no assunto. E, de qualquer forma, realmente não achava que ainda me incomodasse. Quase nem penso mais em David.

— Mas estava a incomodando — retrucou o padre. — E você esteve pensando no seu primeiro marido, mesmo sem perceber. Do contrário teria simplesmente confrontado Ramon com as suspeitas de que ele não era exatamente quem dizia ser. Você não o confrontou porque, em seu coração, tinha medo do que poderia descobrir. Por causa da sua terrível experiência, automaticamente presumiu que o segredo de Ramon seria tão aterrorizante quanto os segredos que David escondia.

O padre mergulhou em um silêncio contemplativo por alguns minutos, depois pareceu despertar do devaneio.

— Acho que seria melhor se você contasse tudo a Ramon antes da noite de núpcias. Há sempre a possibilidade de que, devido às lembranças, você sinta alguma inexplicável repulsa quando confrontada com a intimidade entre marido e mulher. Ele precisa estar preparado.

Katie sorriu e balançou a cabeça, confiante.

— Não sinto qualquer repulsa em relação a Ramon, não há motivo para preocupação.

— Talvez tenha razão. — Inesperadamente, a expressão do padre se tornou sombria, irritada. — Mesmo se você reagir com receio às intimidades maritais, tenho certeza de que Ramon possui bastante experiência com mulheres para lidar com problemas desse tipo.

— Tenho certeza disso — assegurou Katie, rindo da expressão de censura do padre. Este franziu a testa, desconfiado, e ela se apressou em corrigir: — Tenho *quase* certeza.

Ele assentiu, com aprovação.

— É bom que você o tenha feito esperar.

Mortificada, Katie sentiu o rosto arder. O padre percebeu que ela corava e, franzindo o cenho, a observou por cima dos óculos.

— Ou será que foi Ramon que a fez esperar? — emendou, com astúcia.

Ambos olharam para trás ao mesmo tempo quando alguns turistas entraram na igreja.

— Venha, vamos continuar nossa conversa lá fora — sugeriu o padre. Desceram a escadaria e foram para a praça na frente da igreja. — O que vai fazer agora? — perguntou.

Katie mordeu o lábio e olhou na direção do armazém-geral.

— Acho — respondeu, com evidente relutância. — Acho que eu deveria devolver as coisas que comprei e dizer, diante de todos, que Ramon não — engasgou com a palavra. — Que Ramon não me *permitiu* ficar com elas.

O padre Gregório atirou a cabeça para trás, com uma sonora gargalhada. Do outro lado da rua, várias pessoas pararam para ver o que estava acontecendo.

— Isso é bastante encorajador! — Ele riu. Depois, balançou a cabeça em negativa, diante de tal sugestão. — Não creio que Ramon gostaria que você fizesse isso. Ele não iria querer comprar o próprio orgulho de volta à custa do *seu*. No entanto, você poderia se oferecer para fazer isso. Talvez ajudasse a convencê-lo de que está realmente arrependida.

Katie lhe lançou um olhar impaciente.

— O senhor ainda acha que me faltam docilidade e respeito à autoridade?

— Sinceramente, espero que sim — disse ele, com um sorriso caloroso. — Conforme Ramon me informou um tanto rispidamente, ele não procura um cachorrinho de estimação.

O sorriso de Katie desapareceu.

— Tampouco quer se casar comigo agora.

— Gostaria que eu a acompanhasse, quando for falar com ele?

Katie pensou um pouco e balançou a cabeça.

— Quando entrei na igreja, era o que pretendia lhe pedir. Estava aterrorizada pela raiva que Ramon demonstrou ontem; até ameaçou fazer com que David parecesse um santo.

— Ramon levantou a mão para você?

— Não.

O padre Gregório pressionou os lábios.

— Se ele não a agrediu depois de toda a provocação de ontem, tenho certeza de que jamais o fará.

— Acho que eu sempre soube disso — admitiu Katie. — Provavelmente foi apenas a lembrança de David que me fez temer tanto Ramon, ontem e hoje.

Cruzando as mãos nas costas, o padre olhou em volta, sorrindo com aprovação para as montanhas, o céu, o vilarejo e os moradores.

— A vida pode ser muito boa quando se permite que seja, Katherine. Mas você deve negociar com ela. Precisa dar algo de si para receber algo em troca. A vida desanda quando as pessoas tentam apenas tirar proveito, sem nada entregar. Então acabam de mãos vazias e tentam se agarrar à vida com mais força, cada vez mais desapontadas e desiludidas. — O padre sorriu para ela. — Como você não tem medo de que Ramon possa agredi-la fisicamente, presumo que não precise de mim, estou certo?

— Na verdade, preciso sim — respondeu Katie, olhando rapidamente para Garcia, que continuava parado ao lado do carro, braços cruzados, observando cada movimento seu. — Acho que Ramon deu instruções a Garcia para me escoltar para fora desta ilha e, se eu perder o avião, aquele homem será capaz de me colocar em um barco, numa caixa ou até numa garrafa, mas fará o que lhe foi mandado. O senhor acha que poderia convencê-lo a me levar de volta para a casa de Gabriella, e também lhe dizer que quero fazer uma surpresa a Ramon, e que, portanto, ele não deverá lhe contar que não parti?

— Acho que posso fazer isso — falou o padre, a segurando pelo braço e a acompanhando até o carro.

— Um homem tão "arrogante" quanto eu deve ser capaz de convencer um motorista.

— Por favor, me desculpe pelas coisas que eu disse — pediu Katie, arrependida.

O padre a fitou, sorrindo.

— Depois de usar estes trajes por cerca de quarenta anos, creio que desenvolvi uma tendência a agir de forma um tanto autoritária. Confesso que, desde que me disse aquelas coisas, fiz um profundo exame de consciência, tentando descobrir se você tinha razão.

— Era isso que o senhor estava fazendo quando entrei na igreja agora há pouco?

O rosto do padre ficou sombrio.

— Foi um momento de grande tristeza, Katherine. Eu a vi passando pela igreja no carro de Ramon, e soube que estava partindo. Sentei-me ali por um momento e rezei para que você reconhecesse o que escondia em seu coração. Apesar de tudo o que disse e fez, eu sentia que você o amava. Agora, vamos ver se consigo convencer o fiel Garcia de que será melhor para Ramon se ele desobedecer às suas ordens?

Quando o Rolls-Royce parou na frente da casa de Gabriella, Katie ainda se perguntava se não seria melhor ir direto para a casa de Ramon. O problema era que Ramon talvez não voltasse mais ao chalé, e Katie não tinha ideia de onde o encontraria. Gabriella poderia ajudá-la, contanto que Eduardo não descobrisse.

Ergueu a mão para bater à porta, mas esta se abriu de repente. Em vez de Gabriella, foi o próprio Eduardo quem atendeu, a expressão fechada e sombria.

— Você não foi embora?

— Não, eu — Katie começou, em um tom de desculpas, mas o restante da frase foi interrompido pelo súbito abraço de Eduardo.

— Gabriella me disse que eu estava enganado a seu respeito — confessou Eduardo, um tanto envergonhado. Com um braço sobre os ombros de Katie a levou para a sala, onde Gabriella os recebeu com um sorriso radiante. — Ela me falou sobre a sua coragem. — Subitamente sério, ele acrescentou: — E vai precisar de muita coragem para enfrentar Ramon. Ele ficará duplamente furioso por ter sido duplamente desafiado.

— Onde você acha que ele estará esta noite? — perguntou Katie, com bravura.

* * *

RAMON ENCOSTOU O QUADRIL NA beirada da escrivaninha, os braços cruzados. Sua expressão não traía nenhuma emoção enquanto ouvia Miguel e os quatro auditores, sentados no luxuoso sofá do escritório, discutindo os termos do pedido de falência que preparavam.

Ele desviou os olhos para as janelas do escritório de San Juan, em um dos andares mais altos do edifício, e viu um jato decolando, formando um amplo arco no céu azul da tarde. Calculando o horário, soube que era o avião de Katie. Seus olhos o seguiram por alguns instantes, até se tornar apenas um ponto prateado no horizonte.

— No que se refere a você como pessoa física, Ramon — dizia Miguel —, não há necessidade de entrar com o pedido de falência. Você tem o bastante para cobrir os débitos pendentes. Os bancos que lhe emprestaram dinheiro, que depois você injetou na corporação, vão penhorar a ilha, as casas, o avião, o iate, a coleção de arte e tudo o mais, e recuperar o empréstimo com a revenda dos bens. Seus únicos outros débitos pessoais estão ligados aos dois edifícios que está construindo em Chicago e St. Louis.

Miguel se inclinou sobre a mesa de centro à sua frente e pegou uma folha de papel de uma das pilhas.

— Os bancos que emprestaram parte do dinheiro para a construção estão dispostos a vender os edifícios a outros investidores. É claro que esses investidores só terão lucro quando terminarem a construção e os liquidarem. Infelizmente também ficarão com a maior parte dos vinte milhões de dólares que *você* investiu em cada uma das torres. — Miguel lançou um olhar de desculpa para Ramon. — Provavelmente você já sabe de tudo isso.

Ramon assentiu, impassível.

Atrás dele, o intercomunicador tocou sobre a mesa e a voz agitada de Elise soou pelo viva-voz:

— O Sr. Sidney Green, de St. Louis, mais uma vez. Insiste em falar com o senhor, Sr. Galverra. Está me ofendendo — acrescentou ela, tensa. — E gritando comigo.

— Diga a ele que pedi que ligasse mais tarde, quando estiver mais controlado, depois desligue o telefone — falou Ramon, ríspido.

Miguel sorriu.

— Não há dúvida de que ele está nervoso com os rumores que seus concorrentes andam espalhando de que a sua tinta tem problemas. Aliás, a notícia já foi publicada no *Wall Street Journal* e na página de economia de todos os jornais importantes.

Um dos auditores olhou para Miguel com uma expressão bem-humorada diante de tal ingenuidade.

— Imagino que ele esteja muito mais nervoso com a queda de suas ações. As ações da Green Paint and Chemical estavam sendo vendidas a vinte e cinco dólares há duas semanas. O preço caiu para treze hoje cedo. Parece que há um certo pânico no ar.

Miguel se recostou no sofá e cruzou os braços, complacente.

— O que será que deu errado? — ironizou. No entanto, se endireitou imediatamente ao perceber o olhar aguçado que Ramon lhe enviava.

— Vocês estão falando de Sidney Garcia, de St. Louis? — perguntou um dos auditores, um homem magro e de óculos sentado na ponta do sofá, que erguia os olhos da papelada pela primeira vez. — É o nome do sujeito que encabeça o grupo que planeja comprar os edifícios que você estava construindo em St. Louis, Ramon. Já fizeram uma oferta ao banco para comprá-los e concluírem a construção.

— Aquele abutre! — sibilou Miguel, em seguida soltando uma torrente de palavrões.

Ramon não o ouvia. Todo o torvelinho de dor e fúria pela perda de Katie explodia como uma erupção vulcânica de puro ódio que, agora, tinha apenas um alvo: Sidney Green.

— Ele também faz parte da diretoria do mesmo banco que se recusou a prolongar o prazo do meu empréstimo para que eu pudesse concluir a construção dos edifícios — explicou Ramon em tom baixo, ameaçador.

O intercomunicador tocou novamente. Ramon respondeu com um gesto automático enquanto os auditores juntavam os papéis, se preparando para sair.

— Sr. Galverra — disse Elise. — O Sr. Green está na linha. Disse que agora está mais calmo.

— Passe a ligação — pediu Ramon, com voz suave.

A voz de Green explodiu no viva-voz:

— Desgraçado! — gritou ele. Ramon assentiu para que os auditores saíssem e enviou um rápido olhar para Miguel, o convidando a permanecer na sala. — Seu bastardo desgraçado, está me ouvindo?

A voz de Ramon era calma, contida e muito perigosa:

— Agora que já esgotamos o tópico da minha legitimidade, que tal falarmos de negócios?

— Não tenho negócio algum com você, seu, seu...

— Sidney — interrompeu Ramon, num tom sedoso. — Você está começando a me irritar, e fico muito pouco razoável quando irritado. Você me deve doze milhões de dólares.

— Eu lhe devo três milhões! — esbravejou o outro.

— Com os juros, agora são doze milhões. Você tem obtido lucros com o meu dinheiro há nove anos, agora quero tudo de volta.

— Vá para o inferno! — sibilou Green.

— Já estou no inferno — retrucou Ramon, a voz inexpressiva. — E quero você aqui comigo. A partir de hoje, cada dia sem pagamento vai lhe custar 1 milhão de dólares.

— Você não pode fazer isso, não tem influência para tanto, seu filho da...

— Pague pra ver — disparou Ramon, antes de desligar o telefone.

Miguel se inclinou para a frente, ansioso.

— Você tem poder para fazer isso, Ramon?

— Não.

— Mas se ele acreditar que sim...

— Se ele acreditar que sim, é um idiota. E, se for um idiota, não vai querer se arriscar a "perder" mais um milhão de dólares hoje e, por isso, vai ligar daqui a três horas, para fazer um acordo e depositar o dinheiro no meu banco em St. Louis, antes do final do expediente.

Três horas e quinze minutos depois, Miguel estava esparramado na poltrona, nó da gravata desfeito, o paletó aberto. Ramon ergueu os olhos da papelada que assinava e disse:

— Sei que você não saiu para almoçar, e está quase na hora do jantar. É melhor ligar para o restaurante e pedir alguma coisa. Se vamos trabalhar até tarde, você precisa comer.

Miguel parou com a mão no telefone.

— Você não quer nada, Ramon?

A pergunta lhe trouxe a imagem de Katie à mente, e Ramon fechou os olhos, tentando aplacar a dor angustiante.

— Não.

Miguel ligou para o restaurante e encomendou sanduíches. Assim que desligou o telefone, este começou a tocar.

— Elise já foi embora — disse Ramon, ao atender. Por um instante, ficou imóvel, depois pressionou o botão do viva-voz.

A voz estrangulada de Sidney Green ressoou pelo elegante escritório.

— ... e preciso saber qual é o banco.

— Nada de bancos — respondeu Ramon, rispidamente. — Envie o dinheiro aos meus advogados em St. Louis. — Citou o nome e endereço da firma, e acrescentou: — Diga para me ligarem neste número assim que estiverem com o cheque em mãos.

Trinta minutos depois, o advogado de Ramon ligou. Quando Ramon desligou o telefone, olhou para Miguel, cujos olhos pareciam febris de excitação.

— Como pode ficar sentado aí assim, Ramon? Acabou de ganhar 12 milhões de dólares!

O sorriso de Ramon era irônico.

— Na verdade, acabei de ganhar quarenta milhões. Vou usar os doze para comprar ações da Green Paint and Chemical. Daqui a duas semanas, poderei liquidá-las por vinte milhões. Vou aplicar o dinheiro na construção do edifício em St. Louis e, quando o vender, daqui a seis meses, receberei de volta os 20 milhões investidos de início, mais esses 20.

— Mais os lucros que conseguir com as vendas.

— Sim, mais os lucros — concordou Ramon, sem se alterar.

Miguel começou a vestir o paletó, animado.

— Vamos sair e comemorar — disse, ajeitando a gravata. — Será uma combinação de despedida de solteiro e comemoração pelo seu sucesso!

Os olhos de Ramon se iluminaram com um brilho enigmático.

— Não vou precisar de nenhuma "despedida de solteiro", Miguel. Esqueci de mencionar que não vou mais me casar no domingo. Katie mudou de ideia. — Ramon abriu a gaveta da escrivaninha, evitando cuidadosamente a compaixão que sabia que veria na expressão do amigo. — Mas vá você, e comemore o meu "sucesso" por nós dois. Quero dar uma olhada nos arquivos sobre aquele edifício.

Pouco depois, Ramon ergueu os olhos e viu um rapaz parado diante da sua mesa, segurando dois saquinhos de papel nas mãos.

— Alguém ligou encomendando sanduíches, senhor — disse ele, olhando em volta do escritório com evidente admiração.

— Deixe-os aí mesmo. — Ramon indicou a mesa de centro e, distraidamente, pegou a carteira no bolso do paletó.

Abriu a carteira, à procura de um trocado para dar de gorjeta ao rapaz. Porém, a nota mais baixa que tinha era uma de 5 dólares — aquela que Katie lhe dera no dia em que se conheceram. Ramon nunca tivera intenção de se desfazer dela, e a dobrara em quatro, a fim de a diferenciar das outras: uma lembrança de um anjo de cabelo ruivo e risonhos olhos azuis.

Ramon sentia como se estivesse se estilhaçando em milhares de cacos quando pegou a nota na carteira. Seus dedos a apertaram convulsivamente, então se obrigou a soltá-la. Exatamente como se obrigara a libertar Katie. Abriu a mão e entregou a nota amassada ao garoto.

Depois que o entregador saiu, olhou a carteira. A nota de Katie se fora. Katie se fora. Ele era novamente um homem muito rico. Uma raiva amarga ardia dentro de si, e seus punhos se cerraram com força, como se tomados pela necessidade urgente de esmurrar alguma coisa.

Capítulo 20

EDUARDO PASSOU A MÃO pelas mechas revoltas e olhou para Katie, cujo rosto pálido refletia a tensão crescente.

— O segurança disse que Ramon saiu do prédio há três horas, por volta das nove. Garcia veio buscá-lo com o Rolls-Royce, mas eles não voltaram para a villa em Mayaguez, e Ramon também não está na casa de San Juan.

Kate mordeu o lábio, apreensiva.

— Você acha possível que Garcia tenha contado que não fui embora, e Ramon esteja apenas se recusando a atender o telefone?

Uma expressão zombeteira tomou o rosto de Eduardo.

— Se Ramon soubesse que você ainda está aqui, não estaria se escondendo. Teria irrompido por esta casa como se estivesse possuído, acredite.

— Eduardo — começou Gabriella, com um suspiro exasperado —, você está deixando Katie aterrorizada, e ela já está bastante nervosa.

Com as mãos nos bolsos, Eduardo parou de andar de lá pra cá e encarou Katie.

— Escuta, não sei onde ele pode estar. Ramon não está em nenhuma das suas casas, nem com a família de Rafael. Não posso imaginar em que outro lugar ele passaria a noite.

Katie tentou ignorar a dolorosa pontada de ciúme que sentiu, diante da possibilidade de Ramon ter decidido passar a noite nos braços de alguma das belas mulheres com quem era fotografado.

— Eu tinha quase certeza de que ele voltaria para o chalé — disse ela. — Ele não está lá mesmo?

Eduardo foi enfático:

— Já lhe disse, fui procurá-lo na casa. Eram dez e meia, cedo demais para que ele fosse dormir, mas não havia nenhuma luz acesa.

Katie baixou a cabeça com tristeza, torcendo as mãos sobre o colo.

— Se fosse eu, teria ido para lá, para o lugar onde me sentisse mais próxima dele.

— Katie — falou Gabriella, com delicada determinação —, sei o que está pensando, mas está enganada. Ramon jamais procuraria outra mulher esta noite.

Katie estava preocupada demais para reparar no olhar de dúvida que Eduardo lançou para a esposa.

— Você bateu na porta quando foi ao chalé, não é? — perguntou Katie.

Eduardo se virou para ela:

— Por que iria bater, se a casa estava vazia e às escuras? Além disto, Ramon teria visto os faróis do meu carro chegando e sairia para ver quem era.

Katie franziu a testa.

— Acho que você deveria ter batido. — Levantou-se, movida mais pela inquietação do que por qualquer outra coisa, e disse: — Acho que vou até o chalé.

— Katie, ele não está lá, mas, se insiste em verificar, eu a acompanho.

— Não é necessário, estou bem — assegurou ela.

— Não quero que confronte Ramon sozinha — insistiu Eduardo. — Vi como ele estava furioso ontem, eu estava com ele e...

— Eu também estava com ele — interrompeu Katie. — E sei que vou ficar bem. Ramon não pode estar mais zangado do que estava ontem.

Eduardo pegou a chave do carro e entregou a ela.

— Se por um minuto eu achasse que Ramon está na casa, iria com você. Mas sei que ele não está. Você terá que esperar até amanhã para falar com ele.

— Meus pais chegam amanhã — disse Katie, aflita. Olhou para o relógio na parede, com seu tique-taque agourento. — Passa de meia-noite. Tecnicamente, já é sábado. Vou me casar no domingo, que é amanhã.

Lembrando-se do que Eduardo dissera a respeito de Ramon ver as luzes do carro se aproximando, Katie desligou os faróis alguns metros antes de chegar à frente da casa. Se Ramon estivesse ali, seria melhor apanhá-lo de surpresa. Sobretudo porque não gostava nada da ideia de enfrentar Ramon, furioso, à espera na porta.

Notou uma luz, visível entre os galhos das árvores, e sentiu o coração dar um pulo de alegria quando parou o carro. Foi caminhando pela calçada de tijolos iluminada pela lua, as pernas trêmulas a cada passo. Então viu que a luz do quarto estava acesa!

Pousou a mão na maçaneta da porta, rezando baixinho para que não estivesse trancada, pois ela não tinha a chave, e suspirou aliviada quando esta se abriu com facilidade. Fechou-a devagar atrás de si e se virou. A sala estava escura, mas havia uma suave luminosidade sob a porta do quarto.

Ele estava ali. Katie tirou o suéter das costas e o deixou cair no chão. Passou as mãos trêmulas pelo vestido justo que havia escolhido horas antes, com a única intenção de provocá-lo e, talvez, minar a sua resistência. O decote deixava à mostra o colo, e as alças finas exibiam os ombros e as costas. Passou os dedos pelo cabelo comprido e começou a andar silenciosamente.

Ao chegar à porta do quarto, Katie parou para controlar o intenso nervosismo. Ramon estava deitado na cama, as mãos cruzadas sob a cabeça, olhando para o teto. A camisa branca estava aberta no peito, e ele nem se dera ao trabalho de tirar os sapatos. Seu perfil parecia tão amargo e desolado que Katie se encheu de remorso. Ficou olhando para aquele rosto belo e austero, a poderosa virilidade estampada em cada linha de seu corpo, sentindo o pulso acelerar de trepidante excitação. Mesmo em repouso, Ramon parecia um oponente formidável.

Deu um passo para dentro do quarto, e sua sombra se alongou até o teto, até o campo de visão de Ramon. Ele virou a cabeça em sua direção, e Katie congelou no lugar.

Ele a encarava, os olhos negros penetrantes, como se não a enxergasse de fato.

— Eu não fui embora — murmurou Katie, incerta.

Ao ouvir o som de sua voz, Ramon se levantou de um pulo, com um movimento fluido e assustador.

Seu semblante pétreo era uma máscara impenetrável, e Katie estava nervosa demais para discernir seu humor, exceto que estava tenso, pronto para atacá-la.

— Eu... eu não quis partir — gaguejou. Ele deu um passo à frente, ela deu um passo atrás. — o padre Gregório disse que vai celebrar o nosso casamento — acrescentou depressa.

— Ah, é mesmo? — perguntou Ramon, com ironia.

Começou a se aproximar, e Katie continuou a recuar.

— Eu vou... vou devolver tudo o que comprei — argumentou ela, enquanto seguia, de costas, da porta do quarto até a sala.

— Vai mesmo? — murmurou ele, com suavidade.

Katie assentiu com vigor, batendo de encontro ao sofá e se desviando do móvel.

— Eu... eu vi o álbum de recortes de Rafael — explicou, quase sem fôlego. — Se ao menos você tivesse me dito quem realmente é, eu teria compreendido por que não queria que eu usasse o meu dinheiro. Eu teria obede... — engasgou com a palavra. — Obedecido.

— Estou vendo que você aprendeu uma palavra nova — zombou ele.

Katie trombou com o abajur e deu a volta na mesinha.

— Vou encher esta casa de plantas, flores e crianças — prometeu ela, em desespero. As pernas bateram na poltrona, que lhe bloqueava a fuga, e ela se sentiu invadida por um pânico incontrolável. — Você precisa me ouvir! Eu tinha medo de me casar com você porque sabia que estava escondendo alguma coisa de mim, mas não sabia o que era. David já havia...

Ramon cobriu a distância que os separava, e Katie estendeu as mãos, tentando mantê-lo afastado.

— Por favor, me escute — pediu. — Eu amo você!

Ele estendeu as mãos e a segurou pelos ombros, a puxando para si com toda a força. Pela primeira vez, ela estava próxima o bastante para perceber o que havia naqueles olhos escuros, e não era raiva. Era amor. Um amor tão intenso que comoveu Katie.

— Você me ama — repetiu Ramon, com a voz embargada. — E suponho que achou que, se dissesse que me ama, eu esqueceria tudo e a perdoaria, não é?

— Sim — admitiu ela, num sussurro. — Achei que me perdoaria, só desta vez.

— Só desta vez — murmurou ele, com divertida ternura, e suas mãos tremiam quando lhe tocou o rosto, o cabelo. Emitiu um som que era quase um gemido, quase uma risada, enquanto mergulhava os dedos no cabelo de Katie. — Só desta vez? — repetiu como se fosse uma grande revelação, e, a puxando para si, a beijou com paixão avassaladora.

Com alegria e alívio explodindo dentro do coração como fogos de artifício, Katie deslizou as mãos pelo peito de Ramon, enlaçou seu pescoço, recebendo-o em sua boca. Arqueou o corpo contra o dele, e Ramon estremeceu de prazer, as mãos lhe acariciando as costas, descendo, fazendo com que seus quadris se tocassem.

Então seus lábios se separaram e ele passou a beijá-la no rosto, na testa, nos olhos.

— Diga outra vez — pediu, a voz rouca.

— Eu amo você — declarou Katie, trêmula. — Preciso de você, quero você e...

Ramon lhe tomou os lábios com uma ânsia enlouquecedora, silenciando suas palavras e a levando para uma dimensão onde nada mais existia, exceto a exigência ardente de suas mãos, de sua boca e de seu corpo. Beijou-a vezes sem conta, até que Katie gemesse e movesse o corpo contra o dele, mergulhada em um poço profundo de desejo e paixão.

Ramon afastou os lábios dos dela, fitando os olhos sedutores, gloriosos.

— Vamos para a cama, *cariño* — murmurou em um tom ardente.

Katie espalmou as mãos no peito nu, os dedos acariciando os pelos escuros, mas, para sua frustração, a linda mulher em seus braços disse, com suavidade:

— Não.

— Sim — sussurrou ele, se inclinando novamente com a intenção de beijá-la e afastar quaisquer objeções. Mas daquela vez ela balançou a cabeça.

— Não — repetiu Katie. Com um sorriso triste, explicou: — Eduardo não queria que eu viesse sozinha. Só concordou porque tinha certeza de que você não estava em casa. Se eu demorar muito para voltar, é bem capaz que ele decida caminhar até aqui para me defender da sua ira.

Ramon franziu a testa, aborrecido, e Katie fez uma leve carícia em seu peito, o sorriso se alargando.

— Além disso, tenho dois outros motivos para querer esperar. Um deles é que precisamos conversar. Você me pediu para ser sincera, insistiu muito, mas então, deliberadamente, me enganou. Eu gostaria de entender por que agiu assim.

— E o outro motivo? — perguntou Ramon, relaxando um pouco o abraço, embora com relutância.

Katie desviou os olhos.

— Amanhã é o dia do nosso casamento. Já esperamos até agora e, bem, o padre Gregório...

Ramon caiu na gargalhada, a puxando novamente para seus braços.

— Quando Eduardo e eu éramos crianças, acreditávamos que, se fizéssemos algo errado, o padre Gregório seria capaz de descobrir tudo apenas com um olhar. — Pegou-a nos braços e a levou até o sofá, sentando-a em seu colo.

— E isso impedia vocês? — perguntou Katie.

— Não — admitiu ele, sorrindo. — Mas impedia que nos divertíssemos com isso.

No silêncio da sala que ela havia decorado para ele, Ramon explicou por que a enganara, e depois, com a maior simplicidade possível, contou como os acontecimentos daquele dia haviam alterado drasticamente as suas perspectivas para o futuro. Katie ouviu a história de Sidney Green, o rosto iluminado pelo riso, a mente rápida e inteligente compreendendo com facilidade a pressão que Ramon exercera, o caos que criara. No entanto, quando Ramon terminou o relato, a animação de Katie diminuiu sensivelmente.

— Katie, o que há de errado? — perguntou ele.

Ela olhou para a sala aconchegante e suspirou.

— Nada. Acho que vou sentir falta desta casa. Teríamos sido muito felizes aqui.

Ramou lhe tocou o queixo, fazendo com que ela o encarasse.

— Você vai gostar muito mais das outras casas.

Ela franziu a testa, intrigada.

— Mas você disse que as suas outras casas, e também a ilha, seriam todas leiloadas.

— Bem, isso ainda é possível — comentou Ramon. — Mas muito pouco provável. Os bancos são como aves de rapina, Katie. Quando sentem cheiro de fracasso, atacam rapidamente para se assegurarem de que vão obter os melhores bocados da carcaça. No entanto, se o "fracasso" de repente demonstra sinais de recuperação, eles se afastam com a mesma rapidez. Esperam e observam. É o que estão fazendo agora, enquanto consideram quanto terão a ganhar caso eu prospere novamente, como fiz no passado. Meus advogados em St. Louis me disseram que Sidney Green anda espalhando aos quatro ventos que eu manipulei as suas ações e que o levei à bancarrota. Os bancos também vão ouvir isso e se perguntarão se talvez não subestimaram minha influência. Continuarão andando em círculos, observando, mas vão começar a recuar. Quando eu concluir a construção do edifício em St. Louis, o banco de Chicago vai sentir o cheiro dos lucros, e com certeza me emprestará o dinheiro necessário para terminar a construção do outro prédio.

Ramon fez uma pausa, e concluiu:

— Como pode ver, você terá suas casas, empregados e...

— E nada o que fazer — completou Katie, com um sorriso desolado. — Porque você acha que o lugar da mulher é dentro de casa.

Ramon estreitou os olhos.

— Minutos atrás você disse que seria feliz aqui. Por que não pode ser feliz em uma casa mais luxuosa?

Katie, se preparando para uma discussão, saiu do colo de Ramon e se aproximou das janelas. Podia sentir o olhar dele em suas costas enquanto abria as cortinas e fitava a escuridão, tentando encontrar um meio de fazê-lo entender.

— Eu disse que poderia ser feliz morando aqui — começou calmamente —, e eu *poderia* ter sido porque estaríamos trabalhando juntos para construir uma vida nova. Eu me sentiria útil, necessária. E ainda poderia me sentir assim, mas você não permite.

Atrás de si, ouviu Ramon se levantar e se aproximar, e sua voz adquiriu um tom mais determinado:

— Você vai começar a reconstruir a Galverra International, e eu sempre trabalhei com recursos humanos. Tenho muita prática na contratação de pessoal, com faixas salariais, normas públicas e procedimentos legais. Eu poderia ajudá-lo, mas você não quer.

As mãos dele pousaram em seus ombros, mas Katie se recusou a encará-lo enquanto prosseguia:

— Sei como se sente em relação a mulheres que trabalham. Você deixou isto bem claro naquele dia, no piquenique. Disse que quando uma mulher tem um emprego, está mostrando ao mundo que o marido não consegue sustentá-la como ela gostaria. Disse que ofende seu orgulho e...

Ramon lhe pressionou os ombros.

— Vire-se e olhe para mim, Katie — interrompeu ele, com delicadeza.

Ela obedeceu, quase esperando que ele fosse silenciá-la com um beijo. Em vez disto, Ramon a encarava, sério.

— Katie, um homem sempre é mais sensível em relação ao seu orgulho quando sabe, no fundo do coração, que tem muito pouco do que se orgulhar. — Segurou-lhe o rosto, a fitando com intensidade. — Dizer a uma mulher onde é o seu "lugar" é uma forma de tentar fazer com que ela se contente com menos do que tem o direito de esperar. Eu tinha vergonha do pouco que podia lhe oferecer naquela época, mas acreditava que poderia fazê-la feliz aqui, satisfeita em ser apenas a minha esposa. Estava tentando convencê-la de que isso era o certo, porque era o único futuro que poderia lhe oferecer. Mas eu ficaria muito orgulhoso, e muito contente, de tê-la trabalhando comigo a partir de agora.

Ramon virou a cabeça abruptamente, e Katie seguiu seu olhar. Um facho de luz abria uma trilha vagarosa colina acima, na direção da casa. Eduardo, com uma lanterna, vinha "resgatá-la".

Katie olhou para Ramon, mas, em vez de ele se mostrar irritado pela chegada inesperada de Eduardo, ele sorria, pensativo.

— Em que está pensando? — perguntou ela, intrigada.

Ramon a fitou com doçura, os olhos repletos de amor.

— Estou decidindo o que lhe dar como presente de casamento.

Katie o abraçou com força. *Você é o meu presente*, pensou, com uma ternura quase dolorosa.

— Posso escolher? — indagou, em tom de brincadeira.

— Sim, entre um bebê e uma Ferrari — respondeu ele com um sorriso, a enlaçando pela cintura. — Certa vez você disse que uma Ferrari tornaria sua vida "absolutamente maravilhosa".

— Pois acho que prefiro um bebê. — Katie riu.

Ramon riu também, mas tinha toda a intenção de lhe dar os dois.

Capítulo 21

NUMA LINDA TARDE de um domingo de junho, Katherine Elizabeth Connelly atravessou lentamente a nave de uma antiga igrejinha em estilo espanhol, passando pelas fileiras de rostos sorridentes dos tímidos habitantes do vilarejo, ao encontro de seu destino.

Com os raios do sol filtrados suavemente pelos vitrais, ela entregou a mão ao belo homem alto que a esperava no altar, e com as bênçãos de um padre solene, cujos olhos azuis sorriam de alegria, se tornou a Sra. Katherine de Galverra.

Ramon olhava para a bela mulher ao seu lado, para o cabelo brilhante enfeitado com flores. Ouviu-a proferir os votos enquanto outras imagens dançavam em sua mente: Katie parecendo tão linda e triste, e totalmente indiferente, naquele bar onde haviam se encontrado, três semanas antes.

Katie, lhe entregando uma nota de 5 dólares: "Por favor, aceite, Ramon. Tenho certeza de que fará bom uso."

Katie, com os olhos brilhando de revolta naquele piquenique, enquanto o acusava de ser "machista". "Talvez você fique surpreso em saber, mas nem todas as mulheres nascem com o desejo ardente de picar cebolas e ralar queijo."

Katie, dançando em seus braços na festa da piscina, os lábios ainda quentes de seus beijos apaixonados, os olhos sombrios e apreensivos. "Acho que estou ficando com medo."

E agora, Katie ao seu lado na igreja. Virando-se para ele e dizendo:

— Eu, Katherine, aceito você, Ramon, como meu legítimo esposo.

Olhando para ela, Ramon sentiu que poderia explodir de tanta felicidade. Aquele rosto corado de alegria era uma imagem que, ele sabia, nunca mais iria esquecer; as palavras ditas com tanta suavidade eram uma bênção que guardaria para sempre no coração.

A lembrança continuava vívida e vibrante várias horas depois, quando a esposa finalmente foi até ele, o esplendor de seu corpo nu banhado pelo luar que penetrava pelas janelas do chalé. Ramon a observou, ansiando por lhe dar o mundo inteiro, porque ela já lhe dera tanto.

Uma onda de amor o invadiu quando Katie o abraçou e seus corpos se encontraram. A ternura explodiu dentro de si no momento em que, sem vacilar, ela o recebeu em seu calor.

Moveram-se ao mesmo tempo, duas pessoas se amando com sofreguidão, até que Katie finalmente gritou de prazer, tremendo em seus braços. Ramon continuou a abraçando, sussurrando seu nome, sabendo que acabara de lhe dar o seu melhor presente. Ele lhe dera a si mesmo.

Este livro foi composto na tipografia Minion Pro,
em corpo 11/15, e impresso em
papel off-white no Sistema Cameron da
Divisão Gráfica da Distribuidora Record.